Roger Raynal

La substitution

Roman

© 2019, Roger Raynal

Editions : BoD - Books on Demand,
12/14 rond-point des Champs Elysées, 75008
impression : BoD - Books on Demand, Norderstedt, Allemagne
ISBN : 9782322187461
Dépôt légal : novembre 2019

« Dans l'éternité, il n'est point de distinction entre l'être et le possible. »
Giordano Bruno. L'infini, l'univers et les mondes, 1584

« Dans un espace infini, tout ce qui peut se produire en accord avec les lois de la physique doit se produire, et se produira un nombre infini de fois ».
M. Tegmark. Notre univers mathématique, ed. Dunod, 2014

Je suis angoissé, presque terrifié. Pourtant, je n'éprouve aucune crainte ni ne redoute quelque événement fâcheux. Bien au contraire, je devrais plutôt reconnaître que, depuis un an, ma vie semble s'être déroulée sous le signe d'une certaine félicité. Mais est-ce réellement *ma* vie ? Je crois avoir finalement compris ce qui m'est arrivé, et, plus que tout, où je suis, et peut-être même pourquoi. Mais ce n'est pas cette compréhension soudaine qui motive ma crainte.

Je suis seul en cette heure tardive, appuyé au bastingage du navire qui me porte, indifférent à mes questions, fendant les flots de l'Atlantique, tout comme il y a un an, lorsque je me suis éveillé. Toute cette histoire, peut-être, n'a finalement été qu'un long éveil, auquel personne ne pourra, n'aurait pu, assister. Je me dois, pour être en paix avec moi-même, et pour apaiser mon esprit, de raconter, à travers les méandres de ma mémoire (mais est-ce réellement la mienne), cette étonnante histoire. À moins qu'il ne s'agisse que des symptômes d'une nouvelle maladie mentale. Allez savoir !

1 - L'arrivée

Je me suis éveillé dans la nuit des Caraïbes, alors que le navire, parti de Miami, se dirigeait vers la Jamaïque. Dans la pénombre de la cabine, j'ai discerné la silhouette de ma femme, qui se rendait aux toilettes. Elle m'a semblé étrangement grande. Je n'ai pas eu le temps d'aller beaucoup plus loin que cette réflexion, car j'ai immédiatement sombré dans le sommeil. C'est sans doute là que tout a commencé.

Au matin, une femme que je ne connaissais pas, grande et rousse, très jolie, était étendue près de moi. Le genre de femme qui m'aurait facilement fait rêver. Se réveiller à côté d'une belle inconnue est sans doute courant dans la vie de certains hommes, mais, hélas, pas dans la mienne, a fortiori sur un navire de croisière où l'on voyage en couple.

Cette femme était certes agréable à regarder, mais ce n'était pas la mienne. J'ai fermé les yeux, et j'ai senti la cabine tourner tout autour de moi pendant que le bruit de mon cœur envahissait mes oreilles. Cette folle sarabande s'est arrêtée au moment même où j'ai de nouveau ouvert les yeux sur ce que je ne croyais n'être qu'un rêve. L'inconnue était toujours là, encore endormie. Je suis allé sans bruit jusqu'à la salle de bain. C'étaient bien mes affaires autour du lavabo, et ce regard interrogatif, dans le miroir, c'était bien le mien. Cela ne ressemblait pas à un songe ordinaire. J'avais eu déjà l'expérience d'un rêve lucide, mais ce n'était pas le cas. Tout semblait parfaitement réel. La cabine, le navire, le petit bruit persistant et lointain des moteurs, la lueur de l'aube tropicale filtrant à travers le rideau tiré devant la baie vitrée... Tout cela était la réalité. Mais pas *la mienne*.

Instinctivement, je craignis d'avoir eu un AVC pendant la nuit, cause possible de l'obscurcissement de mon entendement. Je promenai bêtement mes doigts sur ma tête, comme si j'avais pu y sentir quoi que ce soit. Je pinçai ma joue. C'était réel.

Le vertige me reprit. Lentement, j'ouvris la porte vitrée et, me glissant entre les rideaux, je sortis sur le balcon. Le jour était levé depuis quelque temps, et un soleil radieux se profilait sur l'horizon bleuté de l'Atlantique. Le Divina labourait consciencieusement l'océan de toute l'indolence de ses milliers de tonnes, emportant plus de trois mille passagers insouciants, moins un, qui commençait à se poser d'angoissantes questions. Quelques méduses, diaphanes ombrelles indifférentes, se profilaient entre deux eaux. Tout semblait d'un calme presque onirique, et j'aimais cette immensité qui, se conjuguant au bruit des vagues sur la coque, me donnait une impression paradoxale de solitude et d'accomplissement.

Je réintégrai ma cabine. L'inconnue y dormait encore. Je me penchai vers elle, dans la lumière irréelle de cette aube océane. Elle ouvrit les yeux. Deux iris d'un vert lumineux me contemplèrent, et un léger sourire se dessina sur ses lèvres. En un éclair, je reconnus ce regard. C'était Christelle. Le problème, c'est que je ne l'avais pas revue depuis près de trente ans.

J'avais fait sa connaissance à l'université, en arrivant un matin dans un amphithéâtre clairsemé, où cette jolie rouquine avait immédiatement attiré mon attention. Je lui avais demandé la permission de m'installer à côté d'elle. De semaine en semaine, nous nous étions retrouvés dans le même coin de l'amphi. J'en étais rapidement devenu amoureux, sans oser rien lui dire. Il nous arriva même de réviser ensemble nos cours. Nous étions de plus en plus intimes, et j'avais bon espoir de lui faire deviner mes sentiments, et de découvrir qu'elle en ressentait de semblables à mon égard. Cette illusion réconfortante dura jusqu'à ce que, à l'issue d'une matinée de travail commun, elle m'annonce que son petit ami, dont elle ne m'avait jamais parlé, allait nous rejoindre. Elle comprit sans doute parfaitement ce qu'elle lut à ce moment sur mon visage. Lorsque ce beau garçon arriva, je me sentis stupide : il était grand, bien bâti, viril ; il était tout ce que je n'étais pas. Il me sembla aussitôt évident qu'une fille comme Christelle ne pouvait être célibataire, et que seuls ma volonté obstinée et mon déraisonnable espoir de lui plaire m'avaient dissimulé cette évidence. Par la suite, elle eut l'air contrite, affichant une moue boudeuse qui me faisait fondre. À un moment, alors que nous étions seuls pendant que son ami s'affairait non loin, elle ne sut que me dire. J'aurais dû la prendre dans mes bras, mais je n'en fis rien.

Quelque temps plus tard, je l'invitai, sans grand espoir, à une soirée donnée chez une amie. À ma grande surprise, elle vint et à cette occasion, je lui avouai mes sentiments. Même si elle sembla hésitante, c'était trop tard ; elle m'éconduit en se servant de son amant comme d'un prétexte pour me tenir à distance, non qu'elle ne désirât rien, mais rien n'était véritablement possible.

La dernière fois que je l'avais rencontrée, au hasard de mes promenades en ville, nous nous étions parlé franchement. Elle me donna l'impression, ce jour-là, de désirer bien davantage qu'une simple rencontre. Elle m'avoua qu'elle avait apprécié ma compagnie, mes maladresses, et que, ce jour-là, elle se sentait seule. Mais j'avais alors fait la connaissance d'une autre jeune fille, qui n'allait pas tarder à disparaître de ma vie sans autres explications et, tout embarrassé de respect et transi à l'idée de manquer de fidélité à une relation qui n'existait pas encore, et ne devait jamais naître, je ne donnai pas suite, méprisable et stupide, à son désir. Je n'avais pas, par la suite, passé un jour sans cesser d'invoquer et d'idéaliser ce souvenir. Et là, brutalement, elle m'était revenue. Ce devait donc bien être un étrange rêve, et il était diablement agréable.

Je ne laissai guère le temps à ce délicieux fantôme du passé de m'adresser la parole, et je posai délicatement mes lèvres sur les siennes. La surprise se lut sur son visage : « te voilà bien romantique, c'est la croisière qui te fait cet effet-là ? » Je ne la laissai pas en dire davantage et, grisé par cette délicieuse songerie, je l'embrassai de nouveau. Elle avait le goût de l'impossible. Elle répondit de façon tendre à mon insistance renouvelée, et le plaisir nous unit avant qu'un bref sommeil nous ravisse l'exquis délassement qui lui fit suite.

Mon second éveil fut des plus agréables. J'entendais ma femme s'affairer dans la salle de bain, et je m'interrogeai sur l'opportunité de lui raconter le doux et étrange rêve que je venais de faire. Bien que nous nous entendions bien, il n'y avait plus guère de désir ou d'entente charnelle entre nous, et je ne voulais pas tenter de provoquer une énième dispute, aussi inutile qu'inévitable, en ressuscitant le fantôme de Christelle de ma mémoire. Le fil de mes réflexions fut brutalement coupé lorsque ce fut Christelle, souriante, qui sortit de la salle de bain en sous-vêtements.

Je fermai les yeux, un lent bourdonnement envahit mes oreilles. J'eus l'impression étrange que l'on avait cassé un œuf à l'intérieur de mon crâne, et qu'il s'écoulait lentement sur les côtés de mon cerveau. « Il faut te dépêcher un peu, je ne voudrais pas que l'on arrive trop tard pour profiter du petit déjeuner, tu dois avoir faim après avoir montré tant d'ardeur ! On aurait cru que c'était de nouveau la première fois…
— Beaucoup de choses risquent fort, en effet, de m'apparaître sous un jour nouveau, comme si elle venait pour moi au jour pour la première fois », répondis-je en pensant à voix haute.

Nous sommes allés, sans nous presser, prendre notre petit déjeuner, nous empiffrant de délicieuses mini viennoiseries craquantes et de jus de fruits. Sur ce navire, la cuisine valait le détour. C'était bien celui que je connaissais, et, mis à part l'inconnue qui me faisait face, rien ne semblait avoir changé. Je discutai un peu avec Christelle, cherchant à me renseigner sur « ma » vie, mais si elle parut apprécier nos échanges, je n'appris que peu de choses : il m'était difficile de lui demander, sans risquer de faire douter de ma santé mentale, qui j'étais et depuis combien de temps nous nous connaissions. Lors de cette journée, le navire restait en mer, aussi nous n'avions pas d'excursion ou d'activités prévues. Christelle voulut aller utiliser les équipements sportifs, et ne fut pas surprise que je ne souhaite pas l'accompagner : apparemment, dans cette vie-là, « je » semblais fuir également les efforts physiques superflus. Je lui annonçai que je passerais prendre un livre à la bibliothèque du bord. Cela me laissait un peu de temps pour enquêter sur moi-même. « Ne passe pas tout ton temps au casino », me dit-elle avant de disparaître de la cabine. *Le casino* ? Je n'y mettais jamais les pieds, si ce n'était pour regarder avec incompréhension les joueurs nourrissant sans fin d'une kyrielle de jetons des bandits manchots qui ne méritaient plus guère ce nom depuis que de gros boutons avaient remplacé leurs appendices archaïques ; et, ce qui était beaucoup plus amusant, les vieilles dames somptueusement vêtues qui, tous diamants dehors, assiégeaient les tables de roulette avec à leurs côtés de jeunes messieurs ayant bien de la peine à dissimuler à la fois leur ennui et leur fonction sociale assez singulière. Pourquoi Christelle m'avait-elle parlé du casino ?

Je commençai par ouvrir mon petit sac et en sortir mon portefeuille, que je vidai lui aussi. Ma carte d'identité indiquait bien mon identité. J'étais toujours Gérard Busca, domicilié à Toulouse, mais l'adresse n'était pas la bonne : elle mentionnait un quartier huppé, près de l'hippodrome, alors que j'habitais une petite commune limitrophe. Il y avait aussi quelques cartes de restaurants que je ne connaissais pas, des tickets bancaires de fleuristes (?) pour des montants qui me parurent très élevés, et mon téléphone. Je listais mes contacts, il y en avait très peu, et je connaissais tout le monde. Je fus bien plus surpris par les cartes bancaires en ma possession : il y en avait trois, qui m'étaient inconnues, d'une couleur qui indiquait qu'elles n'étaient guère à « ma » portée financière. Je songeai alors que j'ignorais complètement les codes de ces cartes, puis me repris en pensant que l'une d'elles devait déjà être enregistrée pour couvrir les dépenses du bord, comme il est d'usage de le faire au début de chaque croisière. J'étais donc tranquille de ce côté-là, du moins pour le moment. Il y avait également ma carte verte, et diverses cartes promotionnelles. Je trouvais aussi une petite clé métallique, plate, au découpage sommaire. Je n'avais aucune idée de ce qu'elle pouvait bien ouvrir. Il manquait mon passeport. Je songeai alors au coffre de bord. Malheureusement, j'en ignorais la combinaison. J'essayai, comme je le faisais habituellement, mon année de naissance. Il s'ouvrit. J'eus de la peine à me persuader de ce que j'y trouvais : non seulement mon passeport, presque neuf, avec toutes les mentions normales, que je connaissais bien, mais aussi plus de quatre mille euros en espèces, ainsi qu'une montre que j'avais toujours rêvé de pouvoir m'offrir, une Tag Heuer Monaco, un jouet à plusieurs milliers d'euros, hors de portée d'un professeur de physique réduit à enseigner en collège après un doctorat en astronomie qui l'avait conduit quelque temps au chômage avant que d'échouer dans le monde perdu et mystérieux de l'éducation nationale.

    Je rangeai mes affaires avant de sortir sur le balcon de la cabine. Les conversations assourdies de nos voisins, en espagnol ou en anglais, se faisaient entendre indistinctement, comme en bruit de fond. Je m'étendis dans un transat, contemplant l'étendue de l'océan sous le soleil montant. J'avais toujours adoré l'océan. Je voulais croire que si je m'assoupissais quelques instants, je me réveillerais dans ma réalité. Subitement, je me sentis faible, perdu, et, à ma grande terreur, je vis mon champ visuel rétrécir graduellement, alors que gagnait l'ombre. Je me laissais aller, terrifié, le cœur battant, au fond de mon transat. La lumière disparut en un point. J'avais les yeux grands ouverts, et je ne voyais plus rien. J'étais aveugle. J'allais hurler, lorsqu'un point brillant apparut dans mon obscurité. Puis, lentement, la couleur, les couleurs, et mon champ de vision qui s'élargissait progressivement, avant que tout revienne à la normale. J'étais en sueur. Je pris une douche, tout en cherchant une explication à ce qui était en train de m'arriver. C'était le temps des hypothèses.

2 - Hypothèses

Le soleil des Caraïbes était un peu trop chaud pour moi, je me suis donc dirigé vers la bibliothèque du bord. Même sur un navire emportant trois mille passagers, on peut être sûr que ce sera un des endroits les plus déserts, où abondent les volumes de romans de gare qui n'auront, pour certains, même pas été lus par leur propriétaire, ayant trouvé moins encombrant d'en faire don à une compagnie milliardaire que de les rapporter chez eux. Si l'on exemptait un petit groupe de gens âgés venus jouer aux cartes, et qui discutaient en espagnol, c'était effectivement le cas. M'installant dans un recoin des plus calmes, avec l'océan en point de vue derrière la large baie vitrée, je notai sur un mauvais carnet trouvé dans la cabine les différentes possibilités qui me permettraient d'expliquer la situation inédite qui me semblait la mienne, cette sensation étrange, mais qui n'avait rien pour l'instant de désagréable, de se retrouver dans la peau d'un autre. En bon scientifique, j'étais résolu à examiner toutes les éventualités, en allant de la plus probable à la moins probable, et en les soumettant à la règle inflexible du rasoir d'Occam : *pluralitas non est ponenda sine necessitate*, aurait dit notre bon philosophe du XIVe siècle dans son latin de théologien. Tout comme lui, j'étais décidé à ne retenir comme vraisemblables que les hypothèses les plus simples, impliquant un nombre limité de variables. Toutefois, l'application de cette *lex parsimoniae* (dura lex, sed lex) se trouvait compliquée par le fait que la variable principale de mes équations, c'était moi.

Ma première idée était, bien entendu, que j'étais le problème. Le monde autour de moi n'avait pas changé, c'était moi qui souffrais de faux souvenirs. D'une sorte de dédoublement de la personnalité, d'une espèce, nouvelle à mes yeux, de schizophrénie. L'esprit humain est fragile, peut-être avais-je basculé, pendant cette nuit, dans la maladie mentale. Peut-être couvait-elle depuis longtemps, ou bien peut-être qu'un vaisseau sanguin obstrué, dans les profondeurs de mon cerveau, avait mis à mal une partie de ma personnalité, me laissant désarmé dans un monde qui m'apparaissait nouveau. La chose n'était pas impossible, puisque je savais qu'à la suite d'un menu accident (une barre à mine lui ayant traversé le crâne), le brave Phineas Gage, en septembre 1848, était rapidement devenu une brute asociale, si ce n'est un truand. Certes, une barre à mine ne m'avait pas soudainement embroché, mais, en guise de *deus ex machina*, un AVC pouvait être à l'origine de cette distorsion de la réalité dans laquelle il me semblait avoir plongé depuis ce matin.

L'autre hypothèse, encore plus probable, était que j'étais toujours en train de rêver, un songe d'une longueur et d'une logique singulières. Peut-être était-je plongé, à la suite d'un « providentiel » AVC, dans un coma profond, et ce qui restait de mon esprit avait reconstitué une réalité agréable dans laquelle je m'ébattais gaiement. Après tout, ce que nous nous entendons pour appeler réalité n'est pas autre chose que le résultat de l'activité électrochimique de notre cerveau. Cela expliquerait en effet la présence de Christelle, les signes d'une fortune aussi subite qu'inespérée, et le fait que, depuis le début de cette histoire, je prenais les choses avec une distanciation, un recul, une absence d'implication qui ne me ressemblaient guère, comme si j'assistais au spectacle de la vie d'un autre moi-même tout en sachant pertinemment que je n'y participais pas effectivement…

Les autres hypothèses, moins probables, impliquaient toutes que « je » (du moins, ce « moi » tel que je me le représentais) n'avais pas changé, mais que c'était bien *tout le reste* qui avait été modifié. La moins fantastique (et qui pourtant l'était déjà pas mal) était que, d'une façon ou d'une autre, j'avais été projeté, ou bien je m'étais introduit, dans un univers parallèle. Une option à creuser uniquement si les deux autres s'avéraient fausses.

Il restait deux possibilités, auxquelles tout physicien ne pouvait que se voir réduit avec consternation, car elles impliquaient l'existence d'une métaphysique *had oc*. Il était possible que je sois tout simplement mort, et en train de vivre l'expérience d'une réincarnation dans une réalité alternative ; une possibilité que ne semblaient guère avoir entrevu les philosophies ou les religions adeptes de ce genre de phénomènes. Je serais alors en pleine métempsycose, ce qui n'était pas une option solitaire puisqu'après tout, un bon milliard d'hommes pouvait croire cela possible, sans compter l'avis d'un génie universel de la trempe d'un Pythagore, qui partageait également cette opinion et affirmait même, comme moi en cet instant, se souvenir de ses vies antérieures. N'étant pas aussi doué que lui, je ne me souvenais que d'une vie, la mienne !

La dernière option, quitte à jouer son va-tout, m'obligeait à faire intervenir un second *deus ex machina*, une entité omnipotente dont tout scientifique digne de ce nom doit par essence refuser l'intercession dans le monde sensible. Serait-il possible que, tel un moderne Faust, j'aie conclu quelque indicible pacte avec un improbable Méphistophélès qui, en échange d'une âme que je savais ne pas exister, m'aurait offert cette réalité alternative ou, apparemment, j'étais plus riche et visiblement marié, si j'en croyais l'anneau présent à mon doigt, avec une des femmes que j'avais le plus aimées dans ma vie ? Il n'était que trop aisé, sur l'océan de l'ignorance, de faire naufrage comme tant d'autres sur les rives de la métaphysique, aussi repoussai-je d'un esprit décidé les dernières hypothèses, me promettant simplement de consulter un médecin dès la fin de la croisière et, d'ici là, de saisir l'indéfinissable parfum des jours. Il me semblait, en effet, me retrouver en vacances de ma propre vie, avec une femme que j'avais aimée il y a longtemps, et que je n'étais que trop heureux de retrouver. Cet enchantement allait prendre fin avant même que la croisière ne fasse de même.

3 - Le dîner

Sur les navires de croisière, le dîner est un des événements marquants de la journée. En effet, si le déjeuner est souvent informel, et pris rapidement à terre ou dans un des libre-service du navire, le dîner conserve un soupçon de rigueur protocolaire : la plupart des passagers s'habillent, ces dames, en particulier, rivalisant de robes et de bijoux qu'en temps ordinaire il serait bien difficile de porter, tant les occasions manquent, sans parler de la propension française à cacher soigneusement tout indice laissant supposer vos moyens financiers, attitude enracinée dans l'histoire d'un peuple ayant tôt sanctifié l'impôt au titre d'une divinité aussi redoutable que tutélaire. Une autre des caractéristiques des dîners de croisière est de se retrouver régulièrement, le temps du voyage, à table avec des gens de toutes nationalités, et parlant souvent des langues différentes. Toutefois, si les menus sont trilingues, voire plus, les passagers le sont moins. Il paraît dès lors évident à tous, sauf aux Français, que les conversations se déroulent, entre convives, dans un anglais parfois hésitant, mais qui permet d'identifier au premier son les sujets de sa gracieuse majesté ou les membres du Commonwealth, que les services du bord ont souvent l'heureuse idée de regrouper.

Nous nous sommes donc retrouvés avec un couple russe, une jeune brésilienne accompagnée d'une dame qui aurait pu être sa mère, mais qu'elle nous présenta comme une de ses amies, et un couple suisse. C'était la seconde fois que nous nous retrouvions, et le fait qu'il ne se soit produit aucun changement par rapport à ce que je connaissais me confortait dans l'idée que ma situation singulière était due uniquement à ma propre personne, à une étrange pathologie qu'il me faudrait éclaircir en temps utiles, et non à quelque incompréhensible modification de mon environnement.

La conversation porta rapidement sur nos pays respectifs et nos régions d'origine, du moins pour ceux capables de se comprendre, notre dame russe ne parlant apparemment pas anglais, mais faisant étalage d'une joaillerie impressionnante sur ses mains finement manucurées, attirant immanquablement les regards féminins. J'étais devenu plus attentif à ces colifichets, qui sont d'ordinaire invisibles pour les hommes, mais qui, pour nombre de femmes, sont les marqueurs visibles permettant de se jauger et d'identifier au premier coup d'œil le niveau social des nouvelles venues. Il s'avérait qu'Olga, comme elle se prénommait, donnait tous les signes d'une enviable fortune. À ses côtés, son compagnon, Alexei, semblait presque insignifiant. La conversation roula sur les croisières que nous avions faites auparavant. « Nous » étions des habitués de ce type de vacances, ayant déjà parcouru la Méditerranée en tous sens avant d'opter pour l'Atlantique, aussi je répondis à nos interlocuteurs que nous en étions à notre huitième voyage, sans prendre garde au regard interrogateur de Christelle. Au dessert, nos amis suisses nous demandèrent combien nous avions d'enfants. Je répondis, automatiquement, « nous n'en avons pas », alors même que Christelle, avec un beau sourire, précisait « nous en avons deux ». L'assistance commença à s'amuser de nous voir nous regarder avec surprise, surtout lorsque je lâchai, sans réfléchir un « ils ne sont pas à moi » qui fit rire toute la tablée, à l'exception d'Olga auquel son compagnon traduisit cette plaisanterie des plus involontaires. J'appris donc, entre un sorbet et une tarte, que j'étais l'heureux père de deux filles que gardaient « nos » parents.

Après le dîner, nous sommes retournés un moment dans la cabine avant de faire un tour sur le navire, afin d'assister aux nombreux concerts et spectacles musicaux donnés dans les différents bars. Christelle marchait devant moi dans l'étroite coursive, son corps, mince et élancé, ne semblait porter les traces d'aucune grossesse. Elle paressait pressée, et la raison de sa hâte m'apparut dès que j'eus refermé la porte de la cabine.

— Pourquoi as-tu cru bon de te vanter d'avoir fait plein de croisières alors que c'est notre première ?

— Comment ça, mais… ?

— J'ai dû te traîner pour que tu acceptes celle-là, et maintenant tu joues au grand habitué devant l'autre pouffe du Brésil ? Tu crois que je n'ai pas vu ton manège ? Elle te plaît avec ses soupirs enamourés et sa robe ultra serrée ? Et pourquoi as-tu dit que tu n'avais pas d'enfants ? Tu veux cacher Juliette et Élodie pour jouer au vieux beau devant l'orfèvre moscovite ? Il te la faut aussi, cette grosse décolorée ?

Les échanges doux-amers qui suivirent m'indiquèrent clairement que non seulement « je » n'étais pas censé avoir fait d'autres croisières (mais alors comment pouvais-je en connaître le déroulement, et les spécificités, et me rappeler de tous les lieux, toutes les escales que « nous » avions visités ?), mais que Christelle manifestait une tendance à la jalousie qui m'apparaissait assez incompréhensible : n'ayant jamais été un séducteur, et n'ayant par ailleurs connu que fort peu de bonnes fortunes féminines, cette réaction à mon encontre m'était totalement inconnue. Se pourrait-il que mon « personnage », mon *alter ego*, celui dont je regardais la vie se dérouler au dehors de moi-même, soit bien plus différent de moi que je ne l'avais imaginé ? Avant de les oublier, je notais sur un carnet le prénom de « mes » deux filles et, le reste de la soirée, je fis attention à ne pas laisser traîner mon regard sur les jolies femmes, qui pourtant abondent sur les navires. Mais, contre toute attente, ce que Christelle apprécia cette soirée-là, ce fut que je reste en sa compagnie au lieu de « filer au casino », comme elle me l'avoua à notre retour. Elle me proposa de m'y accompagner, mais le casino m'ennuyait et, apparemment, si je ne lui trouvais aucun attrait, ce n'était pas le cas de mon *alter ego*. Je lui proposais, à la place, de faire un tour ensemble sur le pont supérieur.

Comme souvent, le vent soufflait fortement sur le navire et, sitôt sortis, nos cheveux s'envolèrent et la longue écharpe de soirée, fine et soyeuse, qui enveloppait le cou de Christelle, se mit à flotter comme une bannière. J'adorais le vent, ce qui n'était pas le cas de mon épouse, enfin, l'ancienne. Christelle, elle, ne semblait pas ressentir de déplaisir. Dans la nuit de l'Atlantique, face à *l'immense étendue sereine et comme huileuse de la mer enténébrée,* comme l'avait écrit l'un de mes auteurs préférés, *Y*asushi Inoue, elle était magnifique. Je la pris par la taille, elle en fut surprise, et me demanda si je cherchais à me faire pardonner.

— Il n'y a rien, je pense, à pardonner.

— Ou il y a bien trop, au contraire ! Je suppose que tu vas filer au casino finir ta nuit sans me le dire, non ?

— Le seul endroit où j'ai envie de finir ma nuit, c'est avec toi.

Je l'embrassais. Bien qu'elle se laissa faire, elle était étrangement froide, tout en retenue. « Ça va, me dit-elle, tu peux aller rejoindre la roulette ». Bien entendu, et à sa grande surprise, je n'en fis rien. Nous avons lentement fait le tour du pont supérieur, nous arrêtant parfois pour contempler la longue étendue noire de la mer des Caraïbes, ou pour rêver devant les lointaines lumières hésitantes du sombre rivage cubain qui barrait l'horizon sud. En regagnant notre cabine, nous surprîmes notre jeune amie brésilienne dans un des bars, en grande conversation autour de quelques cocktails, avec un homme à la panse aussi rebondie que son portefeuille, à en juger par le prix de la montre qu'il arborait négligemment. Sa démarche était parfois un peu hésitante, comme si elle avait déjà participé à quelques libations. En retrait, son amie plus âgée la surveillait. Je désignais, le plus discrètement possible, notre convive brésilienne à l'attention de Christelle : « je crois que notre amie est en plein travail.

— Que veux-tu insinuer ? J'ai beau ne pas l'apprécier beaucoup, ce n'est quand même pas une p…

— Pas du tout. Je crois simplement que c'est une « rabatteuse ». On en rencontre parfois sur les bateaux de croisière : de jolies jeunes femmes faisant profiter de leur compagnie des messieurs bien trop heureux de l'occasion de parader au bras d'une beauté, le tout contre quelques cadeaux de plus en plus onéreux… Mais elles ne vont pas jusqu'à se vendre, du moins pas sur le navire !

— Et comment sais-tu tout cela ?

— Nous en avons déjà rencontré dans… Je me repris devant l'air interrogateur, mi-fâché, mi-amusé, de Christelle. « Dans des reportages que l'on avait vus sur les croisières.

— Quels reportages ? Tu ne voulais même pas venir ! Ce sont encore tes copains et les machos du bureau qui t'en ont parlé, et peut-être même que c'est cela qui t'a décidé à accepter !

— Cela m'a tellement décidé que je ne te quitterai pas de la croisière. Pas de casino, ni d'autres filles : uniquement toi et moi, et selon ce que tu as prévu aux escales, j'ai bien l'intention de profiter de ces vacances. »

Cet aveu pouvait avoir l'accent de la sincérité, car il ne me coûtait guère. Rester au bras de la femme qu'était devenue un de mes amours de jeunesse n'était pas un insurmontable pensum, loin de là. Nous nous étions arrêtés sur le pont et, faisant face à Christelle dans la nuit tropicale, je caressai lentement ses bras avant de l'embrasser de nouveau. Elle se laissa faire, toujours sans manifester d'ardeur excessive. « J'aurais tant envie d'y croire », murmura-t-elle, les yeux un peu trop humides. Parler était inutile. J'ignorais tout. Je crois que c'est à ce moment que je ressentis mon premier vrai moment de détresse dans ce monde étrange. Qui était donc celui que j'avais « remplacé » ?

Deux heures plus tard, dans la chaleur tiède et la détente qui vous envahit après l'amour, je songeais brutalement à ces gens auxquels Christelle avait fait référence : « tes copains et les machos du bureau ». *Quel* bureau ? J'enseignais la physique en tant que professeur dans un lycée de Toulouse, ayant pour mission de donner un certain niveau à des élèves qui, pensant brillamment réussir leurs études secondaires, se trouvaient bien dépourvus lorsqu'ils réalisaient que la bienveillance institutionnelle et la culture de l'excuse perpétuelle régnant dans l'éducation nationale ne les préparaient absolument pas à se coltiner la complexité de la réalité. Je n'avais jamais eu de « bureau ». Je préparais tous mes cours à la maison, comme chaque professeur. Je n'avais pas non plus, évidemment, de « copains ». Juste quelques connaissances, ma misanthropie naturelle me prémunissant contre les désagréments des relations humaines. Une bonne façon, aussi, de ne pas souffrir du regard des autres... Je m'endormis en ayant de nouveau, pour la dernière fois, un petit espoir de me réveiller dans mon véritable monde. J'entendais, en glissant dans le sommeil, la calme respiration de Christelle. Mes mains étaient encore emplies du souvenir de son corps. Si c'était un rêve, voulais-je *vraiment* me réveiller ?

4 - Argo navis

La suite de la croisière se déroula sans anicroche sentimentale : je prenais garde à ne pas éveiller la jalousie de Christelle, essayant toutefois de lui soutirer quelques informations sur « ma » vie, tout en profitant de sa présence. Comme « je » n'étais pas censé me passionner pour le voyage, Christelle n'avait retenu que deux excursions, pour elle seule, menant toutes à lézarder sur des plages paradisiaques. Comme rôtir avec application sous un soleil de plomb en jouant à cache-cache avec le cancer de la peau n'était pas ma définition personnelle du paradis, je me retrouvai seul deux matinées, avec la difficile mission de devoir trouver des cartes postales à envoyer à « nos » parents, les enfants ayant eu leurs contents de selfies expédiés à terre par des opérateurs télécom aux acronymes exotiques et aux tarifs terrifiants, mais tout de même moins délirants que ceux proposés sur le navire, qui utilisait une liaison satellitaire.

Ma première escale en solitaire fut la Jamaïque, île dont la réalité se révéla très éloignée de celle d'un paradis tropical pour amateurs d'herbe qui fait rire. Je déambulai quelques heures sur des trottoirs défoncés jouxtant des routes qui ne l'étaient pas moins, et où passaient en fumant des Toyota hors d'âge se muant, dès qu'un touriste se trouvait en vue, en autant de taxis improvisés pouvant vous amener à bon compte à votre destination, ou vous offrir un aller simple vers un dépouillement total, voire vers une vision particulière des plages de l'île, à six pieds sous la surface dorée du sable constituant la seule richesse du pays. J'eus beau questionner quelques autochtones, au demeurant fort sympathiques, mais ayant tous, par un effet du hasard, quelque chose à me vendre ou à me montrer dans un coin sombre situé tout près, je ne trouvais pas de cartes, qui à mon avis devaient avoir disparu en même temps que les guêtres et la cire à moustache.

Un habitant du cru, tout sourire, m'indiqua que je devrais trouver des cartes vers le débarcadère d'où je venais. L'individu en question vendait des mangues, entendez par là qu'il demeurait tout le jour assis à l'ombre d'un grand manguier, attendant qu'un fruit mûr tombe sur le sol pour le proposer aussitôt à quelque touriste en manque de circuit court et de commerce équitable. Sur mon chemin, étant revenu au voisinage du navire, je pénétrai dans un magasin qui vendait un peu de tout, y compris du café au prix du platine, mais pas de cartes postales. Je me souvins alors que, lors de « nos » précédentes croisières, il m'était arrivé d'en voir au comptoir passager : le bateau se charge de les vendre, de les affranchir et de les envoyer à l'escale. Ce genre de service, s'il existait sur mon navire, devrait me libérer non seulement de la recherche d'une carte, mais aussi de la quête quasi mystique du saint timbre sans lequel elle ne pouvait quitter son pays et que, selon une logique administrative immuable, on ne trouvait jamais à l'endroit qui vendait les cartes. J'en étais là de mes réflexions lorsque je sentis un bref contact sur mon épaule.

« Si vous recherchez du café, il est quatre fois moins cher dans le magasin situé en face, à une trentaine de mètres, mais je crois que ce n'est pas véritablement du *Blue mountain*, mais de simples grains de mon pays ». C'était notre amie brésilienne, souriante dans une robe de plage qui faisait plus que la mettre en valeur, mais dont le regard me sembla empreint d'un étrange désarroi. « Derrière leur apparence, les choses ne sont pas toujours celles que l'on croit, lui répondis-je, sentencieux, songeant davantage à ma situation qu'au distinguo entre variétés de café.

— Vous avez raison, les apparences tiennent uniquement parce que nous faisons des efforts pour éviter que le monde ne s'effondre… »

Je vis ses yeux s'embuer, et elle chaussa rapidement ses lunettes de soleil avant de se diriger vers la sortie d'un pas encore quelque peu mal assuré. Intrigué par sa réponse, je la suivis. Je la rejoignis tout près de l'embarcadère. Assise sur un banc, à proximité des stands d'un marché permanent qui proposait toutes sortes d'articles de plage colorés et de souvenirs authentiques de la Jamaïque garantis *made in China*, elle profitait de l'ombre de quelques palmiers et du vent venant de l'océan. Je m'aperçus, au léger tressaillement de ses épaules, qu'elle sanglotait.

— Qu'est-ce qui ne va pas, miss ? Ce sont les apparences qui vous chagrinent ?

— Appelez-moi Lana, me dit-elle en me tendant une main mal assurée que j'effleurais automatiquement sans conviction aucune.

— Moi, c'est Gérard. Je ne me rappelle pas si nous nous étions présentés au dîner. De plus, je m'excuse, mais je n'ai pas la mémoire des noms, même si vous n'êtes pas de celles qui s'oublient ! Tout est un peu confus pour moi ces derniers temps…

— Pour moi aussi… Elle releva ses lunettes, les coinçant sur son front, et se pencha vers moi. J'eus toutes les peines du monde à continuer à regarder son visage au lieu de plonger dans son décolleté, qui était, il est vrai, magnifiquement rempli.

– Votre femme n'est pas avec vous ?

– Elle est en excursion. Elle devrait être de retour dans une petite heure. Votre amie est-elle aussi partie ?

— Non, mon… amie est restée à bord, à lire près de la piscine… Elle soupira. Je ne la comprends plus, savez-vous ? Je ne comprends plus rien ! Je suis Lana Egarista, j'écris des livres pour enfants, je traduis des romans anglais en portugais, et mon amie Elizandra m'accompagne en vacances... Mais depuis hier elle me dit que je travaille dans une usine, elle veut que je me fasse offrir des cadeaux par des hommes riches pour que nous les revendions au Brésil, que je les laisse me... Je ne suis pas comme ça ! Et cette nuit Elizandra a essayé de... Elle a voulu coucher avec moi ! Mais j'aime les hommes, moi ! Et elle me certifie que nous sommes ensemble depuis des années ! Vous devez me croire folle, non ?

Ma mine consternée pouvait, je le suppose, le laisser penser. Pourtant, elle était surtout due aux réflexions qui, à toute vitesse, s'entrechoquaient au point de bousculer ma raison. Indifférent aux regards égrillards des passagers qui, revenant au navire, avaient surpris la fin de notre conversation, je me rendais compte que mon hypothèse favorite pour expliquer mon étrange situation, à savoir que je souffrais d'une maladie mentale quelconque, venait de devenir infiniment moins probable : bien que mes connaissances en médecine fussent d'une assez considérable minceur, il me semblait difficile de croire qu'une maladie mentale puisse se révéler contagieuse. Je repris lentement les mains de Lana. Le contact de sa peau légèrement glissante, encore huilée de crème solaire, me troubla légèrement. Ma poigne se fit peut-être un peu trop ferme, tant mon cœur envahissait mes oreilles alors que je lui parlais.

— Lana, vous n'êtes pas folle. Je vis la même chose que vous. Ma femme n'est pas ma femme. Elle me dit que nous avons deux enfants, alors que je n'ai jamais eu d'enfants. Elle me prend pour une espèce de coureur de jupons accro aux jeux, alors que je n'ai jamais été un séducteur et que les jeux d'argent m'indiffèrent. J'enseigne la physique, je ne suis pas riche, et pourtant je possède à présent des objets qui sont bien au-delà de mes moyens. Cette vie n'est pas la mienne.

— Que nous arrive-t-il ?

— Je n'en ai aucune idée.

Elle m'étreignit brièvement, cherchant simplement du réconfort, et, machinalement, je fis de même. Les sanglots trop longtemps retenus refluèrent, et fort heureusement, car à sentir son corps magnifique lové contre le mien, l'ambiance tropicale commençait à s'installer dans ma tête. Pour ne pas être séducteur, on n'en est pas moins homme. Nous sommes rentrés au navire, à la fois soulagés et pensifs. Nous nous sommes installés dans un bar pour discuter un peu en attendant que Christelle ne rentre de son excursion. Je surpris, du coin de l'œil, Elizandra qui nous surveillait. Elle devait croire que j'étais la nouvelle proie de son involontaire compagne.

Ne tenant pas à ce que Christelle me trouve en galante compagnie, du moins selon l'interprétation qu'elle ne manquerait pas de faire de ma situation, je regagnais notre cabine un peu avant l'heure prévue pour le retour de son groupe d'excursion. Je sortis sur le balcon pour guetter l'arrivée du bus de « ma » femme. Sur des collines verdoyantes où s'agitaient les palmiers d'un vert luxuriant s'entassaient de riches résidences, sous un ciel où couraient de menaçants nuages d'un gris cendré.

Ainsi, je n'étais pas seul. L'affection mentale dont je pensais souffrir, qui n'était qu'un avatar de la folie, me semblait à présent constituer une explication par défaut, bien pratique lorsque l'on n'en possède pas d'autres, mais Lana avait condensé en quelques mots le mystère de notre situation, en soulignant inconsciemment l'origine extérieure de notre singulière histoire : que nous était-il arrivé ? Je ne sais pourquoi, mais une autre question me vint à l'esprit alors que je distinguais, dans le groupe de passagers rentrant d'excursion, Christelle en compagnie du couple russe qui partageait notre table. Si ce n'est pas moi le problème, alors, Lana et moi, *où étions-nous* ?

Je revis Lana au dîner, où elle me remercia, d'une voix un peu rauque, de « l'aide que je lui avais apportée ». Pendant le repas, elle me jetait de fréquents coups d'œil, observant comment je réagissais avec Christelle. Bien involontairement, je cherchais à découvrir, moi aussi, une faille, une distance entre elle et son amie Elizandra. Bien entendu, ce manège, que nous voulions discret, eut le don d'attiser chez « ma » femme une jalousie qui ne demandait qu'à exploser au grand jour. Je passai donc une soirée exécrable, à supporter les insinuations blessantes et la colère froide d'une femme que j'avais blessée malgré moi, et qui me reprochait uniquement l'attitude qu'aurait eue celui que je devais appeler, faute de mieux, mon *alter ego*. Elle fut toutefois surprise, cette fois encore, que je ne néglige pas sa compagnie, pourtant éprouvante, de la soirée. Une fois couché, je fis mine de l'attirer contre moi. Après quelques protestations bougonnes, elle se laissa aller sur mon bras, et j'en fus quitte pour quelques instants de rêverie romantique personnelle, à sentir la tête lourde et la chevelure rousse d'un amour de jeunesse bloquer inexorablement le rythme de mon sang. Au petit matin, Christelle, inconstante et calmée, sut me réveiller d'agréable façon.

5 - Les parrains

Nous avons fait escale aux îles Caïmans. Christelle et Olga avaient convenu de faire ensemble les abondantes boutiques de luxe qui parsèment le front de mer et, étonnamment pour elle, je m'étais proposé de les accompagner. Je n'eus pas le temps de mettre ce plan à exécution, car un petit homme rebondi, vêtu d'une chemise hawaïenne, m'attendait à la sortie du bateau. Je n'avais pas posé le pied sur l'île qu'il m'appelait avec force signes des mains et un accent marseillais à couper au couteau. Christelle fronça les sourcils. « Il est là lui ? Alors on n'est pas près de te revoir ! N'oublie pas de rentrer avant que le bateau s'en aille » ! Et elle me laissa face à l'inconnu, si je puis dire, qui la salua vivement d'un rapide signe de tête.

— Alors Gérard, tu profites des vacances avec ta dame ? Tu as les papiers ? On y va !

— Les papiers ? Non… On va où ?

— Putaing, t'as oublié les papiers ? Monte les prendre, je t'attends.

Je remontai avec difficulté la file des croisiéristes descendant à terre, repassai la sécurité puis revins dans ma cabine. Qui était cet homme, et de quels papiers pouvait-il bien parler ? Je fouillai mes affaires sans grande conviction, et au fond d'un tiroir où étaient rangées mes chaussures, bien à l'abri dans leur sachet de transport, je trouvai une grande enveloppe brune. Elle contenait une vingtaine de feuilles, écrites en anglais et en français, rédigées dans un vocabulaire administratif abscons, mais qui ressemblait fort à des contrats. Les sommes indiquées en dollars et en euros, comptaient plus de chiffres que j'étais habitué à en voir devant un signe de devise.

Je retrouvai mon Marseillais, brandissant l'enveloppe comme Moïse les Tables de la loi.

— Super, on y va !

— Où exactement ? Il faudrait que l'on soit rentrés dans quelques heures, car le navire repart en début d'après-midi…

— T'en fais pas ! Comme si tu savais pas où on va ! Sacré Gérard ! T'auras même le temps de faire la tournée des bars à putes dès qu'on aura fini !

Nous nous sommes engouffrés dans un taxi qui attendait notre venue, sa climatisation ronflant bruyamment. À l'intérieur, mon guide truculent extirpa de la portière une bouteille d'alcool et deux verres.

— Tu prendras bien quelque chose ?

— Non, sans façon, mais ne te gêne pas pour moi.

Il ne se gêna pas, et tandis que notre taxi filait confortablement à travers les rues propres et droites de l'île, je songeai à l'énorme différence entre la ville où j'étais et la misère crasseuse de la Jamaïque. Ici, les immeubles cossus et les coquettes maisons voisinaient les bâtiments immaculés. Il n'y avait pas beaucoup de circulation, mais la plupart des voitures étaient neuves, ou en excellent état. Nous sommes arrivés dans un quartier où se succédaient des banques au nom exotique. Des drapeaux flottaient au vent, dont, à ma surprise, l'Union Jack. En descendant de la confortable berline, l'air chaud et humide me sauta au visage. Nous nous étions bien éloignés du rivage, et les constructions alentour nous renvoyaient la chaleur d'un soleil qui montait tout droit dans le ciel.

— Sacrée chaleur ici, hein, me dit mon guide en s'essuyant le visage avec un mouchoir qui semblait avoir connu de meilleurs jours.

Nous sommes entrés dans le bâtiment de la banque pour le développement tropical, où nous attendaient, dans un bureau luxueux donnant vers la mer, visible au loin, trois jeunes hommes qui ressemblaient tout à fait aux « hommes en noir » des séries d'anticipation. Je n'aurais pas été étonné d'apprendre qu'il s'agissait de Ms. Smith et Jones, mais ils m'accueillirent avec cordialité malgré ma tenue de vacancier qui dénotait quelque peu dans cet univers visiblement dédié aux affaires.

— Nous vous attendions, M. Busca, heureux de voir que grâce à vos vacances, vous pouvez mêler l'utile à l'agréable. Nous n'allons pas vous retenir bien longtemps. Vous avez les documents ?

Je leur remis, embarrassé, l'enveloppe brune. Ils lurent rapidement certaines pages, puis me firent parapher et signer de nombreuses feuilles. Je m'exécutai de bonne grâce, me demandant de quoi il pouvait bien s'agir, mais craignant aussi de trop bien le comprendre. Mon guide haut en couleur, les mains calées dans les poches de son bermuda, ne pipait mot. Au bout d'une trentaine de minutes, ils me remirent un double de nos papiers, ainsi qu'une longue enveloppe plus petite.

— Vous trouverez le numéro et le code de votre compte dans notre banque dans l'enveloppe. Nous y avons joint une gratification pour vous remercier d'avoir bien voulu interrompre un moment vos vacances à notre profit.

Ils eurent tous un sourire à ce dernier mot. Faute de mieux, je souris moi aussi, mais je me sentais mal à l'aise. J'aurais préféré être recruté par une agence de lutte contre les extraterrestres plutôt que d'être redevable à ce qui m'apparaissait être une émanation de l'honorable société sicilienne. Je me vis, l'espace d'un instant, finir avec des chaussettes en béton dans la mer des Caraïbes, amusant en-cas pour requins en goguette. Mais il ne s'agissait pas, visiblement, de ce genre de truands, car nous sommes ressortis après avoir pris congé le plus civilement du monde, mon exubérant compagnon ayant lui aussi reçu sa petite enveloppe. Il ne tenait pas, toutefois, à en rester là.

— Si on allait boire un coup ? Le seul défaut de ce pays-là, c'est qu'ils ne connaissent pas le pastaga ! Mais ils ont de ces mélanges... Si tu veux, je t'emmène dans un bar, on peut jouer dans l'arrière-boutique, une partie rapide, ça te dit ? Ou je t'emmène voir quelques petites dont tu me diras des nouvelles !

— Merci, vraiment, mais non, là, vois-tu, je n'ai pas envie de me balader avec ces contrats sous le bras. Je rentre au bateau, je les mets en lieu sûr et basta.

— Toi, tu as repéré une coquine sur le bateau, hein ? T'en profites pendant que ta femme est pas là, hé, comme d'habitude ! Escogriffe, va !

Avec force bourrades et exclamations, mon compagnon me reconduisit dans le taxi qui nous avait sagement attendus, en profitant pour me détailler les avantages d'une bonne partie des dames de petite vertu de l'île. Je parlais peu, me contentant d'acquiescer à ses saillies, essayant de deviner quelle devait être « ma » personnalité d'après ses remarques et ses propositions. Le moins que je puisse dire, c'est que je me faisais l'idée d'un bien triste sire. Il me vint à l'esprit une description de Don Juan qui me semblait convenir à merveille à « ma » personne : *grand seigneur, méchant homme*.

C'est pensif et attristé que je regagnais ma cabine, après avoir eu les phalanges broyées par la poigne de mon ami inconnu, qui me félicita par avance du bon moment que j'allais passer. Je rangeai les papiers signés dans le coffre, puis j'ouvris la petite enveloppe : il y avait bien, sur un modeste papier à en-tête, deux longs codes alphanumériques et une adresse web, mais il y avait aussi une liasse de billets de cinquante euros, épaisse de près d'un centimètre. À vue de nez, deux cents billets. Dix mille euros. Les réveils câlins avec Christelle n'étaient pas, apparemment, les seuls éléments nouveaux dans « ma » vie. On aurait pu toutefois trouver surprise plus désagréable. Je divisais la liasse en deux puis, en ayant rangé une moitié au coffre, j'enfournai le reste dans ma poche et je ressortis du bateau avec l'étrange sensation d'être un nabab, et de pouvoir me faire plaisir *ad libitum* dans les boutiques de luxe qui voisinaient toutes, par un hasard providentiel, le débarcadère des croisiéristes. Je pensais aussi pouvoir rejoindre Olga et Christelle.

Toutefois, je ne trouvai pas le plaisir dans la dépense. Je ne m'intéressais guère aux cigares ou aux alcools. Il y avait aussi une foule de modèles de montres de luxe, mais dont les tarifs nécessitaient cinq chiffres, et non pas quatre. De plus, j'avais déjà à mon poignet le modèle dont j'avais rêvé. Cela n'échappa pas à l'attention de vendeuses qui firent assaut d'amabilités pour me présenter les modèles les plus luxueux. J'étais sur le point de me laisser tenter, lorsque je reconnus, plus loin dans le magasin, Lana, qui détaillait les vitrines présentant différents bracelets. Nos regards se croisèrent, et son sourire accompagna un amical signe de sa main. Nous avons échangé quelques banalités avant que je lui demande si elle pensait pouvoir se faire à sa nouvelle vie.

« Je… Je regrette de vous avoir raconté tous mes délires. Vous avez été très gentil en essayant de me réconforter, en me faisant croire que vous aussi vous viviez la même chose… Elizandra me dit que je suis trop fatiguée… J'ai voulu aller à la piscine, mais elle voulait que j'attende qu'il y ait davantage d'hommes sur le bateau… Pour me voir. Je ne sais plus. Elle veut me donner des pilules, des calmants, mais je suis déjà très calme… »

Sa voix était une peu hésitante, comme empâtée.

— Excusez-moi de vous le demander ainsi, mais auriez-vous bu un peu plus que de raison ?

— Il fallait bien. J'ai essayé d'oublier, je me suis sentie mal, alors je suis venue à terre me changer les idées. Mais je ne me sens pas très bien, me dit-elle avant d'étouffer un petit rire. Vous avez trouvé votre bonheur ?

— Il y a beaucoup de beaux objets, mais aucun dans mes prix, je le crains. Je ne suis d'ailleurs pas persuadé de ne pas trouver mieux aux Bahamas, ou à Miami.

— C'est possible… Vous voulez bien rester un peu avec moi ?

— Ce serait avec plaisir, mais je dois chercher ma femme et notre amie russe, qui doivent être dans la rue principale, le long du bord de mer. Voulez-vous vous joindre à moi ?

Je pensais naïvement que si Christelle me rencontrait en compagnie de Lana, étant à sa recherche, sa jalousie se verrait contredite, et deviendrait sans objet. J'avais beaucoup à apprendre encore.

— Je pense que votre femme ne serait pas très contente de nous trouver ensemble, vous savez.

— Je ne pense pas, puisque justement, le fait de ne pas nous cacher prouve bien qu'il n'y a rien à craindre, non ?

— Vous êtes marié depuis longtemps ? Comment est-il possible que vous connaissiez si peu les femmes ? Je ne l'aurais pas cru.

Son sourire était légèrement moqueur, mais elle avait raison. Dans ma vraie vie, ou celle que je croyais être telle, je n'avais connu qu'une petite succession d'échecs, jusqu'à ce que, par hasard, je sois remarqué par ma femme, plus âgée que moi, plus expérimentée, qui avait su me donner confiance et accepter mes maladresses. Mais apparemment, dans cette réalité, ce n'était pas l'aspect que je donnais. À quoi cela était-il dû ? Je n'eus guère le temps d'y réfléchir, car, suivant Lana, nous étions sortis de la boutique, et elle marqua un arrêt, me désignant le navire de la tête. « J'aimerais vraiment aller me baigner. J'irais bien à la plage, mais elle est loin. Voulez-vous m'accompagner à la piscine, maintenant qu'il y a moins de monde sur le navire ? »

J'hésitais à acquiescer lorsque, du coin de l'œil, je reconnus une chemise hawaïenne habitée par une panse rebondie que je ne connaissais que trop bien, et dont le propriétaire, le bras levé, semblait désireux de m'apostropher.

Je n'avais aucune envie de me faire harponner par ce pilier de bar, aussi je m'adressais à voix basse à Lana : « ne prenez pas ombrage de ce que je vais faire, il ne s'agit pour moi que d'échapper à la présence encombrante d'une personne dont je ne souhaite pas subir la compagnie, je vous en prie, ne soyez pas surprise de mon geste, il n'a d'autre but que celui-ci. » Je pris Lana par la taille, sensation exquise, et je l'entraînais ainsi jusqu'à être hors de la vue de mon cicérone marseillais dont le reflet dans une vitrine me permit d'observer l'air à la fois goguenard et approbateur, les mains sur les hanches, en me voyant partir avec une belle inconnue. Je relâchais la taille de Lana juste avant l'embarcadère, craignant que Christelle ou Olga ne soient dans les parages, mais nous étions près de midi, et il y avait fort peu de monde. Lana insistait pour que je l'accompagne, mais je me séparais d'elle, lui promettant de la rejoindre à la piscine arrière, pour faire un crochet par ma cabine. Je désirais savoir si Christelle était rentrée.

La cabine était déserte. J'avisai mon smartphone, que j'avais laissé dans un tiroir : il y avait deux appels manqués de sa part, et un texto : « j'ai essayé en vain de te joindre, tu dois être « occupé » avec ce bon à rien de Ferno. Nous avons décidé, avec Olga, d'aller à la plage, on y déjeunera et nous reviendrons vers 16 h. Bonne journée, si je puis dire. Bises ». Le message était arrivé voici plus de deux heures. J'y répondis de façon laconique : « Bonne baignade, profitez-en bien, j'ai pu me libérer du parasite, je suis sur le navire après avoir fait un tour sur le port, je t'attends en lisant. Bises ».

Je décidais de rejoindre Lana, espérant la faire parler davantage au sujet du décalage qu'elle percevait elle aussi entre sa mémoire et sa situation actuelle. Comme la majorité des passagers présents sur le navire était en train de manger, la piscine arrière était quasi déserte. Le barman s'occupait à ranger consciencieusement ses verres, et deux ou trois croisiéristes ventripotents prenaient leur douche d'eau douce avant d'aller faire le plein de calories au self. Je cherchais des yeux Lana sans la voir.

— Vous ne venez pas nager ?

Elle était dans l'eau, se coulant avec aisance dans le bassin désert écrasé d'un soleil au zénith. Lorsqu'elle en sortit en me souriant, je me sentis dans la peau de Sean Connery surpris par Rachel Welch sortant de l'onde, dans sa lutte contre le Dr No. Elle portait un maillot des plus minimalistes, qui mettait en valeur sa plastique et le ton cuivré de sa peau, que ne venait contraster aucune marque de bronzage. Je compris alors parfaitement la jalousie de Christelle.

— Je crains d'avoir laissé mon maillot dans ma cabine…

– Peu importe. Vous voulez bien me passer de la crème solaire ?

Je m'exécutai, trop heureux de l'occasion, et la chaleur qui me sembla alors insoutenable ne devait rien au soleil des tropiques. Pendant que ma main s'attardait un peu trop sur les douces courbes de son dos, je l'interrogeai.

— Vous avez donc toujours un différend avec votre amie au sujet de votre métier et de vos… relations ?

— Oui… Elizandra me dit que je suis trop fatiguée, que cela m'arrive parfois de ne plus vouloir d'elle, mais que nous finissons toujours par nous remettre ensemble. Je crois qu'elle ne me comprend pas, ou qu'elle refuse de comprendre. Je ne me sens pas la femme qu'elle pense que je suis, tout simplement. Elle a été stupéfaite lorsqu'elle a découvert que je parlais espagnol. Dans certains villages perdus, je passerais pour être « possédée » par un démon ou un autre. À une autre époque, j'aurais fini sur un bûcher ! Je dois avoir simplement un problème avec ma personnalité, une maladie mentale… Mais je ne suis pas folle, n'est-ce pas ?

En me posant cette question, elle se releva à demi, plongeant son regard dans le mien. J'eus le plus grand mal à conserver mon sérieux pour lui répondre.

— Je ne pense pas que les maladies mentales puissent être contagieuses. La nourriture sur le navire est peut-être trop abondante, mais je crois que nous pouvons éliminer toutes les sortes d'empoisonnements possibles ! J'en viens plutôt à penser que nous sommes victimes d'un phénomène inconnu, qui n'a rien à voir avec nous. Bien entendu, j'aimerais m'assurer auparavant que tout va bien dans ma tête, que tout ceci est bien réel, mais, visiblement, vous n'êtes pas un rêve, et votre histoire non plus.

— Pourtant, cela de me déplairait pas de faire un rêve avec vous.

Je dus me persuader que je venais bien d'entendre ces mots. Le regard de Lana se faisait interrogatif, insistant, un peu voilé. J'eus l'impression que deux voies s'offraient à moi. Mais dans ce monde-là, je n'hésitai pas.

— Faisons un rêve ensemble, si vous le voulez bien.

Je suivis Lana à sa cabine, située juste au-dessus de la mienne, et je me découvris alors un point commun avec mon *alter ego* : comme lui, j'étais infidèle.

Ce ne fut qu'un couple d'heures plus tard, remontant tout guilleret, et arborant sans nul doute un air satisfait particulièrement stupide, que je me rendis compte que mes poches avaient été vidées. Les milliers d'euros que j'y avais fourrés en espérant me faire plaisir à terre avaient disparu. Je m'étais certes fait plaisir, mais pas de la manière et au prix que j'avais espéré. Je m'étais fait avoir, et en beauté. Rien ne m'avait préparé à ce monde, mais, considérant qu'après tout, la leçon ne m'avait coûté que la moitié d'une « gratification » inattendue, je me consolais en me disant, comme Cyrano, que l'on ne saurait abdiquer l'honneur d'être une cible, fut-ce celle d'une « professionnelle » qui ne manquait pas d'entraînement !

Je me demandais toutefois si Lana souffrait effectivement du même étrange mal que moi, si elle avait juste joué une comédie de mystérieuse demoiselle en détresse afin d'obtenir mon attention, avant d'autres gratifications, ou s'il y avait encore une autre possibilité. Dans l'intimité, elle s'était révélée tantôt experte, tantôt, peut-être faussement, ingénue. Dans tous les cas, elle ne ressemblait en rien aux rares femmes que j'avais déjà connues.

Pendant le reste de la croisière, elle évita ma compagnie, et, au dîner, nous n'échangeâmes que quelques sourires entendus. Je fis de même, maintenant une prudente distance avec elle et m'amusant de la voir « courtiser » d'autres messieurs financièrement séduisants. Afin de ne plus être tenté, je devins, le reste du voyage, le chevalier servant de Christelle, craignant presque de ne plus être en sa compagnie. Elle en fut surprise, mais plutôt ravie, bien que, de mon côté, je me rendis vite compte que mon intérêt pour elle n'allait plus au-delà du désir : malgré tout ce que j'avais espéré de mon ancien amour de jeunesse, toute la fougue et l'intensité des sentiments que je ressentais alors me semblaient avoir été bel et bien englouties dans les sables du temps, et c'est en vain que j'essayais de les invoquer à nouveau.

La compagnie de Christelle était certes des plus agréables, mais elle manquait d'intérêt pour ce qui, à mes yeux, recelait de l'importance : les sciences. Ma passion pour elles n'était apparemment pas celle de mon *alter ego*. Le fait que son épouse, la femme qu'elle était devenue, n'avait que de lointains rapports avec la jeune fille qui m'avait séduit et que j'avais si éperdument aimée ne pouvait que conduire à un affadissement rapide de mon premier émerveillement. J'aurais pu, toutefois, essayer tant bien que mal de me faire à cette nouvelle vie, s'il n'y avait eu le dernier dîner à bord.

6 - Des univers au dessert

S'il est, sur les navires de croisières, un domaine que les voyageurs n'abordent pas lors de leurs discussions pendant le repas, c'est bien celui de leurs activités professionnelles. En effet, la croisière représente pour la majorité une coupure totale avec le quotidien, un autre monde où, les mille nécessités de la vie quotidienne étant prises en charge par l'équipage, tous se trouvent confrontés au temps retrouvé. Dans ces conditions, l'activité professionnelle ne nous décrit plus, et nous prenons nos distances avec elle, n'en parlant pour ainsi dire pas. C'est souvent lors du dîner d'adieux que les convives échangent des adresses qu'ils se feront un devoir d'oublier au plus vite, et que se dévoilent, parfois avec surprise, les professions exercées par ceux qui ont été, l'espace d'une semaine, nos compagnons de voyage.

Nous avons ainsi découvert que nos deux amis suisses étaient médecins, chacun d'eux exerçant toutefois une spécialité différente, qu'ils ne nous révélèrent pas, alors que, d'après son compagnon, Olga travaillait dans l'industrie du luxe. Je savais toutefois par Christelle, ayant eu le temps de communiquer avec elle au travers de quatre mots d'anglais et de russe qu'elle connaissait, qu'elle tenait en réalité un commerce d'articles de luxe. Quant à son compagnon, Alexei, il se montrait fort discret sur ses activités, se bornant à déclarer qu'il aidait Olga, et j'en vins à supposer que tenir compagnie à des dames riches devait constituer une part non négligeable de ses activités, et de ses revenus. Je me demandai ce que dirait Lana, mais avec Elizandra elles se bornèrent à délirer qu'elles travaillaient

« dans le commerce », ce qui n'était pas vraiment, d'après l'aperçu que j'en avais eu, un mensonge.

C'est ce soir-là que j'appris que « ma » femme, Christelle, travaillait pour la région Occitanie. Vint le moment où je devais avouer comment je gagnais ma vie. Sauf, bien entendu, que j'ignorais totalement ce qu'était censée être mon activité. Je commençais par m'avancer en terrain connu : « j'ai une formation scientifique, je suis docteur en astrophysique, mais comme je n'ai pas pu trouver d'emploi, j'enseigne la phys…

— Ne l'écoutez pas, il plaisante !

— Il n'est pas astrophysicien ?, demande Alexei, subitement très intéressé.

— Si, il l'est, de formation, mais il n'enseigne plus depuis longtemps : il est *financial advisor* dans une compagnie de banque et assurance », dit-elle avec une pointe de fierté dans la voix, alors que Lana et sa compagne échangeaient un regard entendu.

Voilà donc quelle était mon activité. Je n'avais pas la moindre idée de ce qu'était un « financial advisor », et je me dis dans un coin de mon esprit qu'il serait bon que je me renseigne avant de reprendre mon « activité », ce qui n'irait sans doute pas de soi. Pour le moment, je me devais de répondre aux interrogations d'Alexei, qui semblait très agité, alors même qu'Olga, j'aurais dû le remarquer, levait les yeux au ciel, ne connaissant que trop la marotte de son compagnon. Ce fut toutefois notre ami suisse, Charles, qui, sans le savoir, me posa la question qui allait faire prendre à notre bavardage une direction inattendue.

— Vous avez travaillé dans un observatoire, avec des télescopes géants ?

— Il m'est arrivé d'aller dans des observatoires, mais de nos jours les techniciens qui manipulent ces engins sont très spécialisés, et ce ne sont plus les chercheurs qui s'en occupent directement. Nous retenons un temps d'observation avec certains instruments, nous décrivons ce que nous voulons et les données parviennent sur nos ordinateurs, à charge pour nous de les traiter et de les interpréter. J'ai aussi travaillé avec des images issues du télescope spatial, pour étudier la formation des galaxies, et même les débuts de l'univers.

— En somme, vous recherchiez la main de Dieu, intervint Alexei, tout content de lui. Ma réaction fut automatique :

— Dieu ? Tout comme Laplace, je vous dirais que cette hypothèse n'est d'aucune utilité en Sciences, pire, qu'elle n'y a pas sa place.

— Vous êtes donc athée ? me sortit Alexei avec l'air épouvanté d'un exorciste tombant nez à nez avec le malin.

— Bien évidemment, comme la majorité des scientifiques…

Je ne désirais pas poursuivre la conversation à ce sujet, car je savais qu'elle recelait de possibles graines de discordes inutiles. Toutefois, Alexei jugea opportun d'enfoncer le clou avec l'ardeur d'un télé-évangéliste, et je me dis qu'il devait être un fervent orthodoxe.

— Pourtant, même la physique démontre l'existence d'une intelligence au commencement du temps !

— Ha ? Je n'étais pas au courant.

— J'ai pourtant lu qu'il existe des chiffres importants en physique, et que si leur valeur avait été un tant soit peu différente, l'univers n'aurait pas pu exister comme nous le connaissons, et il n'y aurait jamais eu de vie.

— Oui, ce sont les constantes de la physique, et alors ?

— Et bien *qui* a choisi de fixer les valeurs de ces constantes pour permettre précisément l'existence du cosmos parmi les milliards de possibilités qui ne conduisaient qu'au néant ?

L'assistance le regardait avec curiosité, Christelle y compris, pensant sans doute que l'ami Alexei avait marqué un point important. Peut-être que mon *alter ego* en serait resté là, se tirant de cette situation par une pirouette, pour autant qu'il l'ait suscitée, mais ce n'était pas mon cas. Je répliquai donc, sous le regard ahuri de « ma » femme.

— Mais la même personne qui a pris soin de nantir les melons de côtes afin de faciliter leur découpage en famille ? Personne, mon bon Alexei, il n'est pas nécessaire de faire une hypothèse qui rajoute du mystère sur du mystère ! En fait, si l'on fait varier non pas une, mais toutes les constantes, on peut démontrer que dans ce cas environ plus d'un univers sur deux, parmi tous les possibles, devient apte au développement de la vie. Nous pouvons donc dire que nous faisons, nécessairement, partie de ce genre d'univers, qui d'ailleurs était le plus probable, car dans le cas contraire, nous ne serions pas ici. On peut même envisager une autre solution : celle des univers multiples.

Notre amie suisse m'interrompit alors : « cela me semble logiquement impossible, puisque l'univers étant par définition l'ensemble de tout ce qui existe, il ne peut en exister plusieurs, non ?

— Si on donne cette définition à l'univers, vous avez raison, mais pour un physicien, l'univers, c'est davantage la partie de la réalité qui nous est en principe observable.

— Et qui a commencé avec le fameux « big bang », le *fiat lux* initial, intervint Alexei, tout heureux de revenir dans la conversation.

— Pas exactement. Le big bang, c'est la fin d'une phase de l'histoire de l'univers que l'on a appelée l'Inflation, en gros une croissance extrêmement accélérée qui a fait des objets plus petits que des atomes des structures cosmiques, et encore ce big bang ne vaut que dans notre univers observable : il est possible que cette inflation se poursuive en d'autres endroits, donnant naissance à d'autres « bulles d'univers ». Et là où cela se corse, c'est que chacun de ces univers peut être doté de ses propres jeux de constantes physiques. Autrement dit, nos constantes semblent « miraculeusement » ajustées à la vie seulement parce que sans cela, nous n'en serions pas là pour en discuter : nous faisons forcément partie des univers où la vie est possible, mais les autres existent aussi. »

L'assistance me regardait avec les yeux ronds. Même Christelle semblait éberluée. J'eus l'impression d'être le Giordano Bruno ordinaire postulant l'existence de mondes infinis et de vies extraterrestres devant les instances compréhensives et bienveillantes de l'office de la sainte inquisition.

— Mais… où seraient ces fameux univers différents ? demanda notre doctoresse helvétique alors que sa glace à la framboise dégouttait lentement de sa cuillère, au vol suspendu, sur son assiette, créant le risque d'une tache majeure sur sa robe de soirée pour le moment immaculée.

— À des distances prodigieuses, à la fois dans l'espace-temps et éventuellement dans d'autres dimensions. Tellement loin des autres, que nous ne pourrons jamais avoir accès à la moindre information provenant directement de ces univers alternatifs.

— Notre univers à nous est déjà assez grand pour nous occuper un moment, intervient Christelle sur le ton de la plaisanterie, désirant mettre un terme à une conversation qui avait le désavantage d'ostraciser Olga, Alexei ne lui traduisant que partiellement et difficilement ce que nous disions.

— Il faut dire que l'infini, c'est assez grand, surtout vers la fin !

Ce bon mot de Lana, que je n'attendais pas sur ce terrain, eut le mérite de détendre l'atmosphère, surtout lorsqu'Alexei, très en verve, lui répondit qu'en fait, c'était au début que l'infini paraissait long.

La suite de la conversation prit un tour plus badin, s'achevant par des échanges d'adresses mail et des promesses de messages qui, bien entendu, seraient très rapidement oubliées une fois la croisière terminée.

Quelques heures plus tard, je déambulais seul dans les salons singulièrement dépeuplés : nous étions la veille du débarquement, et la majorité des passagers était rentrée afin de boucler les valises et de les sortir dans les couloirs avant le petit matin, de façon à ce qu'elles soient prises en charge par le personnel de bord pour le retour. J'avais vainement tenté de persuader Christelle de conserver nos bagages, mes précédentes croisières (que j'étais censé n'avoir jamais effectuées) m'ayant appris que l'on y gagnait un temps précieux pour une peine minime, mais cette dernière avait refusé de se rendre à mes raisons et, désireuse de ne pas être importunée par ma présence au moment d'affronter le phénomène singulier qui pousse les valises à rétrécir entre le départ et la fin des vacances, elle m'avait congédié gentiment, me confiant qu'elle ne voyait aucun inconvénient à ce que je profite de la dernière nuit d'ouverture du casino.

7 - L'infinité du monde dans un salon

Je me promenais donc dans les salons à demi déserts du navire, ne croisant que quelques couples pressés de réaliser leurs dernières bonnes affaires d'articles de luxe détaxés, lorsque j'eus la surprise de me voir salué de loin par Alexei, qui m'invita bien vite à le rejoindre dans un des bars où, prudemment, je me contentais de jus de fruits, ce qui fit bien rire mon compagnon, apparemment bien déterminé ce soir-là à tester tous les cocktails ayant jusqu'ici échappé à ses recherches obstinées sur ce sujet que d'aucuns pourraient juger d'une déraisonnable étendue.

Alors qu'il sirotait lentement des breuvages aux couleurs variées, Alexei revint sur notre conversation du dîner.

— Je m'excuse de vous avoir conduit à parler de sciences tout à l'heure, j'ai cru comprendre que votre femme n'a que modérément apprécié cela, quant à la mienne… Il eut alors une grimace équivoque, avant de faire disparaître dans son gosier une quantité substantielle de liquide bleuté. Il posa ensuite délicatement une des petites ombrelles de papier qui décoraient son verre à côté d'un nombre appréciable de ses semblables, sagement alignées sur la table.

— Ne vous excusez pas, cher Alexei, bien au contraire, vous m'avez fait plaisir. Je pense que nos amis suisses ont, eux aussi, été très intéressés. C'est même une des rares conversations, parmi toutes celles auxquelles nous avons eu le plaisir de participer, qui m'ait réellement passionné.

— Cela se voyait, savez-vous, et c'était agréable... J'ai trop peu l'occasion de discuter de ces choses... J'ai une formation de mathématicien, savez-vous ? Mais je n'ai pas terminé l'université... J'en ai parlé un peu avec notre amie brésilienne, qui est une femme très intelligente, sous son aspect un peu... Pendant les années qui ont suivi la dislocation de l'URSS, l'emploi n'était plus du tout assuré pour les gens comme moi. J'ai dû exercer différents métiers, puis j'ai rencontré Olga. C'est l'ancienne femme d'un homme très riche, qui lui a laissé largement de quoi vivre et s'amuser.

— Et vous êtes donc son nouveau mari ?

— Non, son nouveau jouet, me dit-il d'un ton faussement navré. Mais nous sommes toujours le jouet des femmes, n'est-ce pas ?

— Si l'on cherche un peu le vrai caché sous l'apparence, on pourrait bien le croire.

— Même l'infini est plus simple à comprendre que les femmes ! me répondit-il en levant son verre vide, ce qui eut, comme par magie, l'effet de faire venir à notre table une serveuse à laquelle il passa une énième commande. Nous nous amusâmes à voir le barman confectionner son breuvage avec de grands gestes avant qu'Alexei, levant son verre au ciel, ne prononce d'un ton inspiré : « Trinquons ! À l'infini et au-delà ! » Nos verres s'entrechoquèrent avant que mon compagnon, satisfait de sa première gorgée, ne reprenne la conversation là où nous l'avions laissée.

— L'infini... L'infini n'est pas possible, me serina-t-il d'une voix qui commençait à devenir pâteuse.

— Il est vrai que pour les mathématiciens, là où apparaît un infini, les problèmes commencent...

— C'est pareil en physique, les singularités... Tenez, l'univers de tout à l'heure, notre petit univers à nous, hein, c'est quoi exactement ?

— Disons la sphère centrée sur nous dont le rayon est égal à la distance parcourue par la lumière qui peut nous atteindre depuis le Big Bang, soit quatorze milliards d'années-lumière à peu près...

— Ouais, celui-là, d'univers... Et bien il faut pas qu'il soit infini.

— C'est pourtant le cas, parce que cet univers n'est qu'un exemple parmi, justement, une infinité d'autres... Si nous pouvions nous déplacer vers le « bord » à 14 milliards d'années-lumière, nous n'y arriverions jamais, quelle que soit notre vitesse, et nous serions toujours centrés sur cet univers observable, dont le centre se décalerait avec nous... Il y a ainsi, pour ainsi dire, une infinité de ces univers. Les astrophysiciens parlent même des multivers de niveau I.

— Je l'ai su. J'ai travaillé sur les espaces multidimensionnels courbes. Je voulais y rencontrer Dieu. Je ne l'ai pas trouvé. Il n'était pas là, alors, parfois je le cherche au fond des verres... C'est l'unique verre... C'est affreux. Réfléchissez. Si l'univers est infini, alors *tout* est possible... Un demi-litre de boisson alcoolisée disparu au fond de son estomac, qui devait commencer à devenir hautement inflammable. Il poursuivit malgré tout. « Tout devient possible, n'importe quoi... Imaginez, loin d'ici, très loin, il peut y avoir vous et moi, tout comme nous, et c'est vous qui buvez et racontez n'importe quoi, et moi qui vous écou... Hep ! Il agita en vain son grand verre vide. Les serveuses avaient pour consigne d'éviter de resservir un client manifestement gris. Il ne fallait surtout pas risquer que des passagers soient importunés par les agissements d'un ivrogne potentiel.

— Ils veulent plus me servir. Je vais aller voir un autre bar ! Je vous laisse les ombrelles ! me jeta Alexei se levant lentement en se grattant longuement la nuque. Il prit congé avec un petit sourire gêné, avant de disparaître d'un pas mal assumé. Je ne devais plus jamais le revoir, et je n'attachais que peu d'importance à ses réflexions embrumées d'alcool.

8 — Magic city

Le lendemain, nous avons débarqué à Miami, où nous devions rester quelques jours avant de prendre l'avion. Comme je l'avais prévu, nous avons perdu la matinée à attendre que notre groupe puisse débarquer, alors que ceux qui avaient gardé leurs valises, comme je désirais le faire, avaient filé hors du navire dès notre arrivée à quai. Je m'abstins toutefois d'en faire la réflexion à Christelle, qui de son côté ne manifesta pas, en apparence, une impatience confinant à l'acrimonie.

Un taxi nous conduisit à notre hôtel, situé dans le quartier de Brickell, au sud du port de croisière, à Miami même. L'après-midi était déjà largement entamé, et nous avons à peine pris le temps de déjeuner rapidement d'une pizza dans une des petites boutiques du Mary Brickell village avant de prendre un taxi pour Miami Beach. Pendant que la Ford Crown franchissait les innombrables ponts, je me rendais compte à quel point l'océan et la ville étaient imbriqués, de larges routes aux nombreuses voies desservant les îles de la baie. Le temps était chaud et orageux, mais cela ne nous a pas empêchés de nous balader le long de l'exubérante Ocean Drive. Christelle était ravie de me voir négliger les nombreux bars à la mode pour profiter de sa compagnie. De temps à autre, nous nous arrêtions dans un petit stand qui vendait une boisson improprement nommée « lemonade », riche en sucre et en glace pilée, qui nous sembla plus que délicieuse. En robe courte et légère, ses cheveux emmêlés par le vent de l'Atlantique, je dois bien avouer que Christelle était magnifique. Il y avait, certes, de très belles filles sur la plage, mais, alors que le soir tombait et que nous laissions les vagues de l'océan lécher nos chevilles dévêtues, l'irréalité de la situation me sembla telle que, presque machinalement, je l'attirais vers moi pour un long baiser qui nous valut les sifflets admiratifs de quelques autres promeneurs. Je ne sais pas pourquoi, juste après, j'eus le cœur serré par une larme que je surpris dans les yeux de Christelle. Elle m'assura que ce n'était qu'un grain de sable apporté par le vent, et j'avais, à ce moment-là, une folle envie de la croire.

Nous avions prévu d'aller visiter un musée, mais la journée était déjà trop avancée, et nous avons fini par faire un tour sur la marina, pour jeter un œil sur de magnifiques bateaux et leurs propriétaires opulents. Dans le taxi qui nous ramenait à l'hôtel, Christelle resta un moment étrangement silencieuse. Elle mit un moment avant d'aborder un sujet qui semblait la préoccuper plus que de raison.

— Dans les publicités qu'il y avait dans la chambre, j'ai vu qu'il y avait un très beau restaurant japonais près de l'hôtel, et je me demandais si nous aurions pu y aller ce soir…

— C'est une excellente idée ! Où est-il situé ?

Christelle me regardait avec les yeux ronds.

— Tu es sûr ? D'habitude, tu ne veux jamais aller dans ce genre de restaurant, tu dis que tu refuses de « bouffer du poisson cru » et de t'escrimer avec des baguettes…

Visiblement, mon *alter ego* ne partageait pas mes goûts en matière de cuisine. Autant mentir le moins possible, et préparer le terrain pour les surprises à venir.

- Christelle, je… Ce voyage est très important pour moi. Il a changé énormément de choses. Je vois à présent le monde d'un œil tout à fait différent, et ma conduite va sans doute t'apparaître des plus étonnantes, mais je puis te l'assurer : je vais sans doute beaucoup changer à tes yeux. En bien, j'espère.

— J'espère aussi… Il est dommage que ta bonne volonté subite ne se soit pas manifestée avant, nous aurions pu aller jusqu'à Key West, comme je le voulais au début. J'ai toujours voulu visiter la maison d'Hemingway, c'est un de mes auteurs préférés. Tant pis.

— Et bien, allons-y ! Nous avons toute la journée demain. Ce doit bien être possible.

Christelle, interloquée, me dévisageait avec surprise.

— Tu es sûr ? Tu ne préfères pas un casino indien des Everglades ?

— Non. Nous irons à Key West. C'est un endroit magnifique. Et avec toi, nul doute qu'il le sera encore davantage.

Christelle ferma les yeux, détournant son regard, puis garda le silence.

Nous avons bel et bien dîné dans un restaurant japonais de Brickell. Christelle était encore surprise de mon acquiescement. Lorsque le cuisinier nous salua d'un sonore « *hadjimashitai* », elle me regarda les yeux ronds lorsque je lui répondis « *arigato gosahimaisu* ». Pendant tout le repas, elle me parut agitée, me regardant manier les baguettes et enfourner les sushis, par ailleurs délicieux, d'un œil suspicieux. Elle me demanda ce que nous ramènerions aux enfants, dont j'avais complètement négligé l'existence. Assez lâchement, je m'en remis à ses goûts, disant qu'elle connaissait mieux que moi les désirs de deux adolescentes. Elle se décida pour des chaussures. J'étais bien forcé de lui faire confiance.

Alors que nous regagnions l'hôtel, une averse nous surprit, de grosses gouttes chaudes menaçant de nous tremper. Nous nous sommes abrités quelques instants sous la devanture d'un magasin de cigares, et Christelle en profita pour me poser la question qui semblait l'avoir taraudée toute la soirée : « Où as-tu appris à manger japonais ? Comment se fait-il que tu connaisses le maniement des baguettes, et la langue ? »

Je n'allais pas me lancer dans un énième mensonge, mais je devais avouer que la vérité, pour peu qu'il en existe une, n'était pas à ma portée. Afin d'éviter une situation inextricable qui ne manquerait pas de survenir si je persistais à m'inventer des aventures pour me justifier, je décidais de mentir le moins possible. « Je t'ai dit que beaucoup de choses allaient changer. Je me sens différent après cette croisière. Ce que j'ai fait au restaurant m'a semblé naturel, c'est tout. Je ne peux pas t'en dire davantage, car je n'en sais pas plus. »

Je ne sais pas si la sincérité non feinte de mes paroles me permit d'être cru, mais Christelle, regardant sans la voir la pluie épaisse sourdre d'un ciel noir, se contenta de répéter lentement « Oui, beaucoup de choses vont changer. »

Après l'averse, nous sommes rentrés en silence à l'hôtel tout proche. Je demandais au concierge comment aller à Key West. Nous pouvions prendre un des bus qui faisaient la route quotidiennement, où louer une voiture dans un centre accessible par le métro gratuit de Miami, qui avait une station à quelques mètres de l'hôtel. Apparemment, notre permis de conduire français était valide en Floride.

Nous sommes donc partis tôt le lendemain matin, sous un soleil déjà étouffant, après un petit déjeuner à l'américaine, qui correspondait donc à un excellent dîner pour le volume de nourriture potentiellement mis à notre disposition, qui devait nous permettre de rejoindre Key West sans ravitailler en cours de route.

Notre réveil avait été étrange. Christelle, radieuse à l'idée de visiter les Keys, s'était dénudée en se préparant dans la salle de bain. Revenant chercher ses affaires, sa ligne magnifique m'était apparue en ombre chinoise, délicieuse et désirable, sur le fond lumineux et laiteux de la baie vitrée encore occultée. Nous avions eu alors un tendre moment, mais qui s'était terminé d'une façon aussi inattendue qu'incompréhensible : après que nous nous soyons séparés, Christelle avait éclaté en sanglots avant de s'enfermer quelques minutes dans la salle de bain. Stupidement, j'ai cru que je lui avais fait mal. Si douleur il y avait, elle n'était pas physique, mais j'étais alors trop inexpérimenté pour m'en rendre compte.

Les quatre heures de route vers Key West furent un enchantement. Je me contentais de suivre les indications du GPS sur une highway aux dimensions colossales selon nos modestes standards européens. Les files s'ajoutaient à notre droite ou à notre gauche, les miles défilaient, l'entrelacs des échangeurs était surréaliste, mais la direction clairement indiquée nous aidait. Christelle choisit une station de radio qui diffusait de la musique, et elle chantonnait en profitant du paysage, de plus en plus sauvage, de plus en plus beau.

Ce fut d'abord une lagune, de petits lacs comme des flaques éparses, des barques comme abandonnées dans les champs. Puis l'eau, et les ponts, ces merveilleux ponts qui vous amènent entre le ciel et l'océan, d'un bleu fluorescent, surréaliste. L'impression de se trouver au cœur d'un tableau de maitre, de pouvoir, d'un rêve, se dissoudre dans l'azur. Les mots du poète Kafu me revinrent en mémoire : *le ciel m'inonde d'un bleu limpide au point d'en être insolite.*

Nous avons fait une halte à Isla Morada, presque à mi-chemin. Lorsque je proposais le volant à Christelle, elle me força à répéter ma demande, ne croyant pas que je puisse la laisser conduire en confiance. Décidément, mon *alter ego* me semblait avoir eu un comportement de plus en plus discutable, d'autant plus inapproprié que Christelle conduisait très bien. Nous avions loué une mustang décapotable, qui se pilotait avec une facilité déconcertante, et elle nous amena, dans le ronronnement feutré de ses six cylindres, jusqu'aux parkings étroits de Key West, où nous avons eu la chance de pouvoir nous garer facilement à la suite du départ d'un autre touriste.

Nous étions au début de l'après-midi et, grâce à notre petit déjeuner plantureux, la faim ne nous tourmentait pas.

Nous avons visité la maison d'Hemingway. Je n'avais jamais particulièrement aimé cet écrivain, trop violent et alcoolique à mon goût, mais Christelle en était folle. Je dois avouer que sa grande maison coloniale, au milieu d'un jardin luxuriant envahi de chats écrasés de chaleur auprès d'une belle piscine d'un bleu qui blessait presque l'œil, méritait largement le détour. Pourtant, ce qui m'intéressa, ce fut le bâtiment attenant, dénué de toute ostentation, où, nous disait-on, écrivait le grand homme. Toute la contradiction de l'écrivain était là, dans cette maison magnifique, mais stérile, où rien ne se créait, et cet austère et sombre appentis où tout le peuple qui avait rempli ses pages avait pris naissance. Fécondité d'une certaine ascèse.

Nous nous sommes ensuite baladés dans les rues animées de Key West, faisant les boutiques proposant des vêtements chamarrés ou des babioles en rapport avec l'océan, écoutant les nombreux groupes qui jouaient dans des bars plus nombreux encore, où s'échappaient des odeurs d'alcool, des rires et un parfum d'insouciance qui faisait du bien. Christelle acheta des chaussures et quelques tenues pour les filles, je lui offris un petit bracelet sans grande valeur, mais qu'elle trouvait extrêmement joli. Au dehors, inconscients ou facétieux, des poulets venus d'on ne sait où s'amusaient à traverser la route juste devant les voitures, imposant à leur manière à la circulation de cette partie de l'île un train de sénateur. L'air marin finit par nous ouvrir l'appétit, et nous déjeunâmes merveilleusement bien dans un « dînner » ouvert en permanence. Lentement, nous avons ensuite parcouru le dédale des ruelles, une glace au citron vert et à la noix de coco en main, jusqu'aux quais où une foule bigarrée contemplait le ballet des bateaux sur l'océan où dans quelques heures le soleil s'abîmerait dans une inoubliable orgie de couleurs.

De nombreux badauds se faisaient photographier près d'une grande bouée hideuse qui symbolisait la « fin de la route », le point le plus au sud des USA sur le continent. Nous sommes allés, nous aussi, au bout du quai, mais sans poser devant cette horreur.

Pendant que nous finissions nos glaces, Christelle me prit la main et commença à la serrer un peu trop fort. Je pensais l'embrasser, mais elle arrêta mon geste en posant sa paume sur ma poitrine.

— Écoute, et promets-moi de ne pas m'interrompre, de ne pas crier. Il faut que je te dise, avant que nous rentrions... Voilà, pour nous aussi c'est le bout de la route. Je t'ai aimé, beaucoup, mais tu as tout gâché, et je n'en peux plus. Je vois bien que tu as fait des efforts pendant ce voyage, mais cela ne peut pas effacer tout le reste, tous tes mensonges... J'ai rencontré un autre homme. Je... Je n'ai pas envie de le faire, je pense aux filles, mais notre situation ne peut plus durer. Je crois que l'on devrait envisager de se séparer.

Je me sentis immensément triste, mais que pouvais-je reprocher à Christelle ? Je ne doutais guère que mon *alter ego* ne se soit mal comporté, quant à moi... Je ne l'avais retrouvée que depuis huit jours, et je l'avais déjà trompée une fois. Ce n'était guère un bilan glorieux. Je voyais Christelle me dévisager dans l'attente de ma réaction, les yeux prêts à se remplir de larmes. Je caressais lentement ses épaules, puis je lui pris les mains. « Je ne vais pas crier, Christelle, à quoi bon ? Je suis simplement triste, mais je ne peux pas t'en vouloir. Tu ne me croiras sans doute pas si je t'avoue avoir oublié comment j'ai pu te faire souffrir, mais je ne doute absolument pas de l'avoir fait, hélas.

— Tu... Tu ne vas pas t'opposer au divorce ?

— Non. Une longue bataille d'avocats ne nous amènerait rien. Si cela te convient, nous partagerons tout par moitié, et je te laisse la garde des filles.

— De toute façon, tu ne les as jamais vues grandir ! Tu n'étais jamais là... Elle commençait à sangloter.

— Je ne dis pas le contraire. Je dois avoir eu d'immenses torts, avoir été invivable pour en arriver à perdre l'affection d'une femme comme toi. Je me rends à tes raisons.

— Tu ne me demandes même pas avec qui...

— Non. Tu m'as assez reproché d'avoir, en quelque sorte, une vie en dehors de la nôtre, pour que je te laisse avoir ta propre vie. Finalement, ce sera mieux pour tout le monde.

— Je ne t'attendais pas si conciliant.

— Je crois que tu mérites que je le sois.

Soudain, le regard de Christelle se durcit, elle devint suspicieuse.

— Avoue, toi aussi tu as quelqu'un, et finalement cela t'arrange bien que je prenne l'initiative, non ?

— J'aimerais sincèrement pouvoir te répondre, mais... En fait, je ne sais même pas s'il y a quelqu'un d'autre que toi.

— C'est la réponse la plus stupide à ce genre de question !

— Et pourtant elle est vraie. Je n'ai aucun souvenir à ce sujet.

— Vraiment ? Tu as peut-être aussi oublié la date de notre mariage tant que tu y es ?

— Oui. J'ignore quand il a eu lieu.

— Salaud ! »

Elle avait prononcé ce dernier mot à voix basse, en me frappant symboliquement du poing. Je l'entraînais un peu à l'écart, penaud. Je m'en voulais de faire souffrir cette femme que j'avais aimée, et à qui je ne pouvais reprocher que de m'avoir repoussé voici plus de vingt ans. Mais comment aurait-elle pu le comprendre ? Nous étions près de l'océan, les embruns ressemblaient à des larmes.

— Christelle, je n'ai jamais voulu te faire de mal. Je ne sais comment te le dire, mais pendant le voyage, j'ai oublié énormément de choses. Il se pourrait même que mes souvenirs aient été remplacés par... d'autres. Je ne sais pas ce qui m'arrive, mais je n'ai aucune envie de créer, ou d'avoir à gérer, un conflit entre nous. Tu as trouvé quelqu'un qui, je l'espère, saura t'aimer. Je suis persuadé que tu le mérites largement. Encore une fois, je ne vois aucun obstacle à notre séparation. Tout pourra se faire à l'amiable, si tu le veux.

— Tu me laisserais la maison ?

— Pourquoi pas ? Nous partagerons ce que nous avons, mais sur le principe, je n'y vois aucun inconvénient.

Christelle ne pleurait plus. Elle s'était détournée de moi, et ses yeux rougis fixaient l'horizon. Il était magnifique, et nous étions tristes. Alors que mon bras glissait sur son épaule, je remarquais l'éclat du soleil couchant sur son alliance. Un simple anneau d'or, comme le mien. Il me vint une idée.

— Ce n'est pas une fin, Christelle, c'est juste un nouveau départ, que nous aurions sans doute dû prendre plus tôt. Si je ne me souviens pas de notre mariage, je crois que c'est à ce moment que j'ai passé cet anneau à ton doigt. Et tu as dû faire de même avec moi, non ?

— Bien entendu. À l'époque, tu étais jeune professeur, tu n'étais pas riche... Mais nous avons toujours gardé ces anneaux, même après que tu m'as offert l'alliance en diamants, que tu m'as assez reproché de ne jamais porter. Mais tu es sérieux lorsque tu me dis avoir tout oublié ? Tu es malade ? C'est pour cela que tu ne bois plus ?

— Je suis très sérieux. J'ignore si je suis malade, et je ne me souviens pas avoir jamais été attiré par l'alcool. Mais je crois que nous avons quelque chose à faire maintenant. Je veux te montrer que, comme tu le désires, c'est la fin de l'histoire. Pour la dernière fois, donne-moi ta main.

Lentement, j'ai fait glisser l'anneau sur le doigt de Christelle. Puis j'ai retiré le mien. Christelle était émue, et moi aussi. J'ai senti des larmes me venir aux yeux. J'ai jeté nos anneaux, loin, vers le soleil déclinant, vers le néant bleuté de l'océan irréel qui s'étendait devant nous, en plein dans l'indifférence de la foule. Nous n'avons même pas entendu le choc du métal dans l'eau. Christelle me regardait, comme hébétée.

— C'est la première fois que je te vois pleurer.

— Celui que tu vois n'est plus le même... Dans ce qui me reste de souvenirs, je t'ai aimée Christelle, intensément, passionnément... Mais c'était il y a longtemps.

Mais Christelle était déjà perdue pour moi, son esprit déchiré entre les peurs du passé et les promesses de l'avenir s'ébattait à présent sur les voies du possible. Et je ne faisais déjà plus partie, où à titre accessoire, de ces possibles. Il me vint à l'esprit que, peut-être, la liaison qu'elle entretenait n'avait pas été la première. Comment lui en vouloir ?

Nous avons lentement rejoint la voiture, renfermés et amers, laissant dans notre dos le soleil célébrer ses noces avec l'océan, alors que s'amoncelaient vers le continent de lourds nuages d'orage, comme un présage.

J'avais imaginé que le retour de Key West serait magnifique, que nous roulerions dans l'air doux du soir, décapotés sous les étoiles, le long du Seven Miles Bridge. Au lieu de cela, nous étions cernés par une pluie battante, Christelle pleurait ou sanglotait, s'adressant parfois à moi avec une voix douloureuse, mouillée de sanglots, que j'avais du mal à comprendre. Elle me disait avoir cru retrouver, l'espace de ces derniers jours, l'homme qui l'avait séduite il y a longtemps, mais que, bien entendu, c'était trop peu, et trop tard. Elle avait mis de côté mes révélations sur l'affection singulière qui me valait d'habiter le corps d'un autre moi-même. Peut-être avait-elle tout simplement refusé de me croire, ou gardait-elle cette information pour plus tard. J'étais triste, ne l'ayant retrouvée un bref instant que pour me rendre compte combien le temps nous avait séparés, et à présent, malgré mon absence de sentiment amoureux pour elle, la tendresse que j'avais développée pour cette femme, que j'aurais peut-être pu apprendre à aimer, se voyait sans objets, les sentiments de Christelle à mon égard ayant été rongés par l'attitude d'un homme qui m'était parfaitement étranger. Cet inconnu avait gâché la chance que je n'avais jamais eue. C'était vraiment le bout de la route.

9 - Welcome home

Le voyage de retour se déroula sans incident notable, tant il est plus facile de quitter les États-Unis que d'y pénétrer. Le 747 d'Iberia nous déposa à Madrid, où nous attendait notre correspondance pour Toulouse. L'aéroport étant immense, nous devions emprunter un métro pour changer de terminal. Je me souvenais qu'à l'aller, moi et ma « vraie » femme, Anne, nous avions tout juste eu le temps de ne pas rater notre vol. À présent, nous avions une heure supplémentaire devant nous, et nous ne nous pressions pas. Christelle en profita pour faire quelques achats pour nos filles, que j'appréhendais de rencontrer. Elles devaient être gourmandes, car Christelle me fit parcourir une bonne partie de l'aérogare pour trouver une boutique de produits artisanaux qui vendait un jambon local inimitable dont elles raffolaient.

Quelques heures plus tard, je fus heureux de voir se dessiner mon habituelle « pincée de tuiles », et de reconnaître, vue du ciel, une Toulouse à mes yeux inchangée, constellée du bleu des piscines et marquée par les prés et les jardins grillés au chaud soleil d'un été déjà finissant.

À la sortie de l'aéroport, après que Christelle a appelé ses parents et les filles, nous avons pris un taxi. Lorsque le chauffeur nous demanda l'adresse, je feignis de ne pas l'entendre, laissant Christelle répondre à ma place. Je savais que nous habitions à Lardenne, à l'ouest de Toulouse. Je connaissais un peu ce quartier, sans plus, car, dans ma « vraie » vie, je n'habitais pas très loin de là, avec Anne, une maison d'une des communes de l'Ouest toulousain qui jouxtent la ville et proposent encore un cadre de vie agréable, où se retrouvent, entre autres, les cadres de l'industrie aéronautique et spatiale.

Sachant que nous étions des locaux, le taxi nous épargna les tours et détours réservés aux néophytes et permettant de rallonger à la fois la durée de la course et, divine surprise, son prix, pour nous déposer en une quinzaine de minutes devant la grille verte d'une propriété située dans une impasse, un peu en retrait de la rue principale. Comme j'étais encombré de nos diverses valises, Christelle ouvrit. C'était une grande maison d'un étage, aux murs ocre, à l'entrée marquée par deux colonnes soutenant une avancée de toit permettant d'abriter une terrasse qui jouxtait une imposante piscine en forme de L. impeccablement taillés, des palmiers, des aloès et un grand olivier ombrageaient une partie de la façade, où se découpaient de petites fenêtres en partie masquées par des grilles ouvragées. Il faisait chaud en cette fin d'après-midi, mais les plantes ne semblaient guère avoir souffert, ce qui me fit soupçonner l'existence d'un système d'arrosage automatique. Sur un côté, un garage double. Immanquablement, je pensais au ranch de la famille Ewing, dans la série *Dallas* de mon enfance.

Une agréable fraicheur nous attendait à l'intérieur. Apparemment, et heureusement, cette maison, comme la « mienne », était climatisée. L'intérieur était meublé avec goût, mais n'avait rien qui me rappelle mes préférences. Tous les hommes habitent chez leur femme, dit-on, et ce semblait bien être le cas ici. Un grand salon avec une cheminée ouverte, une cuisine attenante. Il y avait un mot sur la table. Christelle s'en empara. « C'est Filo, elle nous signale qu'elle a cueilli des tomates et nous les a mises au frigo. » Je m'abstins de demander qui était cette Filo, et je laissais Christelle décidée à remplir avec nos vêtements sales une machine à laver située dans une grande buanderie, derrière la cuisine, pour aller explorer cette maison.

Au rez-de-chaussée, il y avait une belle chambre, avec sa salle de bain attenante, en plus des autres pièces. Un escalier conduisait, à l'étage, à deux chambres et une salle de bain, dont je compris bien vite, aux posters sur les murs, qu'elles étaient occupées par des adolescentes. Les murs de l'une des chambres disparaissaient sous les posters de chevaux et les affiches de concerts de groupes qui m'étaient inconnus, où de virils énergumènes faisaient étalage d'une plastique irréprochable, alors que l'autre était envahie de photographies de chats et, ce qui était plus surprenant, de samouraï en armures. Au moins, les préférences de mes « filles » étaient simples à deviner. Mais qui était Juliette ? Qui était Élodie ? Dans la dernière des chambres, il y avait toutefois quelques éléments insolites : au mur étaient accrochés un sabre de bambou et une espèce de plastron d'armure en bois, et, sur une étagère, à côté de quelques trophées sportifs, il y avait de nombreux romans. Je réalisais que c'étaient les premiers livres que je voyais dans cette maison. En regardant les titres, je découvris qu'il s'agissait principalement d'auteurs japonais classiques, comme Mishima ou Kawabata, ainsi que des recueils de poèmes. L'un d'eux était d'ailleurs encadré au-dessus d'un petit bureau. C'était une œuvre romantique de la poétesse Ono no Komachi, qui affirmait *Parce qu'en pensant à lui / je m'étais endormie / sans doute il m'apparut. / Si j'avais su que c'était un rêve / je ne me serais certes pas réveillée.*

J'en déduisis que c'était là la chambre de « ma fille » ainée, probablement amoureuse. J'étais étonné d'y retrouver l'expression de goûts littéraires si semblables aux miens, mais, après tout, nous étions censés être apparentés.

Je réalisais aussi qu'il manquait de nombreux éléments dans cette grande maison. Ainsi, je n'avais pas vu les traces de la présence d'un chat, animal qui, selon moi, fait la différence entre une maison et quatre murs recouverts d'un toit. Il n'y avait pas, non plus, de bibliothèque. Une belle maison vide.

Je redescendis rapidement pour demander à Christelle si elle avait besoin d'aide. Elle me dévisagea étrangement avec de me répondre par la négative. J'avisais, sur la cheminée, quelques photographies encadrées. L'une d'elles, un peu passée, représentait « mon » mariage. Je reconnus dessus, radieuse, la Christelle que j'avais aimée il y a plus de vingt ans. À côté, je me reconnus aussi, maigre et assez guindé, tel que j'étais à l'époque. Il y avait aussi des photos de bébés, et, plus récente apparemment, une photo de Christelle, moi et deux jeunes filles posant devant le Colisée, à Rome. La plus grande des filles ressemblait énormément à l'image de sa mère que j'avais conservée dans mes souvenirs, et j'en fus troublé. La seconde n'éveillait rien en moi, sinon un certain malaise. Elle devait sans doute posséder certains de mes traits. Je retournais le cadre de la photo de mariage : une date était encore visible : le 6 août 1994. Il y a donc un peu plus de vingt ans que nous sommes mariés. Dans mes souvenirs, il y avait, à cette date, deux ans que Christelle m'avait repoussé. Si elle ne l'avait pas fait, la date de notre mariage pourrait alors s'accorder avec mes souvenirs.

 Je fus tiré de ma contemplation par Christelle, qui me regardait fixement : « Tu veux aussi te débarrasser de la photo ?

— Non, au contraire, j'aimerais bien la garder, celle-là.

— Je… D'accord, mais nous n'en sommes pas encore là.

— Je sais.

— Peux-tu ranger les valises au garage ?

— Bien entendu. C'est par où ?

 Je n'avais pas réfléchi avant de poser cette question, qui m'avait semblé si naturelle. Christelle agita un peu la tête, comme pour vouloir me dire « non ».

— Tu ne sais plus comment on va au garage ?

— Non. Je te l'ai dit, j'ai des trous de mémoire.

— Je vois. Il va falloir que tu voies le Dr Protero, et vite. Tu es sûr de n'avoir rien pris de « spécial » pendant le voyage ?

— De quoi veux-tu parler ?

— D'une explication plausible pour ton comportement bizarre depuis le second jour de la croisière.

— J'ai sans doute beaucoup de défauts, mais non, je n'ai utilisé aucune substance particulière, même à la Jamaïque, si c'est à cela que tu penses !

— Je serais presque rassurée, si ce n'était que cela. Mais là, tu m'inquiètes. Tu iras voir le docteur ?

— Dès lundi.

— Tu travailles, lundi.

— Ha ? Alors dès que possible. »

Christelle m'apprit qu'une porte vers le garage s'ouvrait dans la vaste buanderie. J'y traînais les valises, que j'installais sur de grandes étagères vides qui correspondaient à leurs dimensions. Lorsque je jetais un œil au reste de la pièce, j'eus la surprise d'y découvrir, outre une petite BMW grise, un magnifique cabriolet Mercedes, d'un bleu profond, rutilant. Un jouet pour adultes, dont j'avais rêvé autrefois. Mon *alter ego* et moi partagions apparemment nombre de préférences.

Je revins dans la pièce principale, croisant Christelle qui enfournait du linge sale dans une grande machine. Dans cette maison, j'étais un étranger, et cette sensation de ne pas être à ma place était amplifiée par l'absence de la moindre pièce, du moindre emplacement que j'aurais pu investir. Nul bureau, nulle bibliothèque, aucun fauteuil amical inondé de lumière et près duquel s'empilent les volumes…

Je tournais sans but dans les pièces. Dans ce qui devait être « notre » chambre, il y avait un cadre photo numérique. Je fis défiler les vues, reconnaissant surtout Christelle et les filles. Il était rare que « je » sois présent. Il y avait aussi nombre de parfaits inconnus. Un petit ordinateur portable était aussi rangé sur une table de nuit. Alors que j'allais m'en saisir, Christelle entra dans la chambre.

— Que fais-tu ? Pas touche à mon ordinateur ! Tu as dû laisser le tien au bar.

— Au bar ?

— Au fond du salon, à gauche ! Tu m'inquiètes, tu sais ? Si tu ne le fais pas exprès, tu m'inquiètes… J'espère que tu ne veux pas me jouer un mauvais tour, du genre te prétendre malade pour retarder ou gêner notre…

— Divorce ?

— Séparation. J'ai un peu de mal avec ce mot. D'ailleurs, il faudrait que l'on se mette d'accord pour en parler aux filles, non ?

— Peut-être se doutent-elles de quelque chose

— Je ne le crois pas… Tu sais, je ne pensais pas que tu le prendrais si bien. J'ai retardé autant que possible ce moment, je me suis même dit qu'en faisant les efforts nécessaires, pendant la croisière, je parviendrais peut-être à ressentir encore les sentiments que j'ai connus pour toi, mais je n'y suis pas arrivée. Comme tu l'as dit, il est trop tard.

Je restais assis sur le lit, les yeux dans le vague, pendant que Christelle se détournait, peut-être pour cacher quelques larmes. Autour de moi, nul point d'ancrage dans ce monde étonnant, si ce n'était la femme qu'était devenue Christelle. Et ce point d'appui, pour aussi fragile qu'il fût, allait se dérober.

Je me dirigeais vers le bar, une annexe de la pièce principale où de nombreuses étagères contenaient des flacons aux formes tourmentées, dont aucun n'était intact. Dans un renfoncement, je trouvais « mon » ordinateur. Malheureusement, il avait un mot de passe que je ne connaissais pas. Je le retournais, cherchais si, par hasard, je n'avais pas été assez bête pour l'inscrire quelque part. J'essayais en vain ma date de naissance, ainsi que le mot que j'utilisais le plus souvent. Cet ordinateur m'était aussi utile qu'une brique. Puisque j'étais censé travailler dans une grande entreprise, je me dis qu'il devait y exister un service informatique capable de me dépanner. Je me promis donc d'emporter cet ordinateur au travail.

J'allais le remettre en place lorsque j'aperçus, juste à côté de lui, un téléphone mobile. En l'allumant, le logo d'une compagnie d'assurance bien connue m'apparut. Je compris dès lors pourquoi le contenu de mon mobile m'avait semblé si banal : je disposais visiblement d'un téléphone professionnel. Je le mis dans une de mes poches, espérant qu'il pourrait m'en apprendre suffisamment sur mes activités dans la banque ou l'assurance, et qu'il n'était pas lui aussi protégé par un code.

Christelle me tira de mes réflexions. Elle avait ouvert les volets électriques, et lorsqu'elle me regarda, je vis, à quelques marques noires sous ses yeux qui avaient échappé à sa vigilance, que son maquillage avait coulé.

— Je sais que nous devions aller chercher les filles demain seulement, mais elles me manquent. Sans elles, la maison me paraît trop vide. Penses-tu que l'on pourrait y aller maintenant ?

— Pourquoi pas ? Je te suis.

— Tu me suis ? On prend ma voiture ?

— Non, si tu veux, nous pouvons prendre la mienne, mais c'est toi qui conduis.

— Tu me laisserais conduire ta voiture ?

— Oui, bien sûr.

Christelle conduisait très bien, je l'avais vue à l'œuvre sur les highways de Floride, j'avais toute confiance en elle. Pour moi, la question ne se posait même pas. De plus, bien entendu, j'ignorais totalement où nous devions aller.

— En vingt ans, tu ne m'as presque jamais laissé conduire. Je vais te prendre rendez-vous chez le docteur Protero.

Après avoir prévenu ses parents de notre arrivée inopinée, ce qui eut pour effet de mettre en émoi les filles devant faire précipitamment leurs bagages, une Christelle encore sous le coup de la surprise prit le volant de ma voiture et me conduisit dans une ancienne ferme du Gers, à une heure de Toulouse. Fort heureusement, elle me signala en route que nous allions passer à côté de mon travail, et j'eus le temps d'apercevoir l'immeuble frappé du logo de la compagnie d'assurance où je devrais me rendre le surlendemain.

 À notre arrivée, je fis la connaissance des parents de Christelle, qui m'accueillirent cordialement, mais sans excès d'enthousiasme. Apparemment, je ne devais pas les avoir vus souvent. Ils furent toutefois étonnés que ce soit leur fille qui ait conduit la voiture, et je suppose même qu'ils pensèrent que je n'étais tout simplement pas en état de conduire.
J'eus toutefois à peine le temps de les saluer avant de voir arriver « mes » filles.

 Elles se précipitèrent toutes deux pour embrasser leur mère. J'entendis heureusement la plus grande se faire appeler Juliette, ce qui me permit de les identifier sans risquer une erreur difficilement explicable. Elles furent moins empressées envers moi, se contentant d'une rapide bise plus formelle que sincère. Contrairement à sa grande sœur, Élodie fut toutefois plus chaleureuse, me passant la main derrière la nuque. Ces retrouvailles n'éveillaient rien en moi. Je dus leur paraître assez froid, mais ces jeunes filles, jolies dans leurs tenues d'été, n'étaient la source d'aucune affection. De parfaites inconnues. Pire même, je ressentis un certain malaise en présence de Juliette. Après avoir assailli leur mère de questions sur les cadeaux que nous leur avions ramenés, Juliette se plongea dans l'utilisation de son smartphone.

 Un chien courut à notre rencontre. Je le caressais, et m'agenouillant, je lui grattais la tête et le ventre. L'animal, tout heureux, se mit sur le dos, agitant frénétiquement la queue. C'est à ce moment que je ressentis le silence autour de moi. Tout le monde me regardait jouer avec le chien sans comprendre, comme si, brutalement, j'avais sorti de ma poche un poulpe capable de chanter en italien. Je me relevais, un peu gêné, sans savoir vraiment pourquoi.

 Les parents de Christelle insistèrent gentiment pour que nous restions diner. Peut-être pensaient-ils que j'étais ivre. J'acquiesçai bien volontiers à leur demande, car j'ignorais comment se déroulaient les repas dans « ma » grande maison vide, et je ne tenais pas à m'y comporter de façon ouvertement singulière.

Malgré ma bonne volonté, tout le monde fut surpris que je ne désire ni apéritif ni vin. Ma belle-mère me fit alors remarquer que je passais « d'un extrême à l'autre », ce à quoi je lui répondis que certains extrêmes me semblaient préférables. Visiblement, je n'étais pas en odeur de sainteté, et je le comprenais parfaitement.

La conversation portant principalement sur ce que nous avions découvert pendant nos vacances, je n'eus pas d'autres occasions de commettre un impair. Je ne remarquais pas tout de suite que mes beaux-parents, avec un sourire entendu, avaient noté l'absence de nos alliances.

Nos deux filles se révélèrent d'un abord plutôt agréable, la plus jeune nous posant de nombreuses questions, la plus âgée approuvant du bout des lèvres, tapotant discrètement, ou pas, l'écran de son smartphone. Elles nous racontèrent aussi leurs vacances à la campagne, entre promenades, piscine et rencontres diverses. J'écoutais d'une oreille distraite, posant quelques questions pour la forme tout en faisant profiter le chien, le plus discrètement possible, de ce qui restait dans mon assiette.

À la fin du repas, les filles nous ayant quittés pour descendre leurs valises et vérifier qu'elles n'avaient rien oublié, je me dis qu'il serait sans doute diplomate de laisser Christelle seule avec ses parents. Je prétextais la nécessité de ranger la malle de la voiture pour faire de la place aux bagages pour sortir. L'air était doux, le soir tombait à grand-peine. La pleine lune, énorme et presque incongrue, faisait son entrée à l'horizon. Sur le capot de la Mercedes, un gros chat s'étalait, amoureux de la chaleur résiduelle du moteur. Je le caressais, puis le pris dans mes bras. Il était lourd, et son ventre rebondi m'indiqua qu'il s'agissait d'une femelle bien remplie. Elle jeta ses pattes autour de mon cou, et son ronronnement apaisa mes craintes. Je caressais tranquillement l'animal en regardant la Lune lorsque les filles sortirent en traînant leurs valises. La plus grande avait aussi maladroitement coincé trois livres sous un bras, ce qui déséquilibrait quelque peu sa démarche. Je fus impressionné par la quantité de bagages qu'elles avaient utilisés pour deux petites semaines. Sitôt qu'elles me virent, elles se figèrent, décontenancées. Je ne compris pas la raison de leur étonnement jusqu'à ce que Juliette m'en suggère l'origine.

— Saturne a bien voulu que tu la caresses ? Elle est sauvage d'habitude, et tu ne le fais jamais.

— Elle va avoir des petits, son caractère change. Et le mien aussi peut changer. Je ne vois pas pourquoi je ne pourrais pas caresser cette chatte...

— Ce n'est pas juste. Tu n'as jamais voulu que j'aie un chat. Tu m'as toujours dit qu'avoir des bêtes n'amenait que des ennuis, et maintenant tu en profites, toi, sans me le permettre...

Sa jeune sœur se crut obligée de rentrer elle aussi dans la conversation : « C'est vrai, tu n'as jamais voulu que l'on ait un animal, ce n'est pas juste ! »

Je compris d'un coup l'étonnement de l'assistance lorsque je m'étais amusé avec le chien.

— Je m'excuse, les filles. C'était une erreur. Si vous le voulez, je suis tout à fait d'accord pour que vous ayez chacune un des futurs petits de Saturne... Si votre mère est d'accord, bien sûr !

Je n'avais pas fini ma phrase que les valises des filles tombèrent dans l'herbe, ces dernières se précipitant à l'intérieur de la maison, où je les entendis appeler « Maman ! Maman ! » avant que le bruit plus proche des conversations ne me signale que tout le monde allait sortir.

Ils me trouvèrent debout sous la lune, Saturne ronronnant toujours dans mon cou, et me fixèrent avec incrédulité lorsque je la reposai doucement sur le capot de la voiture. Christelle me demanda si ce que lui avaient annoncé les filles était vrai.

— Oui, je leur ai dit qu'elles pourraient avoir un chaton, si tu es d'accord, bien entendu, et si cela ne pose pas de problèmes.

— C'est un peu tard maintenant, me rétorqua-t-elle, le regard fuyant.

Je chargeai tant bien que mal les valises dans la malle, et nous repartîmes, les filles médusées de voir leur mère au volant et leur père détendu et confiant à la place du mort. Elles ne pouvaient pas savoir que cette place portait bien son nom : celui qui avait été leur père était bel et bien mort, et j'étais le seul à m'en rendre compte.

Sur le chemin du retour, Juliette s'enhardit à me faire part d'une idée qui devait avoir germé dans son esprit depuis notre départ de chez mes beaux-parents : « Dis-moi, papa, comme maintenant tu laisses conduire maman, est-ce que moi aussi je pourrais conduire ta voiture avec la conduite accompagnée ? »

Si je ne répondis pas tout de suite, ce fut juste parce que je n'avais tout d'abord pas réalisé qu'elle s'adressait à moi. Il était assez nouveau de me sentir désigné par le terme « papa », mais Christelle ne pouvait interpréter de la même manière le petit délai de réflexion qui fut le mien.

— Je n'y vois aucune objection, pour peu qu'il te soit utile d'apprendre à conduire avec une boite automatique.

— Merci ! T'es génial !

— Tu as toujours refusé que nous touchions à ta sainte bagnole, pourquoi acceptes-tu maintenant ? me demanda Christelle d'un ton peu amène.

— Si j'ai été stupide autrefois, ce n'est toutefois pas une raison pour le demeurer éternellement, non ?

Les filles rirent toutes deux, alors que Christelle prit seulement une mine renfrognée. J'avais autrefois adoré cette expression sur son visage, mais je n'étais plus sûr de la trouver aussi séduisante. La nuit tombait doucement, la voiture filait presque seule sur la route, les filles avaient insisté pour que nous abaissions la capote, et nous profitions de la caresse de l'air tout autour de nous. Je m'amusais à regarder Christelle, concentrée sur la conduite, en me demandant ce qu'elle pouvait bien espérer de mon attitude. Elle avait conservé un profil superbe, dans lequel je retrouvais la jeune fille que j'avais aimée. En jouant avec ses boucles rousses, le vent découvrait ses oreilles où pendaient de petits diamants qui renvoyaient parfois l'éclat de la pleine Lune montante. Les filles, absorbées par leur smartphone, étant silencieuses, nous aurions pu nous croire seuls. Je sentis le désir monter en moi pour cette femme. Envie d'embrasser cette veine à peine visible sur son front, son cou gracile, de mordiller ses oreilles, ce qu'elle adorait…

Ses oreilles. Ce n'étaient plus les mêmes. Je me demandais comment ce détail avait pu m'échapper : les oreilles de Christelle avaient des lobes, curieusement dessinés, mais bien présents. La jeune fille que j'avais connue avait, tout comme moi, des oreilles sans lobes. Instinctivement, je tâtais mes propres oreilles : elles étaient bien « normales », sans lobes. Ce détail n'avait pas grande importance, mais il me sembla un peu étrange, sur le coup. Toutefois, je l'oubliais bien vite, car, m'abandonnant dans la contemplation du ciel étoilé au-dessus de moi, je ressentis un malaise bien plus grand, au point de sentir mon cœur cogner trop vite et trop fort dans ma poitrine. Alors que je me couvrais d'une sueur d'angoisse, je dus me rendre à l'évidence : les étoiles avaient changé de place. Ce ciel n'était pas le mien.

10 - De nova stella

« Que t'arrive-t-il ? me demanda Christelle dès qu'elle eut garé la voiture dans le garage.
— Je vais faire un tour dehors, je reviens tout de suite. »
Les filles prirent leurs valises et montèrent reprendre possession de leurs chambres respectives alors que je me précipitais dans le jardin. La pleine lune donnait au paysage une allure spectrale, et son éclat ne laissait au ciel que les principales étoiles. Pourtant, je ne pouvais m'y tromper : ce que je voyais dans le firmament ne correspondait pas à ce que je connaissais. Le triangle d'été, constitué par Dened, Altaïr et Véga, ne m'apparaissait pas constitué des bonnes étoiles, sa forme me semblait avoir changé. Il était « normalement » équilatéral, ce qui n'était pas le cas ici. Je recherchais la Grande Ourse, ce carré surmonté de deux petits triangles symbolisant les oreilles de l'animal : je ne trouvais pas la constellation. De même, je recherchais en vain Cassiopée, et, au lieu de trouver le rectangle habituel, je ne trouvais à son emplacement que des étoiles dessinant un petit W. Je me sentais étrangement désorienté, comme brusquement illettré devant ce ciel que pourtant je savais lire depuis l'enfance. Lentement, sans que j'en sois pleinement conscient, la question qui avait occupé mon esprit jusque-là, à savoir « que m'est-il arrivé ? », poursuivit sa métamorphose en une autre interrogation, qui allait devenir de plus en plus prégnante, et qui ne tarderait pas à prendre possession de ma conscience : « Où suis-je » ?

Absorbé par ma contemplation de ce ciel étranger, je n'avais pas entendu Christelle, venue me retrouver, une grosse tasse à la main.

— Cela fait bien quinze ans que je ne t'ai pas vu regarder le ciel. Tu penses pouvoir redevenir l'astrophysicien que j'ai connu, et effacer ces vingt dernières années de ta vie ?

— Je ne veux rien effacer, bien au contraire. Tu sais si nous avons une carte du ciel ?

— Tu dois pouvoir trouver ça dans tes vieilles affaires, au grenier. Mais tu peux aussi regarder sur le net.

— J'ai oublié le code de mon ordinateur.

— Encore un trou de mémoire ? Ou bien quinze jours de vacances sont-ils suffisants pour te faire oublier tout de ton travail ?

— J'ai oublié bien plus que le travail, tu sais… Comment veux-tu que nous passions la nuit ? Acceptes-tu encore de dormir à mes côtés, ou dois-je coloniser le canapé ? Cela ne va pas surprendre les filles ?

— Tu as aussi oublié que ce ne serait pas la première fois que nous ne dormirions pas ensemble ? Ces derniers temps, tu as souvent « colonisé », comme tu dis, le canapé ! Les filles t'y ont surpris, au matin, bien trop souvent !

— Sincèrement, je ne m'en souviens pas.

— J'en doute… Je pensais que nous pourrions annoncer notre séparation demain aux filles. Tu es d'accord ?

— Oui. Je serai là, avec toi, mais je crois que c'est toi qui devrais leur dire, et leur expliquer.

— Pourquoi moi ? Tu veux me laisser tout le sale boulot ?

— Juliette et Élodie sont presque des femmes. Tes mots sauront peut-être les toucher davantage que les miens, c'est tout. Tu peux aussi, sans aucun doute, mieux les comprendre.

Christelle resta silencieuse un moment, les mains serrées autour de sa tasse, comme pour se réchauffer. Je regardais encore, dans ce ciel étrange, toutes ces étoiles que je ne connaissais pas. Le parfum de Christelle s'insinua jusqu'à mes narines, et cette senteur, soulignant la présence de cette femme sous la lune, me conduisit, par l'alchimie secrète de mes neurones, vers une évidence que repoussait ma raison : il était impératif que le problème vienne de moi, de mon esprit troublé, que je sois malade, car sinon, la seule explication de ce ciel étranger était que je n'étais plus sur Terre, du moins, plus sur la Terre que j'avais connue.

— Je ne te demande pas si tu veux du thé, me dit Christelle, sur le point de rentrer, faisant mine de me tendre sa tasse à moitié pleine.

Sans prendre garde à son étonnement, je la remerciais, et finis lentement de siroter son thé vert, malheureusement sucré, tout en me demandant comment il se faisait que la constellation du cygne eût la forme d'une grande croix, avec une brillante étoile blanche, alors que je savais pertinemment que le cygne affectait la forme d'un triangle, avec Deneb, brillante étoile rouge, à sa pointe.

— Tu as l'air si perdu, me dit Christelle, je ne pensais pas que notre séparation t'affecterait à ce point.

— C'est exactement ce que je suis, Christelle. Perdu.

Elle ignorait, bien entendu, que notre séparation n'y était pour rien.

Alors qu'elle s'éloignait, je sentis une légère vibration dans ma poche, suivie d'une petite sonnerie. J'avais reçu un message. À cette heure, qui cela pouvait-il être ? Le SMS ne faisait que quelques mots : « Bon retour ? Tu as parlé à ta femme ? Stella. » Je ne connaissais aucune Stella, mais je n'eus aucun mal à soupçonner ce dont il s'agissait. Ne sachant comment réagir, et devinant qu'il ne pouvait s'agir que d'une relation professionnelle, je me contentais de répondre « Nous verrons cela lundi au travail, mais il va y avoir du changement ». Je reçus immédiatement comme réponse un smiley arborant un grand sourire. Il me restait beaucoup à découvrir !

En ayant mon téléphone en main, je me rendis compte que je pouvais l'utiliser comme point d'accès vers le net, afin d'obtenir une carte du ciel. Je fis même mieux, et téléchargeai immédiatement un logiciel qui me permettait, en dirigeant l'appareil vers le ciel, d'avoir le nom des différents objets qui y étaient visibles, comme en réalité virtuelle. Ce fut un grand moment de découverte : bien que la plupart des étoiles et des constellations portaient les noms que je connaissais depuis l'enfance, leurs caractéristiques et leur forme n'étaient plus les mêmes. Il en était de même pour les objets du ciel profond : les nébuleuses, les galaxies qui correspondaient aux numéros de catalogue que je connaissais n'avaient absolument plus le même aspect. M31, par exemple, la galaxie d'Andromède, avait maintenant la forme d'un mince fuseau lumineux, alors que je savais pertinemment qu'elle aurait dû avoir celle d'un disque visible de face, où des bras spiraux se dessinent avec une simple paire de jumelles. Je passais une bonne partie de la nuit à explorer cet univers si différent de celui de ma mémoire, mon téléphone tendu devant mes yeux, comme un talisman d'un nouveau genre. Je me faisais l'effet d'un explorateur découvrant le ciel d'une lointaine planète. Lorsque la pleine lune déclina, le ciel m'apparut dans toute l'étrangeté que me permettaient de contempler les lumières de la ville. J'étais incapable de dormir. La voiture était encore dehors, ayant pris soin de vérifier si le GPS connaissait l'emplacement de mon domicile, je conduisis dans la nuit une trentaine de minutes, afin de trouver, dans la campagne à l'ouest de Toulouse, un ciel un peu plus noir. J'adorais conduire, et comme il n'y avait presque pas de circulation à cette heure tardive, je savourais ce moment. J'avais descendu toutes les vitres, et profitais de l'air de la nuit s'engouffrant dans le cabriolet, alors que le moteur, presque inaudible, me conduisait, à une allure qui n'avait plus que de lointains rapports avec la légalité, sur des petites routes de campagne que, dans mon « autre vie », je connaissais bien. Au volant, la radio me berçant de musique classique, la nuit me paraissait un immense clip vidéo dont j'étais la vedette. Je stoppai sur une petite place, près d'un léger virage, qui, vu l'odeur des buissons, devait constituer la halte principale des automobilistes pris d'un besoin aussi impérieux que pressant. Je basculai le siège, et mon regard se perdit dans le ciel. La Voie lactée déchirait les cieux avant de s'affadir dans la blancheur indistincte des lumières de l'horizon. De brillantes étoiles dessinaient des figures nouvelles alors que, çà et là, des objets laiteux inconnus et minuscules apparaissaient au regard entraîné de l'astronome que j'étais. J'utilisai encore mon smartphone pour obtenir des détails sur ces magnifiques nébuleuses que je découvrais pour la première fois. J'eus, ce soir-là, dans l'odeur de cuir et de métal chaud de la Mercedes ouverte sur les cieux, l'impression d'une seconde naissance. Je me mis à songer à la fin du poème de José Maria de Heredia, « Les conquérants » : « *ils regardaient monter, en un ciel ignoré, du fond de l'océan des étoiles nouvelles* ». Mes étoiles nouvelles surgissaient de l'océan de ma mémoire. J'étais aussi émerveillé que désorienté. Il fallait réellement que je consulte ce docteur Protero, et le plus tôt serait le mieux. Il était presque quatre heures du matin lorsque je revins au logis. La porte d'entrée était verrouillée, et je n'avais pas les clés. J'eus heureusement la présence d'esprit de regarder dans la boite à gants de la voiture, où je trouvais un trousseau qui me sauva la mise.

Je m'étendis sur le canapé, pensant m'endormir rapidement, mais, au moment même où je me reposais, j'eus conscience d'une présence dans le salon. Christelle se tenait près de moi, en chemise de nuit.

— Qu'est-ce que tu as fait pour rentrer si tard ?

— J'avais besoin de voir le ciel. Je suis sorti en voiture pour fuir la pollution lumineuse.

— Tu sais, j'avais moi aussi du mal à dormir… J'ai appelé mon… ami. Je dois dire qu'il était plutôt heureux de ta réaction. Je pense… Si tu veux dormir avec moi, en restant sage, c'est possible, tu sais. J'avais énormément de reproches à te faire, j'avais préparé de quoi te résister, m'opposer à toi… Mais ton changement d'attitude m'a désarmée. Je t'ai aimé, tu sais, passionnément.

— Je n'en doute absolument pas. Il est tard, la fatigue va nous faire dire des bêtises. Sache en tout cas que je regrette amèrement tout cela. Je suis très confus, je dormirai avec toi, et je serai très sage. C'est drôle, tu sais, mais on ignore toujours lorsque c'est la dernière fois que l'on fait l'amour.

— Tu ne vas pas me faire croire que tu vas devenir moine !

— Sûrement pas, mais je voulais dire, avec toi. Avec toi, c'était comme un rêve.

Bien entendu, je pensais chaque mot de ce que je lui disais. Elle dut sentir cette sincérité, car, avant de sombrer dans l'inconscience, nous échangeâmes notre dernier baiser d'époux.

11 - Archives

Le lendemain, pour ma dernière journée de congé, qui allait se révéler si importante, je me levai bien après Christelle et les filles. Ignorant les us et coutumes de mon domicile, je me préparai en entendant confusément les bruits de la maison, traces d'une activité que je ne connaissais guère : dans ma « vraie » vie, ma femme et moi nous levions ensemble et accomplissions en silence nos différentes occupations. Je n'étais donc pas habitué à entendre un bruit de fond fait de musique et de voix féminines.

Apparemment, Juliette avait décidé, fait exceptionnel, de préparer le repas, et sa sœur se moquait de ses talents culinaires. Christelle lui proposa de réaliser le dessert et, suivant les indications de son inamovible smartphone, Élodie se mit à préparer les ingrédients d'un gâteau avec une précision digne d'un ingénieur chimiste.

Je me souvins que Christelle avait évoqué de « vieilles affaires » m'appartenant, rangées au grenier. Désœuvré dans cette maison sans livres, je résolus d'aller à la recherche de ce passé que je n'avais jamais vécu, de ce temps perdu qui n'avait jamais été le mien.

On accédait au grenier par une petite porte, ce dernier occupant une moitié des combles. On pouvait à peine s'y tenir debout dans sa partie la plus haute, dotée de nombreuses étagères, et, sous la pente du toit et ses couches d'isolant, l'espace allait diminuant, encombré de cartons et de grandes poches de plastique au contenu mystérieux.

Par quoi allais-je commencer ? Alors que je détaillais les cartons et les classeurs soigneusement rangés comme sur les rayons d'une bibliothèque, je reconnus certaines boites de rangement. C'étaient mes cours de l'université. J'ouvris ces boites, et retrouvais mes notes, mon écriture, comme je m'en souvenais. Pour une fois, j'étais en terrain connu. Je me rendis compte que ces feuillets jaunis m'emplissaient d'une émotion dont je ne me serais pas cru capable. J'eus l'impression que ma vue se brouillait, mais tout revint à la normale une fois que j'eus essuyé mes larmes. Quelle perte étais-je en train de guérir ? Je feuilletais mes cours. Au début des années 90, ils étaient tels que dans mon souvenir, mais ensuite, cela changeait. Rien de très évident, mais je ne reconnaissais plus le papier, les cahiers utilisés. C'était l'époque à laquelle j'avais fait la connaissance de Christelle. Je retrouvais aussi, bien en vue, mes manuels de physique, et de nombreux livres scientifiques. Je les connaissais presque tous, je me rappelais certains, mais, bizarrement, aucun n'était postérieur à l'année 2002. Je retrouvais aussi les cours que j'avais rédigés pour mon enseignement scientifique, mais ils s'arrêtaient tous en 2001. À partir de là, ma vie semblait avoir basculé dans l'inconnu. Je réfléchissais en parcourant les pages des livres qui m'avaient tant plu. Pourquoi se trouvaient-ils remisés dans ce grenier ? Je trouvais aussi un vieil album photo, datant d'avant la généralisation des appareils numériques. Je ne le connaissais pas. Il y avait des photos de Christelle, de l'étudiante que j'avais connue, dont je me souvenais. J'étais aussi là, parfois avec elle. Un portrait de Christelle, radieuse, me plut infiniment. Elle y souriait simplement devant un des murs de son appartement. Sa coiffure mal assurée, la ligne d'un drap, ainsi que la lumière, indiquaient qu'elle avait été prise au petit matin, alors qu'elle sortait du lit. C'était étonnant, car aucune femme n'apprécie de se faire photographier à ce moment-là. Fallait-il qu'elle soit amoureuse ! La ligne de ses épaules y apparaissait nue, comme nimbée de la lumière de l'aube. Je sentis mon cœur se serrer. J'avais tellement aimé cette étudiante, et c'était si loin. Sans trop savoir pourquoi, je détachais la photographie de l'album, la mettant à part, dans un de mes livres.

Je reconnus sur d'autres clichés certaines places de Toulouse, et l'appartement d'étudiante qu'elle occupait à l'époque. Il y avait aussi des photographies avec ses parents, et d'autres avec les miens, puis avec des gens que je ne connaissais pas. Je les découvrais pour la première fois. Dans de grands classeurs, il y avait des piles de factures, rangées et classées. Je feuilletais cela sans grand intérêt, en remarquant toutefois que, les années passant, les achats étaient de plus en plus luxueux. Il y apparaissait les activités de Juliette et Élodie, au fur et à mesure qu'elles avaient grandi. Voyages, danse, équitation, arts martiaux… La liste était longue. J'attirais à moi un carton, mais il ne contenait que des décorations de Noël. Un autre, plus lourd, ne me révéla que des poupées et des peluches. Je triais quelques ouvrages d'astronomie, et c'est en tirant sur un gros volume que je l'aperçus, rangé à la verticale comme un livre : mon premier ordinateur portable. Je me souvenais l'avoir acheté avec mes premiers salaires de professeur. Il contenait mes cours, mais aussi les textes que j'avais écrits, et aussi, peut-être, le journal informel que je tenais à l'époque. J'avais arrêté de mettre par écrit mes aventures lorsque j'avais rencontré « ma » femme, mais là, peut-être pourrait-il m'apprendre quelque chose ? Bien entendu, la batterie était vide, et sans doute morte, et je ne retrouvais pas le bloc d'alimentation me permettant de le brancher directement sur le secteur. Je retournais d'autres cartons, en vain. Les poches se révélèrent remplies de vêtements d'enfant, ou de pulls et de manteaux soigneusement enveloppés. Il y avait même des couvertures, et un canot pneumatique dans sa housse de rangement, avec une bouée gonflable. Du sable était resté prisonnier des replis du plastique. En rangeant de nouveau ces affaires, quelques grains coulèrent, en un modeste ruisselet, par un trou d'une vieille poche. Je regardais ce sablier improvisé en y voyant l'image même de la fuite irrémédiable de ces jours que je n'avais jamais connus. J'en avais connu d'autres.

Je fis un petit tas des livres et des carnets presque effacés que je voulais examiner, et jetai un dernier coup d'œil dans ce grenier dont j'avais quelque peu bouleversé la quiétude poussiéreuse. Il y avait une boite métallique qui m'avait échappé. Je reconnus le classeur ménager où je rangeais mes premières feuilles de paye. Je l'ouvris, empilai les dossiers qu'il contenait et quittai le grenier : Élodie m'appelait pour que je goûte sa « création culinaire ». Je ne pensais qu'à cet instant-là où j'allais, avec Christelle, bouleverser le quotidien de ces deux jeunes filles qui n'avaient rien demandé. Pourtant, cela ne m'attrista que de façon passagère : « je » n'avais jamais eu d'enfants.

Le déjeuner se passa du mieux possible, sauf qu'il se révéla que le gâteau d'Élodie n'était guère des plus réussis. Elle avait certes scrupuleusement suivi les indications d'un célèbre site du net, mais elle eut l'occasion de tester ce jour-là le gouffre existant entre le virtuel et la triste réalité. Visiblement, les quantités d'ingrédients avaient été mal traduites, et le résultat était plus caoutchouteux que gastronomique. Une fausse dispute pour départager les talents culinaires des deux sœurs éclata, et un vote conclut bien entendu à la victoire de Juliette, ses plats, d'inspiration asiatique, ayant été tout de même sinon excellents, du moins agréables.

Pour se remettre de l'épreuve alimentaire constituée par le gâteau d'Élodie, je proposai de l'accompagner de glaces, ce qui fut accepté à l'unanimité. Pendant que chacun attaquait son sorbet, je sentis, sous la table, la main de Christelle qui rejoignait la mienne.

— Les filles, votre père et moi, nous devons vous annoncer quelque chose.

Le ballet des cuillères s'interrompit. La mienne restait plantée dans la crème glacée au café, et se couvrait de buée. Le regard interrogateur des filles s'appesantissait sur nous. Je ne savais pas si je devais parler ou si Christelle devait continuer de le faire. Une pression sur ma main me décida à prendre la parole :

« Votre mère et moi, nous rencontrons de grandes difficultés à vivre ensemble. Il n'y a aucune animosité entre nous, aucune détestation, nous vous aimons toutes deux, mais nous ne pourrons pas continuer, à l'avenir, à vivre ensemble.

— Vous allez divorcer ? Élodie avait devancé sa sœur, et nous plaçait, en trois mots, devant ce que nous nous étions refusés à nommer.

— Oui, répondit Christelle dans un souffle, les yeux un peu trop brillants.

— On va devoir vendre la maison, comme l'ont fait les parents de Clara ? demanda une Élodie soudain inquiète.

— Non, pour vous, rien ne changera. Nous ne nous disputerons pas. Vous resterez ici, avec votre mère. Simplement, je ne serai plus là. »

Christelle eut heureusement la présence d'esprit de préciser que, bien entendu, elles pourraient me rendre visite régulièrement.

— De toute façon, rétorqua une Juliette qui écrasait à présent méthodiquement sa glace, tu n'étais pas là souvent ! On ne verra pas beaucoup de différences !

Christelle allait réprimander sa fille, mais ce fut moi, d'un discret serrement de doigts, qui l'en dispensait.

— J'ai sans aucun doute été très absent. C'était une erreur.

— On aura deux maisons ? Je pourrais avoir un chien chez toi, papa ? On fêtera deux fois Noël, comme chez Clara ?

— Nous réglerons tout cela plus tard, il faut que j'en discute avec votre père, mais vous serez les premières au courant.

Christelle venait de couper court au flot de questions de la cadette, qui disparut avec ce qui restait de sa glace afin de mettre la Terre entière au courant de la nouvelle par texto interposé.

Juliette resta seule avec nous, les yeux baignés de larmes.

« C'est à cause de moi ? » demanda-t-elle en reniflant. Je me hâtais de la contredire, mais je fus surpris de voir Christelle, à son tour, se mettre à sangloter avant de se lever et de serrer sa fille contre elle. Je me sentis forcé de me joindre au mouvement, et je les enserrais comme je pus toutes deux entre mes bras en assurant Juliette qu'elle n'était pour rien dans la mésentente de ses parents. Elle nous quitta en me demandant si elle pouvait appeler Bruno. Ne sachant pas de qui il s'agissait, j'acquiesçai à sa demande, surpris qu'une jeune fille de son âge demande encore la permission pour passer un appel.

Christelle me regardait, les yeux encore humides, son maquillage avait un peu coulé, ce qui accentuait un peu les ridules sous ses yeux. Elle était loin, la jeune fille de mes amours ! Cette réflexion me vint automatiquement, en pensant à la photographie que j'avais trouvée, tout comme la honte, ensuite, de l'avoir formulée. Je me fis l'effet d'un parfait salaud.

— Tu ne vas pas me dire que tu as aussi oublié le foin que tu as fait avec Bruno ?

— Qui est-ce ?

Christelle se laissa retomber sur sa chaise, secouant sa tête en un geste de dénégation.

— Je ne sais pas à quoi tu joues, ou si tu as réellement un problème, mais arrête ça au plus vite !

— Je le voudrais bien ! Explique-moi, dis-moi de quoi il s'agit !

J'appris ainsi que Bruno était le petit ami de Juliette, et que celle-ci avait prévu de partir quelques jours en vacances avec lui, au bord de la mer. Lorsque « je » l'avais appris, j'étais entré dans une rage folle, hurlant et gesticulant, au point même que Juliette avait eu très peur. Sa mère avait dû la calmer pendant des heures. J'avais interdit à Juliette de l'appeler, de le voir même.

— Il est donc si affreux que ça, ce Bruno ?

— Non, d'après ce que j'en sais, il est plutôt gentil. Il y a six mois qu'ils se connaissent, avec Juliette. Mais tu n'as jamais voulu le savoir, tu lui as toujours reproché cette relation. De toute façon, tu as toujours tout pardonné à Élodie, et tout refusé à Juliette. Parfois, j'ai même l'impression que tu hais ta propre fille !

— Non, ce n'est pas ça. Je ne me rappelle rien de ce que tu me dis.

Je cherchais comment arranger les choses au mieux. Je proposais à une Christelle médusée de les laisser partir quelques jours ensemble, puisque la rentrée n'aurait lieu que dans deux semaines. Elle partit annoncer la nouvelle à Juliette, qui revint, en pleurant, avec sa mère. J'étais assez décontenancé, n'étant pas habitué à ce genre d'effusions. Je demandais à Juliette ce qu'elle avait prévu avec Bruno. Elle osait à peine me répondre. Quel homme était donc mon *alter ego* pour en arriver à terrifier à ce point sa propre fille ?

« Nous avions prévu de passer une semaine près de Narbonne, dans un mobil-home qui appartient à un de ses oncles… Mais à présent, c'est trop tard, son oncle s'y est installé pour ses vacances…

— Et vous ne pourriez pas aller ailleurs, même quelques jours ? Je regrette vraiment l'attitude que j'ai eue, je ne sais pas pourquoi j'ai été aussi odieux avec toi, mais je m'en excuse. Vois avec Bruno ce que vous pouvez faire. Je prends en charge tous les frais.

Regardant le sol, Juliette eut une réaction que je n'avais pas prévue.

— Si tu essayes de m'acheter pour le divorce…

— Il ne s'agit pas de ça. D'ailleurs, j'ai bien l'intention que les choses se passent à l'amiable avec ta mère. Nous sommes tous deux d'accord pour nous séparer.

— Et nous, on vivra chez qui ?

— Je vous l'ai dit : chez votre mère, dans cette maison.
— Et on ne te verra plus ? Tu te débarrasses de nous ?
— Non, vous viendrez quand vous voudrez… Il y aura sans doute des modalités à mettre au point avec votre mère, mais je ne vais pas vous abandonner.
— On viendra, et tu ne seras pas là… Ou juste pour Élodie. »

De nouveau, les yeux de l'adolescente se remplirent de larmes. Cette fois, son regard mouillé affrontait le mien. « Pourquoi tu ne m'aimes pas comme Élodie ? Qu'est-ce que j'ai fait ? » Ce fut à moi de baisser les yeux, sans voir le trouble de Christelle, et de répondre, un ton trop bas, que je n'en savais rien. Pour la première fois, je ressentis une peine sincère pour cette jeune fille qui me demeurait étrangère.

Je passais l'après-midi à discuter avec Christelle des aspects pratiques de notre séparation. L'obtention d'un divorce étant longue, même avec de la bonne volonté des deux côtés, nous décidâmes que je ne tarderais pas à quitter la maison pour me loger ailleurs, la laissant libre de vivre sa vie. Sur une grande feuille de papier, nous avons réparti en deux colonnes nos biens les plus importants. Ce fut à cette occasion que j'appris que nous possédions un petit chalet à Font Romeu, et deux appartements loués à Toulouse. Pour le reste, nous n'allions pas compter les cuillères, et Christelle fut surprise que je la laisse décider et s'occuper de la répartition des objets du quotidien. Pour ce qui concernait les biens mobiliers, j'ignorais totalement ce qu'il en était. Je lui dis que je ferais réaliser un bilan par la banque, et que nous partagerions.

Nos comptes d'apothicaires furent interrompus par les filles qui se baignèrent avec force plongeons et aspersions de leurs parents. Je proposai à Christelle d'aller les rejoindre et, quelques minutes plus tard, nous étions tous dans la piscine. En maillot, il était évident que si Christelle avait une ligne magnifique, Juliette promettait quant à elle de devenir également une très belle femme. Je comprenais fort bien qu'un jeune homme puisse en être amoureux. Je fus gêné de cette pensée. Un père ne devait pas regarder sa fille sous cet angle-là, mais, en réalité, je n'étais pas un père.

Le dîner fut assez joyeux, car une Juliette volubile nous expliqua qu'une tante italienne de Bruno pouvait les recevoir quelques jours dans la petite ville de Santa Margherita. Je connaissais la région pour y être allé avec « mon » épouse. C'était un endroit merveilleux, dans le golfe de Tigullio. Je vantais la région sous le regard interrogateur de l'assemblée, et assurais à Juliette que je me chargeais des billets d'avion pour elle et Bruno, entre Toulouse et Gênes. Elle appela immédiatement son ami afin de lui confirmer la bonne nouvelle, tandis qu'une Élodie renfrognée déplorait de devoir se retrouver « toute seule » quelques jours, nous demandant déjà si elle pouvait en profiter pour organiser « une fête » à la maison avec ses copines.

Lorsque je me couchai, ce fut toutefois avec une certaine nervosité : le lendemain, je devais reprendre un travail dont j'ignorais tout.

12 - En bonne société

Le lendemain, je garais la Mercedes dans le parking souterrain de la société. La barrière s'était levée automatiquement grâce au badge sur le pare-brise, et j'avais occupé une des nombreuses places encore libres sans prendre garde aux numéros inscrits sur le sol. Dans le hall d'entrée, je décidai d'aller au plus simple, et de demander à l'accueil à quel endroit je travaillais : « Bonjour, pouvez-vous me dire où se trouve le bureau de M. Busca ?. Le responsable ne leva même pas les yeux.

— Vous avez rendez-vous ?
— Pas précisément, mais je le connais bien, il reprend le travail aujourd'hui, non ?
— Mmmoui… Son regard parcourait l'écran de son ordinateur.
— S'il n'est pas libre, je verrai avec un de ses collaborateurs…
— Cela devrait aller, 5e étage, bureau 505 et suivants. Il vous faudra attendre, d'après le détecteur de son badge, il vient juste d'arriver.
— Je suis au courant, merci, répondis-je en bénissant l'anonymat dont on peut jouir dans les grandes entreprises. »

J'avais dans un sac mon ordinateur « professionnel » ainsi que celui que j'avais retrouvé au grenier, pensant que, peut-être, le responsable informatique avait l'alimentation qui me manquait. Je me demandais ce que j'allais bien avoir à faire, et comment je pourrais exercer une activité dont j'ignorais tout.

Au cinquième étage, je découvris une salle commune, sommairement divisée en une dizaine de bureaux individuels par de fines cloisons d'un mètre cinquante de haut, entourés d'une ceinture de bureaux privatifs. Des inconnus me saluèrent, et je leur répondis en me demandant comment me souvenir d'eux à l'avenir. Je fis le tour des bureaux, non pas tant pour dire bonjour à tout le monde, ce qui sembla en surprendre plus d'un, mais pour rechercher le plus discrètement possible où était le mien. Je ne trouvais pas le 505. Une jeune femme était penchée sur son écran. Je lui demandais où était la section 505. Sans lever les yeux, elle m'indiqua de la main un renfoncement de la cloison que, tout occupé à déchiffrer les panonceaux affichés à côté des portes, je n'avais pas remarqué. Elle s'ouvrait sur un passage donnant accès à une salle, semblable à celle que je venais de quitter.

« Regardez qui voilà, notre vacancier est de retour ! » Je n'eus pas le temps de pénétrer plus avant dans la salle que la moitié des employés présents se levait pour me saluer et échanger quelques mots au sujet de mes vacances. De jeunes hommes, rasés de frais, au regard franc et à la poigne virile, qui devaient passer une partie de leur temps libre dans les salles de sport et accumuler les conquêtes après avoir connu une jeunesse étudiante heureuse dans une école de commerce hors de prix. Je les détestai immédiatement. De jeunes femmes, jolies sylphides aux dents longues, vinrent aussi papillonner quelques instants en me questionnant. Je n'avais guère l'habitude de parler avec autant de personnes, mais je mis à profit cette séance de retour de vacances pour demander, d'un ton badin, « Il me faut hélas travailler de nouveau, c'est par où, déjà ? », ce qui, outre l'hilarité forcée de certains, me permit de trouver le chemin de mon bureau. C'était un de ceux qui entouraient l'open-space. Une fois poussée la porte, j'explorai rapidement ce territoire aussi inconnu que dépouillé. Un bureau de taille moyenne, où trônait l'inévitable écran, des dossiers papier bien empilés, un pot à crayons presque vide. Je m'assis et ouvris les tiroirs, alors que mon téléphone commençait à entamer une symphonie de

« ping » signalant l'arrivée de messages, qui allait se poursuivre presque toute la journée.

Les premiers tiroirs ne contenaient que du papier, quelques stylos hors de prix et, curieusement, un petit cadre photo. Le cliché représentait Christelle et Élodie. Je pensais que mon alter ego avait dû le ranger pour les vacances, et je le remis sur le bureau, supposant que ce devait être sa place habituelle. Le dernier tiroir était fermé à clé. Je me revis vidant mon portefeuille, sur le Divina, et y découvrant une petite clé énigmatique : c'était bien celle-là.

Dans le tiroir, il y avait un ordinateur portable, visiblement le mien, car, contrairement à ceux de l'entreprise, c'était un Mac. Il y avait aussi des jeux de cartes, des jetons de casino, un coffret de bois contenant un nombre invraisemblable de préservatifs divers et variés et, dans une enveloppe de papier kraft froissée, plus de quatre mille euros en liquide. Je fus presque moins étonné par la liasse de billets que par cette surprenante collection de préservatifs insolites. Je sortis l'ordinateur du tiroir, et je l'allumai : comme à mon habitude, il n'avait pas de mot de passe. Je n'eus pas le temps de pousser plus avant mes investigations : la porte du bureau s'ouvrit, et un jeune homme barbu m'apostropha sans même me saluer : « Qu'est-ce que tu fous ? Tu as oublié la réunion du lundi ? On t'attend ! » Je le suivis, n'ayant le temps que d'empoigner, vieux réflexe d'enseignant rompu aux réunions inutiles, quelques feuilles et un crayon.

Nous arrivâmes dans une salle un peu plus grande que mon bureau, qui ne contenait qu'une table ronde autour de laquelle quatre personnes étaient assises. Il y avait là deux hommes un peu plus âgés que moi, une femme dans la quarantaine, très élégante, dans son tailleur noir, et une jeune femme souriante à côté de laquelle je m'installai.

Je me demandais quel était l'intérêt pour tous ces gens d'affronter les embarras de la circulation pour passer la journée à travailler sur un ordinateur, tâche qu'ils auraient pu accomplir à moindres frais chez eux. La logique de cette façon de travailler, qui pourtant était la norme, m'échappait. « Alors, on nous a déjà oubliés ? Les vacances sont finies, M. Busca. Vous avez aussi oublié votre ordinateur ? » C'était la femme élégante qui venait de parler. Visiblement, la patronne. Tout le monde avait déplié son portable sur la table, et avec mes feuilles, j'avais l'air d'un néanderthalien. Je restai interdit quelques secondes, puis profitai de l'occasion pour tenter de régler mes problèmes informatiques.

— Je ne l'ai pas oublié, et c'est même la raison de mon retard : j'ai dû mal taper mon mot de passe, et il s'est bloqué, ce qui me pose problème…

— Stella, vous verrez ça tout à l'heure avec M. Busca.

— Bien sûr, susurra la jeune femme à mes côtés.

Ce nom me fit réagir. J'adressai un beau sourire à Stella, en me demandant si c'était elle qui m'avait adressé le message me demandant si j'avais « parlé à ma femme ».

Le jeune barbu qui était venu me chercher nous projeta tout un ensemble de graphiques sur les finances de plusieurs sociétés, assortis d'un discours où abondaient des termes financiers, le plus souvent en anglais, qui m'étaient inconnus. De temps à autre, mon nom était mentionné, et je devais plus tard, selon les dires de la patronne, « examiner cela ». Il y eut aussi un résumé des activités de la semaine écoulée, qui me permit au moins de comprendre de quoi il s'agissait. Cette partie de la compagnie d'assurance élaborait des produits d'investissement. Elle examinait les résultats de diverses entreprises et voyait si leurs actifs et leurs perspectives leur permettaient d'être incorporés dans les produits financiers vendus par la compagnie.

Mon rôle ne m'apparaissait pas clairement dans cette mécanique, mais je n'eus pas le loisir de m'appesantir sur ce que je devrais « examiner » : alors que je faisais mine de scruter avec attention un graphe auquel je ne comprenais pas grand-chose, je sentis une main glisser sur le haut de ma cuisse, puis la serrer sans équivoque.

Surpris, je détournai la tête. C'était, apparemment, la « bonne » Stella qui était à mes côtés. Je posai délicatement, sous la table, ma main sur la sienne. La réunion tirait à sa fin, et tout le monde se leva. Stella me proposa de passer « débloquer ma machine » avec un mouvement bien étudié de ses lèvres écarlates qui ne me laissait guère de doutes sur ce qu'elle voulait dire. Comme elle quittait la salle devant moi, je la détaillai brièvement, alors que le jeune barbu me parlait sans que mon manque d'attention me permette de l'entendre.

Stella était une belle jeune femme, si fine qu'on l'eut cru prête à se casser si on l'avait serrée d'un peu trop près. Des lunettes rondes soulignaient ses yeux noirs, et elle affectionnait apparemment les robes courtes mettant en valeur ses jambes gainées de ce qui me parut tout d'abord (je n'allais pas tarder à découvrir ma méprise) des collants à motifs, ce jour-là des pois. Sa voix était très douce, et, bien entendu, elle me plut infiniment.

« Hé chef, houhou ? C'est Serge, vous êtes avec nous ? C'est pas ce genre de courbes sur lesquelles il faut travailler ! » Il me semblait entendre la voix du susdit Serge à travers un brouillard enchanté, alors que l'air ambiant résonnait encore du parfum suave de Stella.

— Oui Serge, excusez-moi, avouez qu'il y a tout de même de quoi être distrait.

— Vous savez bien que ce n'est pas vraiment ma tasse de thé, me répondit Serge d'un air pincé, me dévoilant ainsi ses goûts particuliers, dont j'étais apparemment censé avoir eu connaissance. Vu que ce dernier m'avait donné du « chef », j'en déduisis qu'il devait être sous mon autorité, et j'en profitais pour lui demander de réunir « notre équipe » dans mon bureau en début d'après-midi. Je pensais découvrir ainsi avec qui je devais travailler.

Je jetai un œil sur mon téléphone, constellé de messages : outre le rappel de la réunion que j'avais failli manquer, il y en avait d'autres, dans la journée, ainsi que diverses demandes d'appel, des mails d'inconnus… Je n'avais finalement que peu de temps. Je retrouvai mes trois portables qui m'attendaient, occupant presque tout mon bureau. J'ouvris le mien : il contenait de nombreux fichiers, des lettres, de la musique classique, des films… À peu près les mêmes que ceux que je me serais procuré si je n'avais eu aucun problème financier. Il y avait aussi des photos, qui me firent comprendre rapidement pourquoi j'avais laissé cet ordinateur visiblement personnel dans mon bureau. Je passais sur des photos de groupes, où j'apparaissais, en compagnie d'inconnus, en train de jouer aux cartes où à la roulette, alors que je n'en connaissais même pas les règles. Il y avait aussi de nombreux clichés où j'étais accompagné de jeunes femmes se collant contre moi de façon à rejeter toute ambiguïté. Qui étaient-elles ? De quand dataient ces clichés ? Si j'en jugeais à mon apparence, d'une dizaine d'années environ.

Il y avait aussi des photos sans équivoque : j'y embrassais une jeune femme blonde, nue jusqu'à la ceinture, n'étant guère moi-même très habillé ; la même jeune femme posait ensuite sur le pont d'un petit bateau, apparemment, et ce dans le plus simple appareil. J'étais visiblement en train d'étaler de la crème solaire sur son corps. Il y avait de nombreuses photos du même style, avec d'autres femmes, dont j'espérais que je les avais prises grâce au retardateur de l'appareil, et puis, il y avait Stella. Des portraits, des vues de la jeune femme appuyée sur un quai, portant des sacs montrant qu'elle venait de faire des achats d'articles de luxe. Je reconnus l'arrière-plan, c'était un port où j'étais déjà allé avec ma « vraie » femme, Anne, lors d'une croisière : Capri, l'île voisine de Naples. J'étais surpris, non seulement par les ravissantes inconnues qui, visiblement, ne l'étaient plus, mais aussi par le nombre de photos où j'apparaissais. Je n'ai jamais aimé être photographié, parce que je me trouve assez laid, que je suis insatisfait de mon apparence, un sentiment qui venait de ma jeunesse, nourrie de trop nombreux échecs avec les jeunes filles. Visiblement, ce type de pudeur, il est vrai pathologique, ne concernait guère mon *alter ego*. J'en étais là de mes réflexions lorsque la porte s'ouvrit. Je refermai précipitamment la machine. C'était Stella.

— Je n'ai pas beaucoup de temps, me dit-elle avant de me sauter au cou d'un geste qui lui semblait parfaitement naturel, fruit d'une longue habitude. Sa bouche contre la mienne, son corps collé au mien... J'eus l'impression que son parfum emplissait la pièce, qu'une fleur lourde et éclatante dardait une racine inquisitrice et sensuelle vers le fond de ma gorge. Son baiser était hallucinant de désir, et sut bien entendu faire naître le mien.

« Vite » fut le seul mot qu'elle prononça. Je verrouillai la porte et, lorsque je me retournai, sa robe gisait à terre. Adossée au bureau, elle ne portait que des bas, et tenait à la main un des préservatifs de l'étrange collection. Jamais une femme aussi belle ne m'avait désiré. Je répondis à ses avances du mieux que je pus, enivré, pâle, trop empressé sans doute, et connus un plaisir trop rapide, avant que ne vienne le sien.

— J'ai mis cette robe en pensant à toi, dit-elle en se rhabillant, avant de repasser du rouge sur ses lèvres d'un geste machinal. Tu en es où avec ta femme ?

— Nous nous séparons.

Un large sourire éclaira son visage. « Tu lui as parlé de moi ? »

— Non, c'est elle qui, apparemment, a une liaison de son côté.

— Voyez-vous ça, la vertueuse mère de famille s'est trouvé un coquin ! Voilà qui va nous simplifier la vie. Tu gardes ta maison ?

— Nous n'en sommes pas là, mais je ne pense pas. Pour accélérer les choses, nous irons au plus simple.

— Ne la laisse pas te plumer, dit-elle en enfilant ses chaussures.

Elle s'installa devant mon ordinateur professionnel et, en quelques manipulations, configura un autre mot de passe. Pour faire cela, elle ne s'était pas assise, mais penchée presque à angle droit sur le bureau. Elle cambrait sa taille, mettant en relief sa chute de rein, découvrant la ligne de démarcation entre sa chair blanche et le tissu sombre de ses bas. Le désir, de nouveau, montait en moi, attisé par le fait de la savoir nue sous sa robe. Elle pliait à présent alternativement une jambe, puis l'autre, ce lent balancement de sa croupe donnant à son allure un érotisme intense. Je relevai sa robe d'un geste, cherchant autant à me soulager qu'à la satisfaire. Ce genre de chose ne m'était jamais encore arrivé, et, tandis que je sentais monter son plaisir, j'eus l'impression de prendre une absurde et dérisoire revanche contre toutes ces sylphides qui m'avaient fait rêver lorsque j'étais adolescent, mais qui ne m'avaient jamais vraiment considéré que comme quantité négligeable.

Le plaisir. Rauque, brut, partagé cette fois.

— Tu devrais partir plus souvent en vacances, me dit-elle en se retournant. Je ne t'embrasse pas, je n'ai pas envie de refaire mon rouge, et d'ailleurs tu devrais t'essuyer. Bon, je file mettre une culotte, je n'ai pas envie de rester collée à ma chaise ! À plus ! »

Pour la classe et la distinction, ce n'était pas encore au point, mais pour le reste... Mon *alter ego* avait l'air d'un sacré gaillard ! J'eus alors une pensée pour Christelle. L'homme que j'étais censé être avait dû lui en faire voir de toutes les couleurs. Pourtant, c'était une belle femme, une mère accomplie et une amante digne d'éloges. Pourquoi n'avait-elle pu le combler ?

Je me connectai sur le réseau de l'entreprise, Stella ayant branché un câble Ethernet sorti d'on ne sait où, essayant de répondre à mes mails. Il y avait de nombreux documents que j'étais censé avoir rédigés. J'en lus un ou deux. C'étaient des textes générateurs d'un ennui prodigieux. Apparemment, j'établissais des espèces de résumés de la situation et des perspectives d'une entreprise, et je recommandais l'achat, la conservation ou la vente de ses titres en me basant sur cette analyse. Il n'y avait que cela et, à mes yeux, ces rapports se ressemblaient tous. J'allais avoir du mal. Certains messages me demandaient des nouvelles de rapports déjà prêts. Au lieu de les envoyer immédiatement, je temporisais quelques heures, histoire de me dégager un peu de temps. Il y avait aussi une réunion en fin de matinée, et une autre dans l'après-midi.

Il me fallait mettre en place un plan d'action me permettant de faire illusion dans ce milieu. Je n'avais aucune des connaissances nécessaires, ni, sans doute, des compétences indispensables. Je trouvais sur le disque dur des présentations toutes prêtes. L'une d'elles portait la date d'aujourd'hui. Je compris alors que c'était moi qui devais diriger la réunion de l'après-midi. Le document était prêt, je ferais comme pour un cours. J'espérais juste qu'il n'y aurait pas de questions. Ou alors… Une idée me vint. J'allais utiliser à fond mes « collaborateurs ». Pour les rapports à rédiger, je retrouvais les deux derniers, et je me fis un modèle me permettant de ne changer qu'un minimum d'éléments sur un canevas préexistant. Je gagnerais ainsi du temps. Les informations nécessaires pour remplir les blancs, je les ferais chercher par mes collaborateurs. J'espérais qu'eux au moins connaissaient leur métier et savaient de quoi ils parlaient. Restait à régler ma contribution, la recommandation personnelle d'achat ou de vente…

Une petite recherche sur le web confirma ce que j'avais lu par ailleurs dans un article scientifique : lors d'une simulation, un chimpanzé donnant ses ordres au hasard avait réussi une performance financière égale ou supérieure à celle d'analystes chevronnés. Je n'avais pas d'autre singe que moi sous la main, mais je me promis de me procurer un simple dé à six faces, et de laisser agir le divin hasard : pour chaque entreprise je jetterais le dé : un ou deux signifierait l'achat, trois ou quatre la conservation des titres, et cinq ou six leur vente. La seconde réunion de la matinée fut aussi assommante que la première. Comment pouvait-on trouver le moindre intérêt à cette suite de chiffres et de graphiques décrivant par le menu une situation économique par ailleurs nécessairement fluctuante ? C'était, pour moi, aussi vain que de disserter longuement sur la forme d'un nuage qui, ce travail achevé, s'était métamorphosé, rendant l'analyse caduque. Dans cet exercice, la vanité se mêlait à la vacuité.

La pause déjeuner était bienvenue. Je n'habitais pas très loin, aussi je décidais de rentrer manger « chez moi », sans prendre garde aux regards étonnés de mes collaborateurs me voyant me hâter vers la sortie.

La rentrée des classes n'ayant pas eu lieu, la circulation était peu dense, et je fus rapidement arrivé. Je pensais naïvement trouver les filles et Christelle, mais, en apparence, il n'y avait personne. J'entrai et me dirigeai vers la cuisine, lorsque j'entendis un léger bruit, comme un murmure. Cela venait de la chambre de Juliette. Je m'approchai sans précaution particulière, et j'étais presque prêt à lancer à la cantonade que j'étais rentré et que je voulais savoir si on voulait bien déjeuner avec moi lorsque l'origine des bruits que j'entendais m'apparut brutalement : visiblement, Juliette n'était pas seule, et elle semblait prendre beaucoup de plaisir. Le fameux Bruno, sans doute. J'hésitais sur la conduite à tenir. Je n'allais pas débouler dans la chambre en criant « surprise » ! Je ne ressentais nulle peine, ni même de réelle surprise : Juliette faisait plus que son âge, c'était une très belle fille, et il n'y avait rien d'étonnant à ce qu'elle profite des joies de l'amour avec son petit ami. J'étais plutôt gêné qu'autre chose, et je repartis dans la cuisine sur la pointe des pieds. Je me confectionnai un sandwich assez gastronomique, et je finissais de manger lorsque j'entendis des pas dans l'escalier. J'allais faire la connaissance de Bruno. Juliette serait gênée, je dirais que je venais juste d'arriver, pensai-je, sans réaliser que mon installation en cuisine démentirait immédiatement ce genre d'affirmation diplomatique. Je composais mon plus beau sourire, tout prêt à entendre les bobards les plus rafraîchissants. Et ce fut Christelle qui entra la première dans la pièce.

Elle marqua un temps d'arrêt, stupéfaite. Je vis son regard paniqué, et elle esquissa un mouvement pour se retourner vers l'homme qui la suivait. Il s'arrêta lui aussi, la bouche ouverte. Grand, assez athlétique, environ de mon âge, un beau visage, des tempes grisonnantes… Plutôt bel homme, je comprenais Christelle. Bizarrement, c'est moi qui étais peut-être le plus gêné. Pendant un instant, nous avons tous trois regardé le sol en silence, mais les hommes étant, dans ces situations, d'une lâcheté ordinaire, ce fut Christelle qui brisa le silence : « Tu… es là depuis longtemps ? Tu ne rentres jamais à midi d'habitude…

— Je l'ignorais. Désolé de vous avoir dérangés, ce n'était pas mon but, je pensais retrouver tout le monde ici.

— Les filles déjeunent chez une de leurs copines, elles y restent la journée… Je te présente Sébastien.

Une poignée de main rapide, le susdit Sébastien se raclait la gorge : Hem… Heureux de vous connaître.

— Moi aussi. Rassurez-vous, je comprends parfaitement Christelle. Je nous considère comme étant déjà séparés, chacun est libre, dis-je en songeant à l'intermède passionné que j'avais connu quelques heures auparavant. Je ne pensais tout simplement pas vous rencontrer aussi vite, et en ce lieu, mais cela devait arriver. Pour le reste, nous sommes de grandes personnes raisonnables et compréhensives. Je crois que je vais rentrer au travail maintenant. Amusez-vous bien et ne soyez pas sages ! » Christelle et Sébastien ouvraient des yeux ronds, interdits, n'en croyant pas leurs oreilles. J'étais censé avoir partagé vingt années de vie avec Christelle, mais pour moi, je ne l'avais retrouvée qu'il y a trois semaines. Alors que je montais en voiture, Christelle me rejoignit en courant : « Qu'est-ce qui t'arrive ? Jamais tu n'aurais réagi comme ça ! Promets-moi, va voir le docteur dès ce soir, vas-y ! Je ne te reconnais plus ! Je ne sais plus qui tu es ! Qui es-tu ? » Ses yeux rougissaient à une vitesse alarmante, la crise de larmes était proche. La Mercedes me permit de couper court. Comment avouer à Christelle que j'ignorais totalement la réponse à sa question ?

13 - Le bon docteur Protero

Quelques heures plus tard, je me trouvais devant la porte du cabinet médical où officiait le Dr Protero. L'après-midi s'était déroulée sans anicroche. J'avais fait la connaissance de mon équipe, trois hommes et deux femmes jeunes, déterminés, aux dents longues, trop heureux de se voir délégués de nouvelles tâches « prestigieuses ». Je leur avais proposé de présenter à tour de rôle la réunion du lundi après-midi, où je devais détailler mon analyse d'une société, à laquelle j'assisterais uniquement pour les superviser.

Ce jour-là, je m'étais contenté de dérouler une présentation heureusement réalisée par mon *alter ego* avant son départ en congés, commentant sobrement les graphiques en relisant simplement les conclusions notées en grosses lettres. J'avais repris et simplifié l'affichage des diapos, ce qui fut apprécié. Une question m'avait été posée, que je n'avais pas comprise. J'avais alors demandé à Serge d'y répondre, ce qu'il avait fait. Je m'étais contenté d'un « que dire de plus » admiratif, qui l'avait fait rougir. Les autres participants avaient l'air satisfaits, l'un d'eux, que les autres appelaient M. Hu, m'ayant même confié qu'à son avis, « les vacances m'avaient fait du bien ». Ma première journée de travail s'était donc déroulée bien mieux que je ne l'imaginais, même si je demeurais perplexe quant à l'avenir.

Il était un peu tard, et j'espérais peut-être secrètement que le cabinet médical serait fermé, mais tel n'était pas le cas. Une secrétaire pour qui j'étais transparent s'empara de ma carte vitale et m'indiqua la salle où, comme ma fonction à présent le précisait, je me devais de patienter.

Il n'y avait dans cette salle qu'une jeune femme à l'air fatigué, qui m'adressa un pauvre sourire à mon arrivée avant de tenter de s'occuper du marmot toussant, mouchant et reniflant à l'envi qui l'accompagnait. J'essayais de m'absorber dans la lecture d'une pile de vieux magazines, me demandant comment les médecins faisaient pour se procurer ces indispensables dérivatifs présents chez tous les praticiens. Souscrivaient-ils à des abonnements à leur usage exclusif ? Une mystérieuse agence récupérait-elle dans les bibliothèques les revues usagées à leur intention ? S'agissait-il de dons ou de legs de patients pour lesquels l'art d'Esculape n'avait pu éviter le trépas ? Mes réflexions furent interrompues lorsqu'un grand homme chauve et maigre, aux lèvres minces et au regard las, vint chercher la jeune femme et son enrhumé de fils. En attendant mon tour, je pris donc connaissance des derniers potins : le mariage de lady Diana Spencer, le décès subit de Claude François ; et je n'aurais pas tardé à avoir des nouvelles de Charles Lindberg après sa traversée de l'Atlantique si je n'avais été interrompu par un long reniflement m'annonçant que le marmot poitrinaire venait de subir l'examen de l'homme de l'art.

Le praticien vint me chercher en me tendant la main : « M. Busca, c'est à vous - Dr Protero, je présume », lui répondis-je avec un grand sourire.

Son cabinet était simple, constitué seulement d'un bureau qu'un paravent séparait d'une table d'examen auprès de laquelle étaient rangés les différents appareils servant aux consultations. « Que vous arrive-t-il ? me demanda-t-il tout en se laissant tomber dans son fauteuil, vous avez bonne mine, auriez-vous abusé de l'alcool, ou bien un problème de maladie vénérienne, comme l'autre fois ?

— Heu... Rien de tout cela, non, mon problème serait davantage d'ordre... psychologique.

— Hoho ! Trop de travail ?

— Non, je rentre de vacances… C'est autre chose, et c'est sans doute peu banal. Disons que j'ai l'impression d'avoir perdu mes souvenirs, et qu'ils ont été remplacés par ceux d'une autre personne, qui n'a pas vécu la même vie que moi.

Le docteur Protero se laissa aller en arrière, s'appuyant sur le dossier de son fauteuil tout en prenant un air inspiré.

— Auriez-vous abusé, ces derniers temps, de l'alcool ou de stupéfiants ?

— Je ne bois pas, ou plutôt, je ne me souviens pas avoir jamais été porté sur l'alcool, et je n'en ai nulle envie. Je n'utilise aucune drogue non plus.

— Du moins, vous ne vous en souvenez pas… Votre travail est extrêmement stressant, n'est-ce pas ?

— Peut-être. J'ai découvert mon travail aujourd'hui. Dans ma mémoire, j'enseigne toujours la physique, je ne suis pas marié avec ma femme, et je n'ai pas d'enfants. »

Je lui fis un résumé de mes aventures et de mes découvertes depuis cette nuit fatidique, sur le navire, dans les Caraïbes. Le docteur écouta calmement, le regard vague.

— Avant d'aller plus loin, je vais vous ausculter.

Le bon docteur Protero procéda aux examens d'usage, sans apparemment déceler la moindre anormalité. Lorsqu'il revient s'assoir, il se grattait la tête d'un air pensif. « Avez-vous ressenti, pendant vos vacances, des céphalées, des migraines, des douleurs thoraciques ?

— Aucune. Juste une sensation de vertige lorsque j'ai réalisé que ce que je prenais tout d'abord pour un rêve était en fait la réalité.

— Ce vertige a-t-il duré ? S'est-il reproduit ?

— Non, ce n'était que transitoire, et ne s'est jamais reproduit. Le docteur prit une profonde inspiration, réfléchissant de longues minutes.

— En premier lieu, nous pouvons procéder à quelques analyses et examens, pour éliminer toute cause organique, mais je ne pense pas que votre problème vienne de là. Je pense que tout cela est lié au stress intense de votre travail, votre esprit a dû « décompenser », en quelque sorte, pendant vos vacances, vous faisant régresser dans vos souvenirs…

— Je n'ai pas seulement régressé. Je me souviens d'une autre femme, d'une autre vie. Je suis allé à d'autres endroits, que je suis censé ne pas connaître. Et j'ai les connaissances correspondantes.

— Votre esprit a pu reconstituer tout cela, pour meubler le vide, par exemple.

— Et comment expliquer alors que je ne reconnaisse pas les constellations ? Je connais mon ciel depuis mes dix ans !

— Je ne sais pas. Il vous faudrait consulter un spécialiste, je vais vous recommander. Si vous le désirez, je peux vous prescrire du repos, et vous faire un arrêt de travail de quelques jours, le temps de voir le Dr Millet, qui s'occupera de vous. Je lui adresserai vos résultats d'analyse, et je vous aviserais s'il y avait quelque chose. Le cas échéant, vous pourriez même être hospitalisé quelques jours dans son établissement… Personne ne vous a fait de remarques sur votre voix ?

— Pourquoi ?

— Je suis très attentif à la voix de mes patients. Votre façon de parler, votre vocabulaire, vos intonations… J'ai bien l'impression qu'elles ont changé. Allez voir le Dr Millet, je lui adresserai un courrier, et il vous prendra rapidement. »

Quelques minutes plus tard, je me retrouvais, seul et pensif, devant la porte du cabinet médical, lesté d'une longue ordonnance et d'une lettre de recommandation cachetée pour le fameux Dr Millet. Si je résolus d'effectuer les examens, qui ne pouvaient m'être nocifs, j'étais plus circonspect au sujet des compétences du Dr Millet, le fait d'envisager une courte hospitalisation me paraissant suspect. J'avais refusé un arrêt de travail, ne souhaitant guère passer pour un tire-au-flanc dans une entreprise que je connaissais à peine, mais je me disais à présent que Christelle en eut peut-être été, paradoxalement, rassurée. Pourquoi pensais-je à elle ? Nous étions séparés, alors même que pour moi nous n'avions jamais vraiment été ensemble, mais son inquiétude, je devais me l'avouer, me faisait de la peine.

Si c'était là le début d'un marathon médical, j'avais bien l'intention de le parcourir seul, et d'écourter si possible le périple que semblaient me promettre les hypothèses du Dr Protero.

14 - La déchéance d'un homme

Ma première semaine de travail passa en un éclair. Je commençais à élaborer un *modus vivendi* qui me permettrait de donner le change à l'avenir, m'appuyant le plus largement possible sur mon équipe de collaborateurs. J'avais craint un moment qu'ils ne renâclent devant un surcroît de travail, mais il s'était avéré que pour eux il s'agissait d'une « mise en responsabilité », et le fait de devoir présenter à tour de rôle les réunions du lundi les enchantait. Si j'arrivais à mes fins, mon travail se limiterait rapidement à chapeauter ma « team », comme je l'avais appelée, et à rédiger, chaque semaine, un avis motivé sur une société. Le reste du temps, je pourrais lire, réfléchir, tenter de comprendre ce qui m'arrivait et ce qui était arrivé à mon *alter ego*.

Christelle n'était pas revenue sur ma rencontre avec son nouveau compagnon. Elle me semblait plutôt gênée, aussi j'évitais d'en parler. J'avais décidé de dormir sur le canapé, il est vrai des plus confortables. Le matin, nous prenions toutefois le petit déjeuner tous ensemble, ce qui surprit tout le monde, car, auparavant, je partais au travail le plus vite possible sans accorder ce temps aux échanges en famille. Christelle me fit savoir qu'à son avis, je me précipitais probablement dans un bistrot voisin pour y prendre, en célibataire, non seulement un café et un croissant, mais aussi, parfois, quelque liqueur plus corsée.

Juliette, toute à ses préparatifs de voyage avec son bien-aimé Bruno, rayonnait de bonheur, jetant une ombre sur sa cadette, plus silencieuse, peut-être aussi plus pensive, qui se réfugiait souvent dans sa chambre ou bien passait de longues heures à nager dans la piscine avec ses copines, trois jeunes filles du voisinage aux préoccupations parfaitement futiles et donc, à leur âge, extrêmement précieuses.

Le mercredi, je m'étais levé de bonne heure pour procéder à la prise de sang nécessaire aux examens recommandés par le bon Dr Protero. J'en obtins les résultats le surlendemain, et, comme je l'espérais, ils ne me montrèrent rien d'anormal, si ce n'est que l'état de mon foie s'était amélioré depuis mes précédentes analyses, ce dont je ne doutais pas au vu du traitement qu'il avait dû subir sous l'emprise de la dive bouteille et de ses affidées. Ayant reçu presque chaque jour la charmante visite de Stella dans mon bureau, j'étais d'excellente humeur le vendredi, où elle m'apporta une alimentation compatible avec mon ancien ordinateur, tout en me demandant ce que je comptais faire de « ce vieux coucou ». Je brûlais d'en explorer les fichiers, et je l'aurais fait immédiatement sans les fréquentes allées et venues de Stella : sachant mon prochain divorce officiel, elle insistait pour que nous partions tous deux en voyage. J'arrivais à lui promettre une surprise, dont je n'avais pas la moindre idée, pour la fin de la semaine suivante. Elle aurait aussi désiré que nous passions le week-end ensemble, mais je réussis à prétexter la présence d'Élodie et de Juliette pour me soustraire à ce qui aurait été sans aucun doute un charmant intermède, mais aussi une occupation de tous les instants, et j'avais besoin de temps.

Serge vint également me demander si, comme d'habitude, je le rejoindrais en soirée pour notre partie de poker habituelle. À sa grande surprise, je déclinais l'invitation, prétextant des soucis d'ordre privé, ce qui n'était certes pas un mensonge, dans la situation qui était la mienne.

Lorsque je rentrais, Christelle était au téléphone, et les filles, si j'en croyais la musique que j'entendais en provenance de l'étage, étaient aussi présentes. J'en eus rapidement confirmation en voyant débouler une Élodie surexcitée qui me sauta presque au cou en me gratifiant d'un bonsoir sonore. Elle embraya tout de suite sur la cause de cette manifestation de tendresse à laquelle je n'étais, bien entendu, pas du tout habitué : « Papi a téléphoné, Saturne a eu ses petits et ils nous demandent de venir en choisir un si on en veut, parce que les autres ils ne vont pas les garder. On y va quand ?

— Demain matin si tu veux.

— Ouiiii ! Je vais le dire à Juliette, mais là… Elle est au téléphone avec Bruno. Je crois qu'elle doit le voir demain matin, justement

— Alors laisse-la tranquille, nous irons tous les deux, ou avec ta mère, si elle le veut. »

Élodie fila immédiatement tenter d'annoncer la nouvelle à sa sœur. Je remarquai que Christelle, se tenant assez éloignée de moi, parlait à voix basse. Lorsqu'elle raccrocha, je lui demandais si son correspondant était bien Sébastien.

— Oui, c'était bien lui, mais je ne préfère pas en parler, me dit-elle en fuyant mon regard. Je suppose que tu nous quittes pour ton habituelle partie de cartes ?

— Non, je reste, je te l'ai dit, le jeu ne m'intéresse plus.

Christelle restait interdite. Et tu ne t'es même pas servi un verre, me dit-elle d'un air amusé.

— C'est vrai, ça, lui répondis-je, on a du jus d'ananas ?

Elle me regarda ouvrir le frigo et me servir avec un air absent. J'étais mal à l'aise devant cette femme que je voyais s'éloigner de moi petit à petit. Elle avait l'air de souffrir de notre séparation bien plus que moi, ce qui se comprenait : contrairement à ce qu'elle pensait, « je » n'avais pas passé les vingt dernières années en sa compagnie, notre vie commune, si l'on peut l'appeler ainsi, ne datait pour moi que d'un mois. J'eus une idée.

— Tu sais, Christelle, si tu désires passer la soirée avec ton ami, je n'y vois pas d'inconvénients. Il serait sans doute très heureux, lui aussi…

— Tu voudrais bien…

— Je n'ai pas, je crois, à vouloir quoi que ce soit. J'ai dû t'en demander plus qu'assez. Je vois que tu ne vas pas bien. Je le comprends. Cela te ferait du bien, non, de te détacher un peu de ton quotidien, de ma présence, pour une fois que je te l'impose !

Elle eut un petit sourire, puis ses yeux se mouillèrent. Je n'y comprenais plus rien. Elle s'assit à la table de la cuisine, et en me fixant de son regard souligné par son maquillage qui coulait un peu, me bredouilla : « je voudrais bien, mais ce n'est pas simple. Sébastien… Sébastien est marié lui aussi, et il n'a encore rien dit à sa femme… »

Je n'avais pas pensé à ça. Christelle baissait la tête, contrite. J'étais réellement ému par sa détresse. J'eus l'envie subite, irraisonnée, de la prendre dans mes bras, mais je me contentai, me plaçant derrière elle, de serrer ses épaules entre mes mains, doucement, comme s'il s'était agi de quelque vase précieux que j'avais peur, par maladresse, de briser. Pourtant, mon *alter ego* avait déjà, en un sens, brisé cette femme. Je me devais de découvrir pourquoi, et de m'interroger aussi sur cette surprenante sollicitude que faisait naître en moi la souffrance de la femme qu'était devenue, trente ans plus tard, la jeune fille dont j'avais été éperdument amoureux. Que s'était-il donc passé ? Je ne savais que faire. Je demandai à Christelle si elle ne pouvait pas appeler une de ses amies, pour pouvoir parler de ses difficultés en confiance. Elle n'avait désormais plus rien à cacher. « À cette heure-ci, mes amies sont en train de s'occuper de leur famille, je ne peux pas les déranger, j'aurais tant à leur dire…

— Je suis sans doute la dernière personne à qui tu penserais pour cela, mais si tu veux me parler de tes difficultés, tu peux le faire aussi, je t'écouterai. »

Christelle fut tellement étonnée de ma proposition que ses larmes s'arrêtèrent net. « Toi ? Mais pourquoi… Non, ce serait trop difficile, tu es vraiment trop mal placé pour que je te raconte tout…

— Je comprends. Veux-tu que nous essayions de te changer un peu les idées ? Si nous sortions ? Veux-tu que je vous emmène dîner quelque part ? Que nous allions au cinéma tous ensemble ?

— C'est un peu tard pour cela, me répondit-elle, le regard soudain lourd de reproches, comme un orage qui menace. Je baissai la tête, lâchant dans un soupir « Je le sais parfaitement, je voulais juste tenter de t'être le plus agréable possible, au vu des circonstances. »

— Ça ira, lâcha finalement Christelle après un trop long silence. Je pense aux filles, qui seront contentes, je crois, si nous passons la soirée ensemble un vendredi. Cela n'est plus arrivé depuis bien longtemps. »

Quelques heures plus tard, nous étions de retour, après avoir passé, au grand étonnement de Juliette et d'Élodie, la soirée dans un excellent restaurant japonais. Juliette et moi avions aidé Christelle et Élodie à choisir leur menu, ce qui m'avait valu un flot de questions sur les raisons pour lesquelles je m'étais « brutalement » converti à la cuisine asiatique. J'y avais répondu de la façon la plus vague, m'attirant une moue significative de la part de « ma » femme, montrant qu'elle n'était pas dupe de mes efforts maladroits. Juliette connaissait bien la cuisine japonaise. J'appris sans surprise qu'elle pratiquait le kendo depuis trois ans, ayant même remporté quelques compétitions sans grande importance. Pendant le repas, je tentai de l'interroger sur sa relation avec Bruno, mais, comme nombre d'adolescentes, elle était, à ce sujet, pudique et secrète. Elle crut éluder mes questions maladroites en citant, à mi-voix, un poème japonais de son auteur favori : « *triste et solitaire, je suis une herbe flottante, à la racine coupée, si le courant m'entraîne, je crois que je le suivrai* ». La tablée fut stupéfaite lorsque je lui répondis du tac au tac « C'est très joli, mais n'aurait-il pas été plus juste de choisir un autre poème d'Ono no Komachi, plus en rapport avec celui que tu as encadré, comme « *pour le voir, cette nuit il n'est aucun moyen, anxieuse je me lève, dans ma poitrine coule un feu, qui brûle mon cœur* » ? Juliette rougit immédiatement, ce qui amusa beaucoup sa sœur, alors que Christelle s'abstint de tout commentaire.

En sortant du restaurant, elle me murmura à l'oreille, d'un ton un peu trop sérieux, un « ta maitresse est japonaise, ou alors elle aime cette cuisine, n'est-ce pas ? » auquel je n'avais su répondre que par un sourire que j'espérais énigmatique.

Christelle, fatiguée, était allée se coucher. Les filles se passaient des épisodes de séries en se disputant gentiment. Je m'installai dans la cuisine, et j'allumai mon ancien ordinateur. Juliette vint se chercher à boire. Je la vis qui hésitait à m'adresser la parole, aussi je la pris de court. « Je voudrais te demander quelque chose.

— J'espère que tu ne vas pas encore me poser des questions sur Bruno, ça ne te regarde pas…

— Non, je t'ai assez mise mal à l'aise comme ça ! Je voudrais juste savoir si tu me permettais de t'emprunter quelques-uns de tes romans : je me rends compte qu'il n'y a presque rien à lire ici, et j'apprécierais de passer du temps avec un bon livre. Nous avons en effet des goûts communs.

— Je ne savais pas que tu appréciais ces romans… Si le Japon t'intéresse, pourquoi ne m'en as-tu jamais parlé ? Pourquoi n'es-tu jamais venu à une de mes compétitions ?

— Sincèrement, je ne sais pas. Je ne devais pas avoir le temps, ou je n'ai pas osé le prendre. J'ai beaucoup de torts envers toi, je le sais. Il faudra que tu me pardonnes. » Je ne m'attendais pas, en disant cela, à voir cette jeune fille me prendre dans ses bras. Je la serrai contre moi, murmurant à son oreille « *quand elle fond, la glace, avec l'eau, se raccommode*. C'est de Matsunaga Teitoku. Le comprends-tu ? Nous nous ressemblons plus que tu ne le crois. » Je déposai un baiser sur son front étonné avant qu'elle ne retourne partager la compagnie de sa sœur. Ce monde était vraiment des plus étranges.

     Vers deux heures du matin, cette nuit-là, j'obtins enfin quelques éléments de réponse sur mon passé. J'avais retrouvé sur ma machine un ancien système d'exploitation que j'appréciais particulièrement pour sa simplicité et ses couleurs acidulées. Tout fonctionnait parfaitement, mais, par prudence, je fis une copie du disque sur une clé USB. Je comptais lire le tout attentivement, mais j'eus la surprise de reconnaître parfaitement les premières notes de mon journal personnel. Tout était conforme à mes souvenirs jusqu'au début de l'été 1992. Je me souvenais qu'à cette époque, c'était la dernière fois que j'avais vu Christelle. Auparavant, de retour d'une soirée où je l'avais invitée, je lui avais avoué mes sentiments, qu'elle avait, bien entendu, devinés depuis longtemps. Au grand étonnement de tous ceux qui avaient fait sa connaissance lors de cette soirée entre étudiants, elle m'avait alors repoussé, car elle avait déjà un petit ami auquel, apparemment, elle était très attachée. Je la comprenais presque : ce grand jeune homme à la voix grave, plutôt athlétique et viril en diable ne manquait pas de charme. Lorsque Christelle m'avait laissé seul dans la rue, après que je l'eusse brièvement et inutilement serrée contre moi, j'étais effondré. Quelques semaines plus tard, une jeune fille, Valène, m'avait séduit. Je pensais oublier Christelle, et que, peut-être, je pouvais vivre une vraie histoire d'amour. Je me trompais : je ne vis Valène qu'une seule fois, puis elle disparut de ma vie sans que je ne puisse savoir pourquoi. Dans l'intervalle, j'avais croisé, une après-midi, Christelle dans les rues de Toulouse. Elle m'avait avoué avoir été sensible à mon manège, ne pas être totalement inintéressée par mes sentiments… Visiblement, elle désirait, à ce moment-là, que je reste avec elle. Peut-être voulait-elle simplement pimenter son ordinaire avec la saveur d'un adultère inconséquent ? Peut-être aspirait-elle à davantage d'intimité entre nous ? Je ne le sus jamais. Au lieu de donner licence à son désir, par orgueil masculin imbécile, et aussi à cause de l'idée que je me faisais de la fidélité, selon laquelle je ne voulais pas trahir la confiance de Valène, je n'avais pas donné suite à cette rencontre fortuite. J'avais laissé passer la chance d'aimer une jeune fille dont j'étais fou, et à laquelle j'avais bien souvent repensé au cours des années suivantes.

Cela, c'était ce dont je me souvenais. Pas ce qui était décrit dans le journal. Visiblement, mon *alter ego* n'avait, lui, pas hésité. Il avait passé la fin de la journée, puis la nuit avec Christelle. Cette dernière avait rompu avec son petit ami sportif, et tous deux avaient entamé une relation qui s'était concrétisée, deux années plus tard, par un mariage, prélude à une vie conjugale aussi longue qu'apparemment mouvementée. En effet, tout ne semblait pas pour autant idyllique entre « moi » et Christelle. Certaines expressions de mon journal me laissaient penser que le jeune couple avait des problèmes d'argent.

« *Christelle craint que nous ne puissions nous loger correctement. Elle a fini par trouver du travail, mais entre ma thèse et ses réunions tardives, nous nous voyons peu.* »

Puis, c'était le récit de la difficulté habituelle pour trouver un poste après une thèse de sciences fondamentales. Les dossiers, de plusieurs kilos, à présenter, les commissions, les postes soi-disant libres, mais pré-attribués… Tout cela, je m'en souvenais aussi, mais avec une autre… La nécessité m'avait poussé vers l'enseignement secondaire. Cela n'avait pas réglé les problèmes du couple : « *Mon salaire de jeune professeur s'avère très insuffisant. J'ai dû accepter d'être, chaque année, professeur principal, et courir après quelques heures supplémentaires lorsque je le peux. Christelle travaille beaucoup, nous nous disputons parfois. Elle me reproche mon manque d'ambition, et mon salaire déjà inférieur au sien* ».

J'arrêtais là ma lecture un moment. Les filles étaient allées se coucher, tout était calme dans la maison. La sérénité de la nuit solitaire semblait avoir atteint une épaisseur presque palpable. La lumière lunaire s'immisçait, délicate et feutrée, par une verrière, donnant au salon une allure spectrale. Cette quiétude m'ouvrait les portes de mon passé, tel que je m'en souvenais. Dans ma vie, c'était à cette époque que j'avais fait la connaissance d'Anne. Elle était un peu plus âgée que moi, avait su prendre les devants pour me séduire et m'avait soutenu financièrement, comme elle avait pu, pendant mes premières années d'enseignement. Elle avait été compréhensive et passionnée, puis, après que notre situation a fini par s'améliorer, ce qui avait pris sans doute bien trop de temps, nous avions essayé d'avoir un enfant. En vain. Anne était, en fait, déjà trop âgée pour cela. Elle ne me l'avait jamais réellement pardonné et, même si notre couple perdurait par la force d'une longue habitude, d'une grande proximité des êtres, elle s'était alors rapidement désintéressée de toute marque de tendresse, se refusant à moi. Lorsque je m'étais étrangement éveillé auprès de Christelle, cela faisait plusieurs années que je n'avais pas touché une femme.

Mon *alter ego* semblait avoir vécu une vie très différente, mais, au fil de ses notes, sombrait inexorablement dans un désespoir sans cesse croissant. La fatigue s'appesantissait sur moi, mais malgré ses assauts, je ne pouvais m'empêcher de continuer, tout en faisant parfois défiler les pages, à lire ces textes étranges où je me reconnaissais indubitablement, alors même qu'ils avaient été écrits, il y a longtemps, par un autre moi-même, dont je découvrais à présent la lente décrépitude des sentiments.

Septembre/

Christelle a perdu son travail. Elle me reproche trop souvent notre condition, nous avons du mal à vivre décemment. Elle a été habituée, en tant que fille unique, à être choyée, et à ne manquer de rien. J'ai bien des difficultés à maintenir un niveau de vie acceptable. Elle est pourtant adorable, sincère, et magnifique. Jamais je n'aurais cru pouvoir séduire une femme aussi exceptionnelle. Je n'ai jamais aimé comme je le fais aujourd'hui. Nos ennuis d'argent sont-ils le prix à payer pour connaître la félicité de ce sentiment ?

Décembre/

Christelle me conseille d'abandonner l'enseignement. Je ne puis m'y résoudre, car, à travers ce sacrifice, cela reviendrait à tourner le dos à tout ce qui a été à la base de ma vie depuis si longtemps, sinon depuis toujours. Je ne puis envisager un travail qui ne soit pas celui d'un scientifique. La recherche, ou l'enseignement, structurent toute ma vie. À présent, bien entendu, je dois rajouter dans cette équation un nouveau paramètre : mon attachement exclusif, et peut-être même déraisonnable, pour Christelle. Je suis souvent épuisé, et le seul bonheur que je ressens, outre le fait d'enseigner, est de la retrouver chaque jour et chaque nuit. Je ressens douloureusement son absence, et je sais qu'elle doit s'ennuyer parfois. Je m'en veux de ne pouvoir lui offrir la vie qu'elle mérite.

Mars/

Un ami de Christelle lui a indiqué une opportunité d'emploi assez bien rémunéré dans les assurances. Ce travail ne m'intéressant absolument pas, je me suis disputé, pour la première fois, avec Christelle. Elle ne supporte plus de vivre chichement alors que nous sommes tous deux très diplômés. Je ne supporte pas de l'entendre crier à propos de n'importe quoi, pour évacuer son ressentiment, ou, bien pire, de la voir pleurer sans rien dire. J'aime cette femme plus que tout autre chose. Pour moi, elle est la seule, l'unique. Je repense aux poèmes que j'avais écrits en pensant à elle et, des années plus tard, je n'en retirerai aucun mot, aucune expression, tant mes sentiments sont aujourd'hui identiques, si ce n'est plus puissants encore, à ceux qui m'animaient alors.

Mai/

Notre voiture est tombée en panne, et pour aller travailler, je dois utiliser un vélo. J'arrive souvent en retard, parfois trempé. Christelle est maussade, elle maigrit, ne supporte plus le petit appartement où nous devons vivre, dans cette cité où règnent la délinquance et la saleté. Hier, elle s'est fait agresser, on lui a volé son sac, arraché son collier. Je me sens minable, malgré tous mes diplômes inutiles. Une colère sourde a pris naissance en moi. Je dois réagir, tenter de m'améliorer. J'ai trouvé quelques cours particuliers, mais ils ne rapportent pas beaucoup. Ils me forcent toutefois à être absent, trop absent. Christelle se sent seule, ses amies ont une meilleure vie que la sienne, et nous invitent rarement.

Juin/

Aujourd'hui, j'ai fait ce que je n'aurais jamais cru possible : j'ai démissionné de l'éducation nationale, j'ai remisé tous mes livres de sciences dans notre local servant de cave. Il a été fracturé plusieurs fois, mais personne ici ne volera des livres d'astrophysique ! J'en revendrai certains et, demain, je vais commencer à travailler dans les assurances. Mon premier salaire sera très supérieur à ce qu'était le mien. Je n'ai pas eu le choix, car Christelle m'a annoncé, radieuse, qu'elle était enceinte de notre premier enfant. Je devrais être heureux, mais je ne ressens qu'un grand vide en moi. Lorsque j'ai rangé mes livres dans des cartons, j'y ai trouvé plusieurs exemplaires de ma thèse. Je me suis demandé si je ne devais pas la brûler. Des larmes me sont venues, comme si je jetais par-dessus bord toute ma vie. Christelle est arrivée, et a cru que c'était la prochaine arrivée du bébé qui me rendait trop émotif. Toute à sa joie naïve, elle n'a même pas regardé les étagères vides. Travailler dans les assurances ! Je n'aurais jamais cru cela possible. Même pour Christelle, je ne l'aurais peut-être pas fait, mais nous ne sommes plus seuls.

Janvier/

Voici quelques mois que je travaille dans la compagnie. Mes compétences mathématiques semblent beaucoup leur plaire, et ils me paient fort bien. Christelle a été contactée par une de ses amies qui travaille à la région. Son poste sera libre dans quelques mois, et il est possible qu'elle puisse la faire engager. Quelle ironie ! C'est maintenant que je me suis engagé dans une voie sans possibilité de retour en arrière que l'horizon semble se dégager. Je déteste mon travail, il ne créé rien, n'a pas d'intérêt. Je manipule des chiffres dans le vide, je ne construis rien. Mon seul bonheur, ce sont les moments que je passe avec Christelle, et lorsque nous préparons la prochaine arrivée du bébé. Nous recherchons une maison pour ce que je me vois obligé d'appeler à présent notre famille. Christelle va me donner un enfant. Cette joie immense parviendra-t-elle à me faire oublier la vacuité terrible de mes journées de travail, de plus en plus longues ?

Février/

Christelle va bientôt accoucher. Ce sera une fille. Nous l'appellerons Juliette. En un sens, j'ai hâte, mais j'ai aussi très peur. Serai-je un père acceptable ? Il y a tant de vide en moi maintenant. Je sens que j'oublie mes connaissances, que diminuent mes capacités intellectuelles. Nous recevons dans notre nouvelle maison de Lardenne les amies de Christelle, nous allons les voir plus souvent, mais leurs conversations n'ont pour moi pas beaucoup d'intérêt. Ce soir, en rentrant, j'ai regardé le ciel, que je connais si bien. Que je connaissais. Sous les étoiles indifférentes, j'ai pleuré en ressentant amèrement l'impression, devant leur scintillement moqueur, d'avoir tutoyé les dieux, et de devoir à présent, irrémédiablement, vivre parmi les Hommes. Il m'arrive de haïr cet enfant à naître, qui est cause du tour qu'a pris ma vie, qui a précipité ma chute, m'a orienté vers une profession sans intérêt, me rendant profondément malheureux. Je peux, de mieux en mieux, offrir ce que je désirais à Christelle, à commencer par cette magnifique maison pour laquelle nous nous sommes endettés pour vingt ans, et me faire plaisir aussi, mais tout cela n'est qu'apparence. Derrière cette façade de plus en plus rutilante, il y a mon vide. Il me fait peur, ce vide qui grandit en moi. Je devrais aimer cet enfant, mais pourrai-je lui pardonner ce qu'il a fait de moi ?

Était-ce là l'origine de « ma » froideur distante envers Juliette ? Était-il possible que j'aie rendu cet enfant responsable de la mise à mort du jeune homme qui rêvait aux étoiles au profit du père de famille forcé d'accepter un travail qu'il ne pouvait ressentir que comme une forme de prostitution intellectuelle ? Il me restait encore de nombreuses pages à lire, mais la fatigue se faisait trop forte. Je suis sorti dans l'air encore doux de la nuit, je me suis étendu sur un des transats voisins de la piscine, et, quelques minutes avant de sombrer dans le sommeil, j'ai regardé le ciel, ce ciel étranger, lourd de mystères. Avant de sombrer dans l'inconscience, j'eus une dernière pensée : ce n'est pas moi le problème, c'est tout le reste, tout cet univers si semblable au mien, mais si différent aussi. *Où suis-je ?*

Je fus réveillé très tôt, par la lumière de l'aube. Malgré le plaid qui me recouvrait, et dont je n'avais aucun souvenir, j'étais transi. Je n'avais dormi que quelques heures, et personne n'était encore levé, mais tout en prenant un café, je poursuivis ma lecture. Je trouvais dans « mes » textes la joie ressentie à la naissance de Juliette, et le fait que cette dernière ait rapidement accaparé toute l'attention de Christelle. Par dépit, « je » m'étais replié sur ce travail stupide, honni, en enchaînant les heures supplémentaires, les heures de présence, les congés non pris, les travaux subalternes… Finalement, j'avais été rapidement promu. La situation financière du couple se mettait au beau fixe avec le nouveau travail de Christelle, qui ne voyait aucune difficulté, de son côté, à abandonner la biologie, qui était son domaine universitaire, pour un poste de chargé de gestion des activités de recyclage des déchets à la région Midi-Pyrénées. C'est juste après que les notes devenaient confuses, puis s'interrompaient :

> *J'ai aidé Christelle à ranger ses anciens livres de biologie au grenier, à côté des livres de physique qui me restent. Il y en avait de très beaux, peut-être aurait-il été plus sage de les revendre, peut être ressent-elle une certaine nostalgie qui la pousse à les conserver comme souvenir. Pour moi, ce n'est pas vraiment de la nostalgie, mais un déchirement que j'ai ressenti en manipulant mes livres que je n'ai plus ouverts depuis si longtemps. Je supporte de moins en moins mon travail, sa vacuité sidérante, bien que je gagne maintenant en un mois bien davantage qu'un professeur agrégé ne pourrait en rêver en fin de carrière. Ma participation m'a permis de solder le crédit de la maison. Je peux maintenant m'offrir toutes les choses dont j'ai rêvé, mais à quel prix ! Je suis dégoûté, à présent, d'être devenu ce « cadre supérieur » qui passe ses journées à lire des rapports financiers et à rédiger des notes, ce que je n'ai jamais voulu, jamais désiré. J'ai essayé de faire un peu de physique par moi-même, d'écrire un article de cosmologie, mais cela me fait si mal, à présent que je suis loin de la science qui se construit, qui s'édifie sans moi. En essayant de publier mon article, j'ai trouvé ceux écrits par des gens que j'ai côtoyés autrefois, et qui, par extraordinaire, ou plutôt par relations, ont réussi à obtenir un poste universitaire. Cela m'a fait ressentir ma déchéance intellectuelle si cruellement, que j'ai abandonné. En revanche, je vais jeter un œil aux livres de Christelle, j'aimais bien la biologie, peut-être qu'en étudiant une nouvelle matière, je n'aurais pas cette impression de gâchis. De plus, je pourrais sans doute trouver ainsi de nouveaux sujets de conversation avec elle, un peu distante ces derniers temps, sans doute à cause de mes absences répétées pour ce foutu travail. À présent, je crois que je prendrai tous mes congés, et je vais essayer de rentrer plus tôt. Christelle est une jolie maman, je*

suis fou d'elle, et Juliette est adorable. Elle marche depuis peu. Elle ressemble à sa mère.

/ ... /

J'ai commencé à étudier les livres de Christelle. C'était une erreur. Dans la soirée, nous avons joué tous deux avec Juliette, et c'est alors que je l'ai vue. Je n'y ai pas cru, mais j'ai vérifié. Il n'y a pas d'autres possibilités. Je ne sais pas comment ni pourquoi. Je me sens affreusement mal. Je devrais en parler à Christelle, mais comment le faire ? Je n'ai jamais été porté sur l'alcool, mais je crois que j'ai besoin de boire quelque chose de fort, pour oublier ce que je sais. Quelle ironie ! Je craignais d'oublier et à présent il faut que je recherche, que je trouve l'oubli. Comment continuer après ça ? Pourquoi ?

/ ... /

J'ai participé à un séminaire le week-end dernier. Dans la soirée, on s'est retrouvés avec les collègues, et nous avons pas mal bu, et joué aux cartes. Je ne connaissais pas ces jeux, j'ai toujours trouvé cela assez stupide, mais cela fait passer le temps, et surtout cela m'empêche de penser. Je ne dois plus penser.

J'aurais pu éviter ce séminaire, mais je n'avais aucune envie de rentrer à la maison pour voir Juliette. C'est affreux ce que j'écris là. Pourtant, elle n'y est pour rien, mais elle me fait mal. Il y avait Mégane, cette collègue du bureau, qui, je ne sais pas pourquoi, me tournait autour. Elle ne me plaisait pas particulièrement, mais je l'ai embrassée, et nous avons fini par faire l'amour dans la voiture. C'est la première fois que je trompe Christelle. Je ne pensais pas regarder un jour une autre femme qu'elle. Je me rends compte qu'avant, je n'intéressais pas les femmes, mais que maintenant, ce n'est plus le cas. Peut-être sont-elles seulement attirées par ce qui brille. Ou alors, c'est juste mon regard qui a changé, pas leur comportement, et je vois plus clair en elles. Trop clair, peut-être. La désabusion, chantait Nino Ferrer. Je devrais me sentir mal, mais en vérité, pendant que j'avais cette femme entre les bras, je ne pensais *plus à rien. Ne surnageait dans ma conscience que l'agréable sensation d'une certaine revanche. C'était agréable, nouveau, intéressant. Il faudra que je recommence.*

Le journal s'arrêtait là. J'entendis Christelle descendre l'escalier, et pensif, je refermai le portable. Que s'était-il passé ? Christelle coupa court à mes réflexions : « Tu es réveillé ? Qu'est-ce qui t'a pris d'aller dormir dehors ? Je me suis levée dans la nuit, et je t'ai vu sur le transat. J'ai d'abord cru que tu avais découché, mais je n'avais pas entendu la voiture. Je t'ai mis un plaid dessus avant de remonter me coucher. Tu le rangeras.

— Oui, si je trouve où… Nous déjeunons ensemble ou on attend les filles ?

— Elles ne sont pas pressées, tu sais, à part pour aller chez mes parents voir les chatons !

— Tu nous suis ?

— Non, je… J'ai à faire.

— Ton ami ?

Les yeux baissés et la gêne manifeste de Christelle répondirent à a question.

— Tu sais, je trouve que… Tu prends cela un peu trop bien. On dirait que tu ne ressens rien, que… Les yeux de Christelle se mouillaient un peu. Que pour toi, il n'y a, d'un coup, plus rien entre nous, comme ça. Je suis la seule à pleurer dans cette histoire, et cela me désole. C'est comme si je voulais m'appuyer sur ton ressentiment pour trouver la force, et tu te dérobes, et… Je ne sais plus où j'en suis. »

Cette fois, j'étreignis Christelle, la serrant contre moi. Sa tête lovée contre mon épaule, l'odeur de ses cheveux lavés de frais. Quels délices ! Je ne pouvais supporter ses yeux emplis de larmes que je ne comprenais pas. Je murmurai son nom, puis je l'embrassai. Un instant, nos souffles se mêlèrent.

« Salaud ! » me dit-elle avant que ne claque sur ma joue une gifle magistrale, telle que je ne me rappelais pas en avoir jamais reçue. Tout à ma surprise de la voir s'éloigner, courant vers la chambre, je ne pris garde ni à la douleur sur ma joue ni au fait que ma clé USB avait disparu.

15 - Chromosome 22

Deux heures plus tard, je me dirigeais, avec les filles, vers la ferme des parents de Christelle. La route était belle sous le soleil et, les vacances et le dimanche aidant, presque déserte. Je n'étais pas certain de bien connaître mon chemin depuis notre précédente visite, mais une idée me vint. Je m'arrêtais sur le bord de la route. Les filles, distraites un instant de leurs conversations par smartphone interposé, me regardèrent, surprises. Élodie, qui était montée naturellement à côté de moi, m'interrogea la première.

— Qu'est-ce que tu fais ? Il y a un problème ?

— Aucun. C'est juste l'heure pour Juliette de sa première leçon de conduite accompagnée !

— Hein ?

Je devinais, dans mon dos, la surprise de Juliette. Une demi-seconde plus tard, elle avait pris ma place. Élodie, en maugréant, était allée à l'arrière. Malgré son excitation, Juliette avait tout de même un peu peur. Après avoir minutieusement réglé à sa taille le siège, le volant et les rétros, et avoir mémorisé toutes ses positions à son intention, je la rassurai du mieux que je pus : « Tiens le pied sur le frein, et mets le levier en position drive, le D. Ensuite, tu conduis la voiture comme une auto tamponneuse, tu accélères et tu freines, c'est tout, ne t'occupe pas des vitesses, elles passeront toutes seules. »

Juliette nous conduisit à une allure de sénateur vers la demeure de mes beaux-parents. C'était une grande bâtisse environnée de champs qu'ils devaient, je le supposais, donner en fermage depuis leur retraite. Un petit cours d'eau paressait au bord d'un fossé, et leur permettait d'alimenter un potager qui produisait en abondance légumes et fruits de saison.

L'accueil de mon beau-père ne fut guère cordial, contrairement à celui de leur chien, avec lequel je jouais un peu pendant que les filles s'extasiaient devant la progéniture de Saturne. L'homme, plutôt petit, rondouillard et le regard perçant, me regarda, pensif, avant de m'adresser la parole. « Vous n'allez pas voir les chatons ?

— Je ne préfère pas. Si je les voyais, même maintenant, alors qu'ils ressemblent encore à des souris, je voudrais tous les adopter pour leur éviter... Le vieil homme baissa la tête, inspirant bruyamment.

— Pour une fois, je vous comprends. C'est pour cela que je vous ai appelé. Je dois faire vite, avant qu'ils ne grandissent... Je m'y mets dès que vous serez partis. » Le chien me ramena le bâton que je lui lançais depuis quelques minutes. « Vous ne jouez plus qu'avec les animaux, à ce qu'il paraît. Je soutins son regard inquisiteur.

— Dernièrement, je crois que j'ai trop perdu. Ni le jeu ni l'alcool n'ont plus d'attraits pour moi.

— Et les femmes ?

— Je pense avoir commis bien des erreurs sur ce plan-là.

— Vous pouvez le dire !

— Vous me croiriez, si je vous disais que je ne m'en souviens pas ?

— Christelle nous a parlé de ça aussi... C'est bien pratique !

— Non, vous vous trompez. Je vous assure, c'est tout sauf pratique d'habiter soudain la vie d'un autre. »

Il resta silencieux. Les filles revinrent, tenant chacune un chaton grand comme le pouce sur leur poitrine.

« Je veux celui-là », « et moi celui-là ».

Voilà qui était imprévu. Je leur demandai de prendre l'avis de leur mère. Je savais que deux chats ne demandent guère plus de travail qu'un seul, mais je ne voulais rien imposer à Christelle. Ce n'est que lorsqu'elles me dirent que le portable de leur mère était sur messagerie que je réalisais qu'elle ne devait pas être seule. Je demandais à mon beau-père de garder les deux chatons. Si Christelle n'en voulait qu'un, je garderais l'autre pour moi. Il acquiesça, surpris, puis ramena les deux petits vers leur mère. Il avait soigneusement évité de me demander la raison de l'absence de sa fille. Je me montrais, moi aussi, muet sur le sujet. Au moment de repartir, Juliette sortit de la maison avec un saladier plein de fraises, cadeau de sa grand-mère. Je la remerciai de cette attention, et nous partîmes, avec Juliette au volant, ce qui ne manqua pas de les stupéfier.

Sur le chemin du retour, je me retournais pour qu'Élodie, qui avait entamé le saladier, me donne quelques fraises. Elle en mit une à côté d'une de ses oreilles en me disant « tu as vu, elles sont comme mes boucles ». Elle portait en effet de petites boucles d'oreilles fantaisie en forme de fraise, ce que je n'avais pas du tout remarqué. « Elles ne sont pas aussi jolies que celles de Juliette, ajouta-t-elle perfidement, c'est son Bruno qui les lui a offertes !

— Tu ne pouvais pas te taire ! » répondit sa sœur.

Je jetai un œil sur Juliette : elle portait de petits bouche-trous brillants, une babiole, mais qui faisait de l'effet. Je remarquai alors qu'elle avait, elle aussi, des oreilles à lobe, comme celles de Christelle. Élodie me détrompa.

— Tu penses que plus tard je devrai me faire opérer les oreilles, pour les avoir comme Juliette, comme a fait maman ?

La question de « ma » cadette me surprit totalement, tout en m'expliquant l'origine de la seule différence entre ma femme actuelle et la jeune fille de mes souvenirs. Comme je restais silencieux, Juliette crut que je m'étais fâché.

— Je peux les enlever tout à l'heure, si tu le veux.

Je restais encore un moment silencieux avant de lui répondre.

— Non, pourquoi ? Elles sont jolies, ces boucles, elles te vont bien. Il a du goût, ton Bruno, c'est logique, puisque c'est ton amoureux ! Et toi, Élodie, je ne sais pas si tu devrais changer tes oreilles. Tu as le temps pour cela, ta mère a bien attendu assez longtemps, non ?

Élodie se renfrogna et, le temps que Juliette nous ramène, très concentrée, jusqu'à la maison, se garant un peu n'importe comment, le niveau des fraises subit une baisse significative. Christelle n'était pas encore rentrée. Les filles ne posèrent pas de questions, et je décidai de préparer le repas en attendant. Avec Anne, c'était moi qui, le plus souvent, faisais la cuisine. Je dus tâtonner un peu pour tout trouver, mais je parvins à mes fins. Je terminais lorsque Christelle revint, impassible. Je lui racontai notre périple et les choix des filles, mais il s'avéra qu'elle ne désirait qu'un seul chat, ce qui fit de moi le futur propriétaire d'un heureux matou. Christelle jeta un œil étonné sur le repas et la table, presque prêts, et décida que nous mangerions dehors, près de la piscine.

Elle resta étrangement silencieuse pendant que nous mangions, comme regardant à l'intérieur d'elle-même. Elle répondait machinalement aux filles, qui, elles aussi, réalisèrent qu'il y avait un peu de trop de vague à l'âme chez leur mère. Comme le temps était beau, elles ne tardèrent pas à se mettre en maillot et à paresser près de la piscine, Élodie avec une revue, et Juliette avec un roman, sans oublier son inamovible smartphone.

Je rangeais les assiettes dans le lave-vaisselle lorsque Christelle me rejoignit. Elle s'accoudait à la table, ne se décidant pas à parler. Je pris alors les devants. « Verrais-tu un obstacle à ce que je ne sois pas là le week-end prochain ? » Elle ne me répondit pas tout de suite, les yeux dans le vague. Soudain, elle sembla revenir à la réalité autour d'elle, qui débarqua brusquement dans son esprit : les éclats de voix des filles, les taches de soleil sur le sol de la cuisine, cet homme imprévisible et infidèle qui rangeait méthodiquement les couverts dans un casier de plastique… Et ce futur inconnu, cette résolution brusque dont les conséquences prenaient brutalement corps à travers ma demande, établissant une fois pour toutes l'existence, pour chacun d'entre nous, d'un autre, d'un étranger qui bornait désormais, avec nos sentiments, notre avenir commun. Tout cela, ce moment, ces choses autour de nous, ces instants partagés, tout cela n'était plus qu'un reflet, déjà, du passé.

— Cela tombe mal… Je ne sais pas, en fait… Peut-être…

— Qu'est-ce qui ne va pas ?

— Tu es le dernier que cela regarde. Tu ne vas pas me demander des comptes non ? Ce serait trop drôle ! En prononçant ces mots, je sentais, presque palpable, son agressivité qui croissait dans des proportions alarmantes. Je refermai le lave-vaisselle, puis je soutins son regard. Comme j'aimais ses yeux ! Je voyais sa poitrine se soulever un peu trop vite, un peu trop fort. Je redoutais une dispute, que je craignais inévitable. Je tentai de désamorcer la situation.

— Je ne te demande aucun compte. Tu as le droit, amplement, d'avoir ta vie privée, ta vie… sentimentale. Je t'ai volé bien trop de ce temps, ça, je le sais. Je ne peux rien te reprocher. Je cherche simplement à ce que tout se termine entre nous sans violence. Je te vois visiblement malheureuse, alors je m'interroge, c'est tout. Ta liberté devrait plutôt t'arranger…

— Toi, elle t'arrange, hein ! En me disant cela, ses yeux viraient au rouge. Pour toi, c'est la belle vie, les week-ends avec ta poule pendant que je garde sagement les filles ! Et moi, je fais quoi de cette liberté ? Je te regarde en profiter ?

— Qu'est-ce qui se passe avec Sébastien ?

Les larmes s'arrêtèrent. Christelle se laissa tomber sur une chaise. Elle me regarda d'un air las.

— Tu ne te souviens réellement de rien ?

— Non. Ce serait plus pratique, sans doute, de te mentir…

— Ça, tu sais faire !

— Je n'en doute pas, mais non, je ne me rappelle rien.

— Sébastien est... Je lui ai demandé clairement de parler à sa femme. S'il ne le fait pas cette semaine, alors... C'est pour cela que je ne peux rien te dire pour le prochain week-end !

— Je comprends.

— Arrête de comprendre ! Je t'en prie, crie, hurle ! Que je puisse te détester, t'en vouloir comme je l'ai fait pendant des années ! C'est trop tard, tu comprends, trop tard ! Tout ton petit manège est inutile !

— Je ne pourrais pas. Celui que tu vois en face de toi n'est pas celui que tu as connu.

Elle secoua la tête, comme par désespoir. Son téléphone sonna, elle me laissa seul, à regarder par la fenêtre des filles qui n'étaient pas les miennes s'ébattre et s'éclabousser mutuellement, dans cette maison qui me restait étrangère. Il fallait que je trouve la cause de tout ceci. Je profiterais de la semaine suivante pour essayer de chercher si, physiquement, il existait une explication autre que ce que je devais bien en arriver à considérer comme une forme particulière de démence.

Christelle revint, remaquillée. Elle s'était changée, portait une courte robe d'été. Elle était magnifique et, à la voir disparaître dans le soleil, j'en eus le souffle coupé. Je l'entendis à peine s'adresser à Juliette : « Je vais voir Stéphanie, je reviendrai vite, n'oublie pas de vider le lave-vaisselle » ! Je décidai d'aller chercher au grenier les manuels de physique qui pourraient s'avérer utiles.

Une question commençait à m'obséder : si j'écartais la possibilité de la folie, la seule explication était que je me trouvais dans un univers parallèle au mien. J'avais toujours considéré cela comme de la science-fiction, et même si j'appréciais cette littérature, c'était là un des thèmes qui m'attirait le moins. Il fallait que je vérifie s'il y avait un substrat physique, une chance, même infime, pour que mon cas ne relève pas d'une hospitalisation chez le grand docteur Millet qui, je l'avais vérifié, était un psychiatre renommé et dirigeait une clinique spécialisée dans cette branche de la médecine, une de celles où le malade, en entrant, devait, comme dans l'enfer de Dante, abandonner toute espérance...

Dans le grenier, je triai quelques livres, mettant à part les manuels de cosmologie. Je sélectionnai aussi quelques revues, parmi une pile rangée dans des boites à archives. Il faudrait que je commande des ouvrages plus modernes, des articles plus récents. Je ferai tout cela au bureau. En déplaçant un volumineux manuel de physique, je tombai sur un des livres de biologie de Christelle, que je remarquai à cause du marque-page qui en dépassait. Je le descendis avec les autres.

Je m'installai sur la table du jardin, encore ombragée. Je ne sais pourquoi, avant de m'attaquer à la physique, je décidai de temporiser en jetant un œil au manuel de Christelle. La page marquée était celle d'un chapitre de génétique. Il y avait la photographie de deux oreilles, une sans lobe, l'autre avec. Surpris, je lus la légende des deux clichés, et la réalité que je pensais avoir appréhendée sembla se dissoudre.

J'entendais les bruits, je percevais la lumière, comme venant de très loin. Je ressentis une envie, un besoin, celui de boire un verre. Mais, comme j'étais moi-même, je me préparai simplement, lentement, avec une grande pesanteur de tous mes gestes, un thé. Juliette avait du Macha. Je versai un peu de poudre, que j'humectai un peu. Puis, lentement, je rajoutai l'eau chaude dans le petit bol de cérémonie, en agitant énergiquement avec un petit fouet de bambou, le *chasen*, jusqu'à obtenir un breuvage dont la surface vert pâle disparaissait sous une mousse abondante. Me concentrant sur chaque geste, je repoussai aux frontières de ma conscience la découverte que je venais de faire, lui donnant le temps de s'imposer, de prendre la force d'une évidence. Le bol chaud en main, je relus le chapitre entier, réalisant des schémas sur un bloc notes, cherchant la faille. Pour ainsi dire, il n'y en avait pas. Je compris dès lors ce qui était arrivé à mon *alter ego*.

À l'intérieur de chacune de nos cellules, nous avons deux exemplaires de chacun de nos gènes. L'un vient du père, l'autre de la mère. À travers le complexe mécanisme de la fabrication des protéines, les gènes contrôlent nos caractères, et transmettent ceux qui sont héréditaires. L'exemplaire maternel et l'exemplaire paternel d'un gène « travaillent » ensemble, mais parfois l'un d'eux prend l'ascendant sur l'autre, on le dit dominant. L'autre est récessif. Lorsque nous fabriquons nos spermatozoïdes ou nos ovules, ces paires de gènes sont séparées, et se complètent de nouveau, après la fécondation, dans la première cellule qui donnera un enfant. Le point le plus intéressant, c'est qu'en réalité, il est extrêmement rare qu'un caractère, comme la forme du nez ou la couleur des yeux, soit contrôlé par un seul gène. Le plus souvent, il y en a plusieurs qui entrent en jeu, ce qui rend l'étude de la transmission des caractères héréditaires très complexe. Chez les humains, il n'y a pratiquement qu'un seul caractère lié à une seule paire de gènes : la présence ou l'absence du lobe de l'oreille. Ces gènes se situent sur la paire de chromosomes vingt-deux. La forme dominante du gène détermine la présence du lobe, et la récessive son absence. La conséquence est évidente : si un parent (« moi ») a des oreilles sans lobes, c'est qu'il possède les deux gènes récessifs. Tous ses spermatozoïdes porteront donc ce gène récessif, celui qui correspond à l'absence de lobe. Si l'autre parent (Christelle) possède lui aussi des oreilles sans lobes, alors tous ses ovules porteront ce gène. Dès lors, s'ils ont un enfant, celui-ci va forcément hériter de la paire de gènes composée d'un paternel « sans lobe » et d'un maternel « sans lobe ». L'enfant ne peut donc que posséder des oreilles sans lobes.

Juliette avait des oreilles avec lobes. Sans mutation aussi subite qu'improbable, il n'y avait qu'une seule explication : « je » n'étais pas son père.

Tout devenait désormais bien plus compréhensible. Christelle n'était pas aussi irréprochable que je l'imaginais. Moi-même, j'étais choqué. Pour mon *alter ego*, amoureux fou qui venait, à l'époque où il découvrit sa paternité incertaine, de lui sacrifier son idéal de vie, le coup avait dû être dévastateur. C'est cela qu'il avait cherché à oublier, c'est cela qu'il avait fui dans les bras d'autres femmes... Pourquoi n'avait-il pas quitté Christelle ? Pourquoi n'avait-il rien dit ? Il avait dû se sentir prisonnier de cette vie, comme je suis, en un sens, prisonnier de la sienne, bien que pour moi les chaînes soient douces... « J'ai » dû terriblement souffrir de cette trahison, mais, malgré tout, « j'ai » aimé tellement, si absolument Christelle que « mon » ressentiment ne s'est pas directement reporté sur elle, mais sur la marque visible de cette douloureuse inconstance, sur Juliette...

Je comprenais mieux, à présent, cette mise à l'écart systématique, cette sourde colère, cette rancœur marinée pendant des années, cette tendance à se détruire, à frapper indirectement celle qu'il ne pouvait se résoudre à affronter et à confondre, tant la vision cruelle de sa trahison était insoutenable. « J'avais » sacrifié ma vie à un mensonge, à des faux semblants. Des années de silence, de souffrances muettes, et la quête, naïve et sans issue, d'un oubli salvateur. Christelle savait-elle ? Apparemment pas. Et qu'en était-il d'Élodie ? Visiblement, elle était la préférée, ce qui voulait sans doute dire que sa filiation était sûre... Pourquoi Christelle avait-elle trahi la confiance d'un homme qui, à l'époque, tentait apparemment de faire tout ce dont il était capable pour la satisfaire ? Elle l'aimait, pourtant, comme le montrait sa résistance, sa persistance à partager sa vie malgré tous les actes par lesquels il essayait de lui dire : « pars » !

Avoir trouvé cette réponse soulevait subitement un océan de questions. Je contemplais cette mer de douleurs lorsque la BMW de Christelle revint. Elle n'était pas seule, son amie Stéphanie l'avait, apparemment, accompagnée. Lorsqu'elle descendit de voiture, je déglutis, pétrifié. J'avais immédiatement reconnu Stéphanie : c'était, avec quelques années de plus, la jeune femme blonde qui avait posé avec moi dans le plus simple appareil sur le pont d'un bateau.

16 - Road trip

Depuis la cuisine, je regardais Stéphanie et Christelle discuter ensemble. Elles s'étaient installées toutes deux près de la piscine, chacune sur un transat, à l'ombre des arbres, et je m'étais proposé de leur servir un verre. Stéphanie m'ayant fait la bise sans cérémonie, j'espérais que ma relation avec elle appartenait au passé. Je ne m'attardais pas auprès des femmes, qui ne désiraient sans doute pas ma présence, et je repartis, à bonne distance, à l'ascension de ma montagne de livres. Je n'arrivais pas toutefois à me concentrer, mon regard allant et venant entre mes schémas de génétique et Christelle, en apparence détendue. Une après-midi dominicale qui, en surface, donnait tous les gages d'un bonheur ordinaire.

Juliette passa auprès de moi rapidement, en grande conversation téléphonique. Elle racontait ses exploits automobiles de la matinée à une de ses amies, ou peut-être à Bruno. Elle devait partir pour l'Italie avec lui le lendemain soir, et revenir le dimanche suivant. Je pensais qu'il serait sans doute équitable de trouver aussi une occupation particulière à Élodie. Il faudrait que j'en parle à Christelle. Le soleil commençant à m'inonder de chaleur, je rentrai dans la cuisine, étalant ma bibliothèque portative sur la table. Il y avait, bien évidemment, peu de références sur les univers parallèles. Il faudrait que je fasse une recherche sur le web, mais je risquais alors de crouler sous les références de romans de SF. Peut-être, en choisissant bien mes mots clefs, ou en allant sur arXiv, le site des prépublications d'articles scientifiques…Je conservais les rares ouvrages avec une référence à des « univers » au pluriel, et remontai les autres au grenier. Il me fallait vraiment des livres plus actuels. Je pensais alors à connecter mon vieil ordinateur au web. Le pouvait-il, seulement ? J'allai le chercher, puis l'emmenai dans la cuisine, après avoir noté le long mot de passe de la borne WiFi que je perdis pas mal de temps à chercher. Stéphanie m'y attendait, fouillant le frigo.

— Christelle n'ayant pas soif, je suis venue me servir, comme d'habitude.

— Ne vous… te gêne pas.

— Te voilà bien timide, me dit-elle en s'approchant de moi, son verre à la main, monsieur ne boit plus, ne joue plus, a des trous de mémoire…

Je ne me sentais pas très à mon aise. Ma gêne culmina lorsque, en me frôlant, elle agrippa brièvement mes parties génitales à travers mon pantalon. « J'espère que ça, tu n'as pas oublié comment on s'en sert », me susurra-t-elle, comme si de rien n'était. Visiblement, mes relations avec elle ne s'étaient guère refroidies. Avoir trois femmes à gérer dépassait quelque peu mes compétences. Son regard tomba ensuite sur mon ordinateur. « Tiens, tu as un Mac ? C'est étonnant, Christelle vient de me demander si je pouvais lui prêter le mien un moment. Tu refuses déjà de partager tes affaires avec elle ? Elle m'a pourtant dit que tu te montrais très conciliant… » En disant cela, ses lèvres frôlaient dangereusement les miennes. Stéphanie était certes une belle femme, et grâce aux photographies je n'ignorais rien des charmes de son anatomie, mais je me voyais pour le moment incapable de gérer une nouvelle venue dans une vie sentimentale qui me paraissait de plus en plus complexe. La poussant légèrement par la taille, je la reconduisis au grand air, en lui murmurant, évasif : « nous aurons du temps plus tard pour vérifier ma bonne volonté ». Elle eut un sourire entendu. Je me remis à l'ouvrage.

Quelques heures plus tard, Christelle l'avait raccompagnée, et aidait Juliette, avec le concours d'Élodie, à faire sa valise pour l'Italie. J'avais trouvé sur le web un stage d'équitation qui pourrait éventuellement plaire à cette dernière et l'occuper le prochain week-end, mais je voulais en parler à Christelle. J'avais une drôle d'impression, à vivre ainsi auprès de deux jeunes filles pour lesquelles je ne ressentais aucun sentiment paternel, mais dont la gentillesse, la fraicheur et la gaieté m'étaient des plus agréables. Je les regardais vivre en observateur détaché, elle me voyait en père distant ; anamorphose des sentiments. Pour Christelle, c'était plus difficile. Elle n'était plus, bien entendu, la jeune fille dont j'avais été amoureux. Toutefois, elle était indéniablement séduisante et attachante, du moins, d'après mes dernières découvertes, en apparence.

J'étais un peu attristé de ce que j'avais découvert. Devais-je en parler avec elle ? Ce n'était sans doute pas le moment. Je résolus d'attendre que notre séparation soit effective avant d'aborder ce sujet. Après tout, il ne me concernait pas vraiment : Élodie ou Juliette, quel que soit leur père, ne seraient jamais « mes » filles. Il était toutefois étonnant de constater que, des deux filles, c'était celle qui possédait intellectuellement le plus de points communs avec moi qui n'était pas la mienne. Hérédité des sentiments.

Il s'avéra que le bloc notes que j'avais noirci de remarques, de schémas et de formules appartenait à Élodie, qui me reprocha gentiment de le lui avoir « gribouillé ». Je lui promis de lui acheter, en dédommagement, un cahier somptueux.

Lorsque les filles nous eurent quittés, je demandais à Christelle si elle serait disposée à ce qu'Élodie puisse faire un stage d'équitation le week-end prochain. Nous avons tous deux, côte à côte, regardé le site qui le proposait. J'avoue que ce fut un moment agréable de ressentir sa présence, chaleureuse malgré la situation, tout près de moi. Nous sommes tombés d'accord, et j'ai retenu une place pour Élodie. Je proposai à Christelle d'aller lui annoncer la surprise. Elle eut envers moi un regard très doux, qui m'étonna et, je dois le dire, me remua plus que de raison. Avant de se lever pour aller retrouver sa fille, elle me dit, presque à voix basse, comme pour une confidence : « Cela faisait longtemps que je ne t'avais pas vu faire des sciences. D'habitude, le dimanche, tu files à l'hippodrome, et tu ne reviens que le soir... Lorsque tu reviens.

— Je fais ça ?

— Oui... Tu ne me feras pas croire que tu l'as oublié, non ?

— Et pourtant...

— Tu es sûr de ne pas vouloir te faire examiner par ce docteur Miller ?

— Millet, le psychiatre...

— Ce serait peut-être mieux.

— Christelle, si par le plus grand des hasards Millet me découvrait un problème psychiatrique, je te signale que tu ne pourrais plus, légalement, te séparer de moi sans d'énormes difficultés. Ce serait ridicule, alors que nous sommes d'accord pour agir par consentement mutuel.

— Je sais, j'en ai parlé...

— Avec ton ami ?

— Oui... » En disant cela, elle inclinait légèrement la tête, comme si elle avait commis une faute. Je trouvais cela tout à la fois surprenant et charmant. La faute, je le savais maintenant, n'était pas uniquement celle de mon *alter ego*, comme je l'avais supposé jusqu'alors, mais Christelle ignorait que je connaissais cette vérité. Qu'elle puise être gênée de parler de notre séparation avec son futur compagnon me semblait assez valorisant. Stella, elle, n'avait de cesse de m'en entretenir, principalement pour me demander quels seraient les biens dont j'hériterais en propre. Christelle inspira bruyamment avant de poursuivre comme si elle s'efforçait, en changeant de sujet de conversation, d'oublier un point gênant. « Avec tes livres, cette après-midi... Il y avait si longtemps que tu ne les avais pas touchés... Cela m'a rappelé le début de notre mariage, lorsque nous vivions en appartement. J'aimais te voir noircir des pages de symboles pour moi encore mystérieux, lorsque tu préparais ta thèse, et après. Tu étais si différent alors, tu semblais t'absorber tellement dans tes articles que j'avais l'impression de ne plus exister à tes yeux.

— Pourtant, tu étais là, dis-je sans grande conviction.

— Oui, j'ai toujours été là. »

Son regard se perdit dans le vague. Elle regardait dans ce passé qui n'était pas le mien, dans ces souvenirs qu'elle pensait avoir partagés avec moi. J'orientais notre conversation vers le départ de Juliette et le stage d'Élodie. Nous parlâmes ensuite de leur garde, lorsque nous serions séparés. Nous étions calmes, tranquilles, comme si tout cela était inéluctable, résultant d'un processus entamé voici longtemps, et contre lequel il était impensable de s'élever. Christelle ne réalisait pas que je n'avais aucune attente à ce sujet. Lorsqu'elle me proposa de voir les filles la moitié des vacances scolaires et un week-end sur deux, je faillis bien lui répondre que c'était bien trop, et que, finalement, ne plus les voir du tout ne me gênerait guère. Mais cela, elle ne pouvait le comprendre. J'acceptai donc ses propositions. M'apprenant que nous possédions deux appartements jumeaux loués dans Toulouse, je lui proposai de les garder, et de considérer leur loyer comme constituant une sorte de pension alimentaire. Je lui proposai aussi, à ce titre, et vue la différence de nos revenus, de continuer à payer les frais courants de la maison.

Au bout d'une heure, nous avions noté tous ces points pratiques, préparant ainsi notre projet de convention de divorce. Malgré la situation, j'éprouvais beaucoup de plaisir à deviser avec Christelle. Elle-même ressentit cette complicité, et m'en fit la remarque : « c'est drôle de se retrouver ainsi uniquement pour se séparer. Peut-être aurais-tu dû perdre la mémoire plus tôt. »

Le dimanche passa comme un éclair, sans autre fait notable que le retour de la clé USB que j'avais égarée, retrouvée par Juliette dans la cuisine. Le lundi, nous avons tous accompagné Juliette à l'aéroport, où je fis la connaissance de Bruno, m'amusant de la maladresse des deux jeunes gens retenant visiblement leur envie de s'embrasser. Nous avons rapidement pris congé. Quelques heures plus tard, ils appelèrent pour confirmer leur arrivée en Italie.

Pendant toute la semaine, en plus de mon activité de cadre « intermittent », je commandai des livres, des articles, et poursuivis mes recherches sur les univers parallèles, ce qui me conduisit à une impasse. J'avais tendance, Christelle avait raison, à m'abstraire de toute contingence extérieure lorsque je travaillais ainsi, ressentant chaque interruption comme une perte de temps inutile et contre-productive. Je m'emportai une ou deux fois, inutilement, contre mes subordonnés, et, pensant avoir trouvé une piste, je revins un jour plus tard que de coutume à la maison, après avoir, tout de même, prévenu Christelle, qui fut surprise de découvrir que je ne sentais pas l'alcool en arrivant. Tout à mes recherches, je déclinai même une proposition des plus charmantes de Stella, qui prit en vain auprès de moi, une après-midi, des poses plus que suggestives. Le lendemain, toutefois, c'est bien volontiers que je cédai à ses invites.

Elle était étourdissante, mais je devais bien reconnaître que, malgré le plaisir et le désir que j'avais de combler ses exigences sexuelles, je ne ressentais pour elle aucun attachement véritable. Je pensais que notre week-end commun pourrait peut-être me permettre de mieux faire sa connaissance, et d'en devenir réellement amoureux, mais elle fut presque déçue de ma proposition de passer deux jours sur la côte ligurienne, à San Remo, en Italie, au Royal hôtel. « J'aurais préféré que tu loues un bateau avec ton ami marseillais, comme l'autre fois », me dit-elle. Je n'avais même pas pensé que je pouvais le faire, mais j'eus ainsi une idée du rôle qu'avait tenu, par le passé, mon cicérone des îles Caïmans.

J'avais reçu dans la semaine une pile de livres qui commençait à chercher en vain sa place dans la maison, près du canapé où je passais mes nuits, bien que, pendant son absence, j'utilisais le lit de Juliette, en profitant pour dévorer dans la nuit ses romans où je découvrais parfois, au fil des pages, des notes et des passages soulignés qui m'émurent plus que je ne l'aurais cru.

Christelle me fit comprendre qu'il faudrait peut-être que je me mette en quête d'un nouveau logement. Elle semblait détendue, radieuse, et devait reprendre son travail la semaine suivante, aussi je la pensais heureuse à l'idée de profiter de son dernier week-end de vacances avec son compagnon, sans avoir à songer ni aux filles ni à moi. C'est donc le cœur léger que, le vendredi soir, je partis avec Stella sur les routes.

J'étais allé la prendre chez elle, dans un appartement de la côte pavée, dont j'avais trouvé l'adresse, que j'étais censé évidemment connaître, dans le fichier du personnel. J'espérais prendre rapidement la route, que je connaissais pour l'avoir faite bien souvent, avec Anne, lorsque nous allions à Savonne, d'où partent les navires qui sillonnent la Méditerranée.

Lorsque je pénétrais chez Stella, j'eus la surprise de la trouver en peignoir, avec sa valise ouverte, et une invraisemblable pile de fringues disposées de-ci, de-là. Devant son dressing ouvert, d'où débordaient les tenues et les paires de chaussures, elle jetait pêle-mêle différents vêtements, en proie à une subite crise d'indécision. « Te voilà enfin, me dit-elle, comme si elle patientait, valises bouclées. Regarde, c'est affreux, il faudra que tu m'aides à trouver en Italie quelque chose de portable, je n'ai rien à me mettre ! » Et pour souligner la validité de sa déclaration paradoxale, elle laissa glisser au sol son peignoir, me révélant son corps magnifique auréolé de la lumière ambrée de cette soirée d'été débutante. C'est avec plaisir, bien entendu, que je répondis à son invite, et, lorsque je sortis d'une brève et salutaire période de sommeil ayant suivi une étreinte des plus passionnées, je trouvais Stella sur le pied de guerre, prête à dévaliser les boutiques de la Riviera italienne. Prenant le volant, je me félicitais d'avoir réservé une chambre au Sofitel de Marseille, étape indispensable avant le reste de la route vers l'Italie.

    Quelques heures plus tard, nous avons fait une halte pour dîner rapidement à Nîmes. Stella était fatiguée, et parla assez peu. Pendant le voyage, elle m'avait surtout interrogé sur les modalités pratiques de mon divorce, les critiquant sans cesse en répétant fixement que « j'en laissais trop » et que « j'étais en train de me faire avoir ». Qu'elle eût raison ou tort, au fil des kilomètres, je réalisais que je ne connaissais presque rien de cette jeune femme. Son corps, certes, je n'en ignorais ni les ressorts ni les secrets, mais son esprit restait hors de ma portée. Peut-être pensait-elle que je la connaissais assez pour ne pas se révéler ? Visiblement, d'après les photos que j'avais trouvées, notre relation n'était pas récente… Lorsque nous avons repris la route, l'air était très doux, et j'ouvris la capote. J'adorais rouler ainsi, le ciel étoilé au-dessus de ma tête. Stella, maugréant qu'il y avait trop de courant d'air, inclina son siège en position couchette et, se pelotonnant sous son léger blouson, ne tarda pas à s'endormir. J'accueillis, je dois le confesser, son sommeil avec un certain soulagement. Je modifiai immédiatement la station radio qu'elle avait choisie, qui diffusait des chansons à la mode qui seraient oubliées demain, pour mettre, en sourdine, un peu de musique classique. La nuit était belle, le trafic contenu, la Mercedes filait légèrement au-delà des limites légales et le vent sifflait sur la carrosserie, accueillant la voiture frayant son chemin dans l'atmosphère de la nuit. Dans le haut de mon champ visuel scintillaient les étoiles, et sur ma droite, je pouvais sentir monter la présence liquide, la sombre intensité de la proximité de la mer.

    Je calai le limiteur sur cent vingt, j'avais le cœur à la balade. Je me surpris à comparer cette nuit avec notre retour de Key West, gâché par un désespoir partagé. Qu'avais-je donc de commun avec Stella ? Son seul sujet de conversation, pour le moment, tournait autour de l'argent et de ma séparation. Si elle s'en était réjouie tout d'abord, elle semblait à présent se concentrer uniquement sur ses modalités pratiques, sans jamais avoir envisagé, à ma connaissance, quelle serait vraiment sa place dans l'avenir. Sous ces étoiles que je ne connaissais pas, je me laissai bercer par la conduite, au risque de m'endormir. Je fis une halte dans une station-service, refermant la capote sur une Stella profondément endormie, et je pris un café, me promenant quelques minutes, afin de me réveiller. J'espérais que cette escapade me permettrait de connaître réellement Stella, peut-être même de l'aimer, mais, au fond, en avais-je réellement envie ? Si elle m'enflammait les tripes, si elle motivait mon désir comme aucune femme ne l'avait fait auparavant, pourquoi est-ce que je ne ressentais pas d'amour pour elle ? Je n'avais jamais connu ce genre d'expérience, c'était, pour moi, aussi nouveau que dérangeant.

J'avais toujours été l'ami fidèle, le confident des jeunes filles qui me plaisaient, et, connaissant d'abord leur personnalité, leur esprit, leurs secrets avant que de leur déclarer mon intérêt pour leur corps, j'étais allé d'échec en échec. Peut-être avais-je fait les choses à l'envers, et ce que je découvrais avec Stella aurait été, alors, le cheminement normal de l'amour, que je n'avais, pour ainsi dire, jamais réellement expérimenté.

J'ai repris le volant, toit ouvert, fonçant sur l'autoroute déserte, déchaînant une tempête vivifiante dans l'habitacle, grisé par le vent qui tourbillonnait tout autour de ma tête. J'adorais le vent, cette caresse si riche de puissance contenue.

Je garai la voiture devant l'hôtel, le voiturier accourant malgré l'heure tardive, prenant en charge nos valises avant de s'occuper de la voiture. Dans mes souvenirs, j'étais déjà venu ici, avec Anne, cet hôtel étant notre halte habituelle avant l'Italie. Je reconnus le portier, à la faconde toute méridionale, et je lui souhaitais bonne nuit en l'appelant par son nom. Il me dévisagea, dissimulant sa surprise sous son professionnalisme.

Un peu reposée, Stella, en grande forme, prit rapidement possession de notre jolie chambre et sut me faire comprendre qu'elle était partante pour un corps à corps d'anthologie. Elle dut cependant patienter pour cela jusqu'à notre douche matinale, car, fatigué, je m'effondrai dans le sommeil sitôt couché sans avoir la force d'honorer la puissance de son désir.

Tôt le lendemain, après un copieux petit déjeuner sur la terrasse donnant sur le vieux port, magique dans les lumières de l'aube, et quelques longueurs revigorantes dans la piscine, nous sommes repartis pour San Remo.

J'aimais cette route, surtout côté italien, entrecoupée de tunnels et de ponts majestueux, avec, sur notre droite, la magie de la Méditerranée resplendissante sous les caresses du soleil. Le moment aurait pu être féérique, sans les continuels appels téléphoniques de Stella qui hurlait à ses amies ses aventures de la semaine, usant souvent d'un langage d'une certaine vulgarité, peut-être pour se donner un genre, peut-être aussi pour paraître à mes yeux plus jeune qu'elle ne l'était réellement. J'aurais toutefois presque préféré qu'elle continue de vociférer plutôt que de se mettre, comme elle le fit, à me conseiller pour mon divorce. « J'espère que tu ne vas pas laisser la moitié de tout ce que tu possèdes à ta chère et tendre ! Réfléchis un peu : tu as failli la surprendre au lit, chez toi, avec son amant ! Et dans la chambre de sa fille en plus ! C'est de l'or devant le juge ! Avec ça, pas besoin de lui en donner autant ! Tu gardes suffisamment pour nous installer, et à nous la belle vie ! » Bien entendu, le fait que je n'étais pas tout à fait irréprochable n'effleurait même pas Stella, qui oubliait également « mes » filles dans l'histoire. Je commençais à comprendre clairement que la belle vie, c'était surtout pour elle qu'elle la désirait.

Nous sommes arrivés un peu avant onze heures au Royal hôtel. Notre chambre donnait sur la grande piscine, avec, juste derrière, la vaste étendue scintillante de la mer. Stella voulut immédiatement faire les boutiques, et je compris à cette occasion que cela signifiait principalement pour elle d'avoir un accès illimité et permanent à mon compte en banque. Nous avons ainsi parcouru le corso Matteoti, nous interrompant pour déjeuner d'une succulente pizza dans un des restaurants bordant cette large rue piétonne. Si j'avais faim, Stella, attentive avant tout à sa ligne, se contenta de picorer. Elle me reprocha mon appétit, mentionnant que je devrais me mettre au sport pour ne pas devenir ventripotent. Cela me contraria quelque peu, car j'ai toujours eu horreur du sport. Je pensais profiter de la plage des *Tre ponti* dans l'après-midi, mais, après avoir complété ses tenues grâce à une longue recherche de sacs et de chaussures, Stella déclara vouloir soigner son bronzage à la très sélecte piscine de l'hôtel. Pour ce faire, elle enfila dans la chambre un maillot assez suggestif qui faisait plus que la mettre en valeur, que je lui ôtais plus rapidement encore qu'elle ne l'avait mis. Elle eut un cri de surprise, puis de joie, et je fis avec elle la seule chose pour laquelle nous nous entendions réellement. Mais cette fois, je ne me laissais pas submerger par le plaisir, rauque et rapide, presque violent. Je me surpris à avoir envers elle des mouvements plus brusques, à la serrer plus que de raison. Et je découvris qu'elle adorait cela. J'émergeai, me regardant faire comme j'aurais regardé l'acteur d'un mauvais film érotique. C'était peut-être ce que désirait mon *alter ego*, cet oubli de soi, cette simple jouissance de l'instant, mais est-ce que cela me serait suffisant ?

    Je suis resté un petit moment près de la piscine avec Stella, qui somnolait après m'avoir demandé de l'enduire de crème solaire. En caressant doucement sa peau, je me rappelais Lana, sur le navire... Qu'était-elle devenue, la première conquête tarifée de ma nouvelle vie ? J'eus une pensée qui me fit honte, en comparant ce que m'avait coûté ce week-end et le « coût » de la belle Brésilienne. Ce monde était bien étrange.

    Je laissai Stella se retourner méthodiquement et régulièrement sur son transat et, après avoir profité de la piscine, je partis me promener sur la plage. Le temps était beau, les baigneurs nombreux. Il y avait là des couples, des jeunes gens, des enfants, tout un échantillon de la population italienne et européenne. Tout cela s'agitait, s'amusait, flirtait, s'ébattait dans les vagues légères, le bord de mer était magnifique, les jeunes femmes, splendides. Je souris à certaines *bella donna*, et j'eus la surprise de les voir me renvoyer un sourire éclatant, laissant deviner leurs fines dents blanches sous l'ourlet écarlate de leurs lèvres salées. Sur le bord de mer, j'entrai dans une boutique de montres. Je ressentis une certaine satisfaction bienheureuse à savoir que je pouvais désormais m'offrir une de ces coûteuses babioles, et le vendeur, ayant repéré celle que je portais, se fit suffisamment obséquieux pour me permettre d'examiner à loisir toutes les merveilles qu'il avait à sa disposition. Je me rendis alors compte, avec un étonnement mêlé de consternation, que le fait même de pouvoir à présent les acheter enlevait une certaine part de magie, de rêverie à l'examen de ces objets qui m'avaient toujours attiré. Ayant brutalement investi le monde de l'accessible, du possible, ils n'étaient plus l'expression d'un au-delà, d'un ailleurs. Un paradis quotidien ne peut demeurer un rêve. Je remerciai donc le vendeur de son amabilité, mais je n'achetai rien.

De retour à l'hôtel, Stella s'habilla, puis je la décidai à parcourir, dans le soir, le corso dell'imperatrice, qui déroule ses façades Belle Époque tout au long du bord de mer. Elle vit bien entendu le casino, et me fit promettre d'y aller le lendemain, ce qui ne m'enchantait guère. Elle fut tout aussi surprise de mon peu d'empressement que l'avait été Christelle, mais, le regard attiré par la vitrine d'une bijouterie resplendissante, elle ne s'étendit pas davantage sur sa surprise. Je pensais naïvement que nous pourrions manger dans un des nombreux petits restaurants de la piazza Bresca, mais Stella ne demanda si j'étais fou de vouloir aller m'attabler « avec des ploucs », et nous dînâmes dans un établissement huppé du bord de mer, qui lui avait été conseillé par une de ses voisines de transat de l'après-midi, et où l'addition se révéla aussi salée que les plats.

C'est à cette occasion que je découvris que si je n'aimais pas le caviar, Stella semblait par contre capable d'en avaler, pour une fois, des quantités respectables, qu'elle fit descendre avec un excellent champagne, dont je ne bus qu'une flûte.

Nous sommes lentement rentrés à l'hôtel. Stella était un peu grise, et chantonnait. J'étais las, et je pensais que nous nous coucherions rapidement, mais elle n'était pas de cet avis. « Je suis venu m'amuser, me dit-elle, et nous allons aller danser ! » Je ne tentais même pas de l'en dissuader, me changeant sans enthousiasme excessif. Stella, pour une fois, fut vite prête, enfilant seulement une somptueuse robe courte bleu nuit, lamée, sur son corps nu. « Tu vois, comme au bureau, me dit-elle, l'air mutin, je sais que ça t'excite ! » Et, une fois encore, elle avait raison.

Je m'éveillai, avec un léger mal de tête, en entendant Stella vomir dans la salle de bain. Nous avions dansé, certes, mais Stella avait aussi pas mal bu, et, chauffée par l'ambiance et par quelques beaux garçons qui lui tournaient autour, c'est tout juste si j'avais pu la reprendre en main avant qu'elle ne se décide à retrousser un peu trop sa robe pour « s'agiter plus à son aise » devant les yeux ébahis de ses chevaliers servants, qui n'en espéraient pas tant, ou, du moins, pas aussi vite. Revenus à la voiture, je la jetai presque sur la banquette arrière, où elle retroussa sa robe jusqu'aux épaules en commençant à se caresser devant moi. Je ne pus résister, et me jetai sur elle. Ce fut bref, d'une intensité presque bestiale, et ensuite, tout contre elle, je sentis sa sueur collante, ses baisers aux relents d'alcool, comme une souillure. Mon malaise provenait aussi du fait que je réalisai qu'au fond de moi, quelque chose, ou quelqu'un, avait adoré ça. Lorsque je pris le volant, encore hébété, alors que Stella ronflait à l'arrière, je me sentais sale.

« T'es pas marrant, t'as rien bu » furent ses dernières paroles avant de s'écrouler sur le lit. Je lui avais ôté sa robe, mouillée de sueur, avant de la coucher, encore troublé, je dois l'avouer, par ce magnifique corps nu, offert dans son sommeil, qui se laissait aller entre mes mains comme celui d'une poupée de chair. J'eus l'envie bizarre, la pensée malsaine de profiter d'elle pendant son inconscience alcoolisée. Ce désir disparut aussi vite qu'il était venu. Après tout, même éveillée, elle n'était guère réellement consciente.

Au petit déjeuner, Stella se contenta d'un café, négligeant les excellentes viennoiseries et les délicieux jus d'agrumes à notre disposition, puis nous nous perdîmes un moment dans les ruelles, découvrant la ville de l'intérieur, ses boutiques confidentielles, ses habitations pittoresques, ses cafés dans lesquels je ne pus m'empêcher de m'installer pour déguster quelques vrais expressos, servis, comme il se doit, avec leur verre d'eau, pour un tarif plus que modique. Ces pauses tout empreintes de *dolce vita* ne firent pas sourire Stella, très pressée d'aller au casino. Chemin faisant, je tentais d'orienter notre conversation sur l'informatique, un sujet qui aurait dû la passionner, mais elle me reprocha de vouloir « parler boulot », et je compris que pour elle, les ordinateurs n'étaient pas une passion, mais un moyen d'obtenir ce qu'elle désirait. Lorsqu'elle m'avoua avoir entrepris des études d'informatique parce que c'était un milieu « plein de beaux garçons, et où les filles étaient rares », je n'en fus pas étonné.

Le casino était un très beau bâtiment, à la façade blanche décorée de balustres et dotée de deux grandes tours carrées, mais je ne trouvais aucun intérêt à son activité : roulette, 421, machines à sous m'étaient aussi étrangers que sur le bateau. Stella, elle, exultait, me demandant bien évidemment de lui donner « de quoi s'amuser ».

Elle prit d'assaut les machines à sous, mais, au bout d'une demi-heure, son manège n'offrit plus pour moi aucun intérêt. Je fis un tour auprès des tables de jeu, puis revins : Stella, comme hypnotisée, appuyait en rythme sur le gros bouton rectangulaire qui déclenchait la rotation des trois cercles représentés sur l'écran de l'appareil. Parfois, une cascade de jetons métalliques s'écoulait dans le bac intérieur, éveillant dans ma mémoire le souvenir d'une tirelire que l'on éventre. Je lui proposai, après sa partie, d'aller visiter la villa Nobel, située dans de merveilleux jardins. « Ça va pas non ? Qu'est-ce qui te prend ? C'est ton divorce qui te travaille ? D'habitude, tu joues avec moi pendant des heures, on est bien… Et puis tu vois bien que je suis en train de gagner ! Je suis en veine ! » Je lui annonçai alors que j'allais y aller seul, et que je la rejoindrais ensuite. « Tu veux bien me changer des jetons avant d'y aller, hein ? » fut sa seule réponse, accompagnée d'une œillade rapide. Je changeai deux cents euros, lui rapportant les jetons. Un « t'es radin, mais je t'adore » fut sa seule réponse, accompagnée d'un baiser rapide, un œil restant fixé sur l'écran.

C'est donc seul que je me suis rendu dans cette magnifique bâtisse de trois étages, aux belles arcades et aux grandes baies vitrées, dernière demeure de l'inventeur de la dynamite. Je passais un moment très agréable, mais je regrettais un peu d'être seul à l'apprécier. En revenant au casino, je distinguai les mats des bateaux de plaisance, et je me dis que, peut-être, Stella serait intéressée, comme moi, par ces navires, et que nous pourrions y relever des possibilités de location, pour plus tard. Ce « nous », en pensant à elle et moi, sonnait faux. Je retrouvai Stella devant une autre machine à sous. Il ne restait plus grand-chose de ses jetons. Elle avait perdu rapidement au black jack une partie de ces derniers, et s'était rabattue sur une nouvelle machine. J'attendis son inéluctable ruine une dizaine de minutes. Le visage de Stella, éclairé par la lumière de l'appareil, semblait un masque de cire. C'était peut-être là, finalement, sa véritable nature. Cette belle fille n'était qu'apparence, comme ce casino, une belle façade, une construction séduisante. Au-delà, il n'y avait rien. Pour faire l'amour avec elle, il me fallait endurer la présence constante de ce vide sidérant, il me fallait surtout en arriver à considérer que le jeu en valait la chandelle. Mon *alter ego* n'accordait sans doute aucune importance à ce genre de choses, ce n'était pas ce qu'il recherchait, et les Stella avaient dû défiler dans sa vie. Si je n'avais pas son expérience pour débuter une relation, je ne l'avais pas non plus pour y mettre un terme. J'envisageais cela, posément, pour la première fois, en contemplant ce beau profil, qui me semblait déjà si loin de moi.

Nous sommes allés nous promener sur les quais du port. Des yachts magnifiques étaient amarrés au môle sud. Stella était, pour une fois, passionnée, mais pas par la beauté de ces navires, ou leurs performances, ou leur luxe, mais par leur prix, et le fait de savoir si « on » pouvait s'en offrir un, même petit, ou bien en louer un, gros, pendant la durée des vacances, et y faire venir ses amies, pour leur en mettre plein la vue… Un bel homme aux cheveux bouclés, avec une casquette de capitaine, fit un signe de la main à Stella, cette femme séduisante qui admirait son navire. Elle répondit à son salut avec spontanéité, lui demandant, en anglais, si nous pouvions monter à bord. Il nous répondit, en anglais également, que malheureusement il attendait des clients, mais que ce serait possible ce soir. Trop tard pour nous. Je notai toutefois que la vivacité avec laquelle Stella avait répondu et adressé de grands sourires au capitaine était telle que je ne devais me faire aucune illusion : en amour, elle devait, apparemment, être aussi fidèle que moi.

Nous avons déjeuné dans un bon restaurant du port, la conversation roulant sur les produits financiers, ce qui me permit de faire le lien entre mon activité dans la compagnie et celle du casino. Rien d'étonnant, alors, au nombre de joueurs dans l'entreprise. Stella cherchait à savoir ce que je possédais, comment « nous » pourrions l'investir, si nous pouvions nous marier rapidement, quel type de maison ou d'appartement nous achèterions… J'avais l'impression désagréable de manger en compagnie d'un conseiller fiscal, qui me révéla tout de même qu'il était possible, d'après la rumeur, que je reçoive une promotion dans l'entreprise, et qu'il valait mieux attendre un peu avant de songer à s'installer. Je n'eus pas le temps de l'interroger davantage à ce sujet, car un téléphone sonna. Celui de Stella vibrait souvent, la poussant à envoyer des SMS de façon compulsive, mais le mien était bien plus silencieux. Cette fois, pourtant, c'était bien lui qui se manifestait bruyamment. Je décrochai. À l'appareil, une femme sanglotait. J'eus presque du mal à reconnaître la voix de Christelle.

 Je lui demandais ce qui se passait. « C'est Juliette... », me répondit-elle. Si j'avais été un père, je suppose que ces quelques mots auraient suffi à me mettre dans un relatif état de panique. Mais je ne l'étais pas. C'est donc calmement que je répétai ma question. À travers ses sanglots, elle m'expliqua que les contrôleurs aériens italiens étaient entrés en grève, et que son vol était annulé. La tante de Bruno devant, le lendemain, partir en voyage organisé, elle ne pouvait donc pas les garder plus longtemps. « Peux-tu aller les chercher et les ramener ? »

 Je réfléchissais. Il y avait environ deux heures et demie de route jusqu'à Santa Margharita. C'était jouable, mais cela allait diablement écourter notre week-end. Je rassurai Christelle, lui faisant remarquer que ce n'était pas la peine de se mettre dans tous ses états pour un contretemps de ce genre, qu'il n'y avait aucun danger pour Juliette, que j'allais m'en occuper. « Je sais, me répondit-elle, je sais, mais... Je ne pensais pas... Je t'en dirai plus, va la chercher. Merci. »

 Stella ne fut pas enchantée de la nouvelle. Je lui demandai si elle voulait me suivre jusqu'à Santa Margharita. Sa réaction fut immédiate : « ça va pas, non ? Je vais pas me faire chier sur la route pendant cinq heures pour aller chercher ta gamine et son copain. Déjà qu'il va falloir se les farcir pendant tout le voyage de retour ! Je t'attendrai à la piscine de l'hôtel, ou bien je ferai un tour en ville. À ce sujet, il me faut de nouvelles boucles d'oreilles. Je suis sûr que tu voudras me faire plaisir pour que je patiente gentiment, non ? »

 Après une halte dispendieuse dans la bijouterie qu'elle avait déjà repérée, j'ai donc pris la route, seul, abandonnant

Stella à son bronzage. En chemin, je ne cessais de repenser à l'attitude de Christelle. Pourquoi pleurait-elle ? La mésaventure de Juliette était gênante, mais sa fille ne courait aucun danger. À la limite, ils auraient pu voyager en bus jusqu'à Nice, et prendre l'avion à cet endroit-là... Peut-être ne m'avait-elle pas tout dit ?

Je demandai au système audio de la voiture d'appeler Juliette, mais son numéro n'était pas en mémoire. Mon *alter ego* avait la rancune tenace. Je résolus de rappeler Christelle, mais elle était sur messagerie. Je lui signalai juste que j'étais en route, que le temps était magnifique, et qu'elle ne devait pas s'en faire. Après notre conversation, elle m'avait envoyé l'adresse de la tante de Bruno par SMS, et je comptais bien me laisser guider dans Santa Margharita par le GPS. La route du bord de mer était superbe, la Méditerranée, à ma droite, d'une beauté indescriptible. J'ai toujours aimé l'océan. *Homme libre, toujours tu chériras la mer...* Je repensais aux beaux voiliers du port, réalisant que je pouvais peut-être m'en offrir un. Je n'avais, contrairement à Stella, aucune idée du prix de ces navires, mais peut-être pourrais-je apprendre tout d'abord à naviguer et, dans quelques années, courir les océans, en douce compagnie...

Par cette belle après-midi, sur cette route ensoleillée, avec la radio qui diffusait du Puccini, je réalisai que j'étais pleinement heureux. Beaucoup plus que si Stella avait été à mes côtés. Pouvais-je me séparer d'elle ? Sans doute, rien d'impossible à cela, mais en avais-je vraiment la volonté ? L'amour avec elle était un moment de grâce, une incursion dans un monde de volupté que je n'avais jamais connu jusqu'alors. Certes, je n'étais guère expérimenté, mais peut-être que le désir, le plaisir partagé avec cette femme m'étaient devenus indispensables. Toutefois, je devais bien reconnaître que, sur le seul plan du plaisir, Christelle m'avait apporté un accomplissement comparable. Alors, pourquoi Stella ? Au fil des kilomètres, j'en vins à me demander si ce que je préférais avec elle, ce n'était pas ce sentiment naïf de prendre une revanche, en possédant ce corps magnifique, sur toutes celles qui m'avaient rejeté. C'était peut-être cette vengeance stérile qui me maintenait sous la coupe de sa beauté, et cette possibilité me mettait mal à l'aise. Dans mon esprit planait aussi l'angoisse de renouer, si je mettais fin à notre relation, avec une solitude et une frustration sexuelle que je n'avais que trop expérimentées, des années durant, aux côtés d'une femme frigide.

La route, fort heureusement, me distrayait de ces pensées déplaisantes. C'était un enchantement, le soleil, le vent, la mer, et, droit devant, la route. Au volant, j'avais, pour une fois, le sentiment d'être aux commandes de ma vie.

J'arrivai en fin d'après-midi devant le petit immeuble où logeait la tante de Bruno. C'était une femme charmante, entre deux âges, volubile, avec de longs cheveux noirs, et une lueur dans les yeux qui disait combien elle avait été belle. Elle insista pour que je prenne un café, pendant que Bruno et Juliette chargeaient leurs valises. Je la remerciai, dans mon italien hésitant, d'avoir accueilli « ma » fille pendant une semaine. Elle me confia qu'elle ne l'avait pas beaucoup vue, en fait, sauf aux repas du soir, qu'ils aidaient à préparer. Les deux jeunes gens partaient le matin, se levant tard, et rentraient au soir après avoir passé l'essentiel de la journée sur la petite plage proche. Avec un sourire désarmant, elle me demanda si je n'avais pas été gêné par le fait qu'elle ne disposait pour eux que d'une seule chambre. Peut-être qu'un père de famille rigoriste l'aurait été, mais je n'étais ni l'un, ni l'autre. J'étais habitué aux histoires de cœur de mes élèves, et ne me faisais aucune illusion. Parodiant quelque peu ses propres gestes, je répondis à cette brave femme, levant les bras au ciel, « *Cosa possiamo evitare ? È amore !* », ce qui nous fit partir tous deux d'un grand éclat de rire. Avant de prendre congé, je pris les mains douces et chaudes de notre hôtesse, et ne manquai pas de l'embrasser sur la joue. Nous nous étions compris.

Bruno et Juliette m'attendaient dans la voiture, ce dernier se retrouvant seul à l'arrière. Je proposai à Juliette, qui avait bronzé, de rester plutôt avec lui. Le jeune homme me regarda, étonné. Je lui fis un sourire en coin, solidarité de mâle qu'il ne pouvait encore comprendre. Le voyage de retour fut rapidement rythmé par les chansons italiennes que diffusaient les stations de radio que Juliette voulut écouter. Je chantai les rares classiques que je connaissais, ce qui surprit grandement les deux jeunes gens qui, il est vrai, ne tardèrent pas, au fil des kilomètres, à reprendre avec moi, d'abord avec hésitation, puis avec davantage d'assurance, les titres qu'ils avaient découverts pendant leur séjour. Je les questionnai peu, et je crois qu'ils apprécièrent cette discrétion. Peut-être prirent-ils cela pour du tact, alors qu'il s'agissait plutôt d'un certain désintérêt. Je me rendis seulement compte à ce moment-là que Juliette allait rencontrer Stella pour la première fois.

Nous avons rejoint San Remo, où je suis remonté prendre mes valises dans la chambre. J'avais omis d'appeler Stella pour lui signaler notre arrivée, ce qui fait que je lui téléphonai depuis la chambre. Jetant un œil vers la piscine, je la reconnus. Elle était allongée près du bassin, avec ce maillot magnifique, qui lui allait si bien. À cette seule pensée, le désir montait en moi. J'eus la surprise de voir que je n'étais sans doute pas le seul dans ce cas : alors qu'au téléphone, Stella, ignorant que je l'observais, m'assurait qu'elle montait tout de suite, j'eus la surprise de la voir rapidement embrasser un bel homme au physique de maitre-nageur, qui lui donna, en guise d'au revoir, une tape sur les fesses qui valait tous les aveux du monde. Non, vraiment, elle ne valait pas mieux que moi.

Les présentations furent vite faites : Stella se contenta d'un « salut Juliette » et d'un « bonjour » à l'adresse de Bruno avant de prendre place à mes côtés et de commencer à s'escrimer sur son smartphone. Une heure plus tard, nous nous sommes arrêtés prendre un repas rapide à Nice.

Stella râla un peu, car elle aurait désiré un grand restaurant, mais nous n'avions plus le temps pour cela. Elle me surprit toutefois en discutant facilement avec Juliette, trouvant avec aisance des sujets de conversation, et en n'oubliant pas de parler aussi à Bruno. Peut-être essayait-elle de se présenter sous son meilleur jour. En tout cas, je ne pus m'empêcher de remarquer avec amusement que le jeune Bruno n'était pas, lui non plus, insensible à ses charmes. En repartant, je m'arrêtai sur la première aire d'autoroute pour donner le volant à Juliette. J'avais besoin de repos. Stella ne manifesta aucune surprise ni aucune envie de la remplacer à ce poste. Visiblement, elle n'aimait pas conduire. Je pris toutefois la précaution de caler le limiteur de vitesse sur cent quarante. Il suffisait de suivre l'autoroute et le GPS, qui annonçait des centaines de kilomètres de monotonie. Juliette était à la fois surprise, excitée à l'idée de conduire vite, et craintive.

C'est en lui faisant toute confiance que je passais, avec Stella, à l'arrière, Bruno prenant la place du mort. Ma « fille » conduisait avec prudence, mais prit rapidement de l'assurance. Il n'y avait pas plus sûr que l'autoroute. Je demandai à Bruno de me réveiller dans deux heures, et lorsque je m'assoupis, Stella, pelotonnée sur la banquette, sa jolie tête calée sur ma cuisse, dormait déjà. Visiblement, elle ne devait pas avoir passé son après-midi uniquement à somnoler près de la piscine de l'hôtel. Bercé par la playlist du téléphone de Juliette, tout cela était par trop irréel.

Nous sommes arrivés à la maison vers une heure et demie du matin, après avoir déposé Stella, qui sommeilla pendant pratiquement tout le trajet. Bruno m'avait remplacé à l'arrière, et je suspectai le jeune garçon d'en avoir profité pour se rincer l'œil à bon compte, les mouvements de Stella, et sa robe courte, exposant à loisir des courbes propres à enflammer son imagination. J'étais mal placé pour lui en vouloir. Elle me quitta en m'embrassant goulûment devant Juliette, sans doute pour marquer son territoire, sachant que, bien entendu, « ma » fille répéterait tout cela à sa mère. Malgré la fatigue, sentir son corps contre moi fut comme un étourdissement. Lorsque je déposai Bruno devant chez lui, il n'osait dire au revoir à Juliette en ma compagnie. « Accompagne-le un peu », dis-je à « ma » fille, soudain radieuse. Elle revint d'un pas indécis. « Les amants se quittent à regret », pensai-je. Lorsque nous sommes arrivés à la maison, les lumières étaient allumées, Christelle nous attendait.

17 - Consentement mutuel

J'étais plus que fatigué, aussi je ne m'attardai guère. Christelle, qui était allée chercher Élodie, qui dormait, à son stage, embrassa sa fille. Ensuite, elle se contenta de saisir mes mains, me regardant dans les yeux, ce qui me mit un peu mal à l'aise. « Je te remercie d'être allé chercher Juliette, je ne pensais pas que tu le ferais ». Elle hésita un peu avant de poursuivre « Tu devrais prendre une douche, tu sens le parfum et les kilomètres.

— Je n'avais aucune raison de ne pas aller chercher Juliette, tu sais… Mais je dois t'avouer qu'au téléphone, ta détresse m'a ému, bien qu'elle m'ait paru disproportionnée. Juliette n'avait rien à craindre, tu sais, Bruno est un jeune homme qui semble avoir la tête sur les épaules…

— Je n'arrive pas à croire que ce soit toi qui dises cela ! Il y a quelques semaines, tu étais prêt à l'étriper, même sans l'avoir jamais vu !

— Disons que je ne suis plus le même, Christelle… Non, je ne serai plus jamais l'homme que tu as connu.

— Qu'est-ce qui t'a… changé ? Ta… compagne ?

— Non, je ne le sais pas moi-même. J'en saurai peut-être plus bientôt. Mais, dis-moi, au téléphone, tu m'as semblé vraiment désespérée… De quoi avais-tu peur ?

— Rien. Je te dirai. À présent, ses yeux me fuyaient. Je suis fatiguée moi aussi, je reprends demain… Merci d'avoir fait tout ce chemin pour ta fille. »

J'aurais pu ne rien dire de plus, et la laisser s'éloigner, me préparant pour une courte nuit, mais, sans savoir vraiment pourquoi, je crus utile d'ajouter, alors qu'elle avait déjà le dos tourné : « je ne l'ai pas seulement fait pour elle, tu sais, c'était surtout pour toi ». Christelle dut m'entendre, car elle faillit s'arrêter puis, finalement, pressa le pas vers la chambre qui, il y a peu, était encore la nôtre.

Le lendemain, au petit déjeuner, nous avions tous deux de petits yeux. Christelle m'annonça qu'il fallait que nous rencontrions nos avocats pour mettre au point notre convention de divorce à partir du papier que nous avions rédigé ensemble. J'ignorais complètement si j'avais un avocat, et je me promis de fouiller mon téléphone à la recherche d'un contact éventuel qui pourrait en être un. Si je n'en avais pas, je pourrais me faire conseiller par les membres de mon équipe. Je n'étais donc pas inquiet outre mesure.

Dans la semaine, je constatai que l'organisation que j'avais mise en place avec mon équipe fonctionnait bien. Je travaillais le matin et consacrais l'après-midi à lire des livres et des articles de physique, à chercher quel phénomène pouvait expliquer ce qui m'était arrivé. En compulsant des revues scientifiques, je fus surpris par une affirmation en gros caractères, dans un article concernant les démonstrations mathématiques des théorèmes : « *pour comprendre ce qui est simple, il faut s'élever dans d'extravagants mondes infinis* ».

Mes subordonnés travaillaient bien, motivés par la « sous présidence tournante » que j'avais instaurée, et par le fait qu'ils étaient persuadés de devoir bientôt me succéder. Je me contentais de les féliciter, de demander des éclaircissements sur des points totalement obscurs pour moi, et pour le reste, je laissais rouler les dés. « Expliquez-moi ça comme si je n'y connaissais rien », demandais-je régulièrement à l'un ou à l'autre de ces financiers lorsqu'ils me montraient leurs présentations, et ils s'efforçaient alors, ce qui finalement constituait un exercice salutaire, de m'expliquer les ressorts de leurs raisonnements. Jamais ils ne soupçonnèrent que je ne connaissais réellement absolument rien à leur vocabulaire et à leurs analyses complexes.

    Je ne revis Stella que le mardi, mais, accaparée par une vérification de la sécurité de notre dispositif informatique, elle fut souvent lointaine tout le début de la semaine. Je trouvais, dans les contacts de mon téléphone professionnel, un certain maitre Hilde, qui, surpris de mon appel, me confirma être mon avocat. Je l'informais rapidement de ma requête, mais il eut du mal à me trouver un rendez-vous. Il me proposa, assez chaleureusement, de passer me voir directement dans mon bureau.

    Il s'avéra que maitre Hilde était un grand homme maigre, aux cheveux poivre et sel, aux yeux extraordinairement mobiles derrière ses lunettes rondes. Il entra dans mon bureau en me saluant avec courtoisie et, tout en me racontant ses démêlés avec les inévitables bouchons de Toulouse, il me mit sous le nez le verso de sa carte de visite, sur laquelle il avait inscrit, d'une écriture aussi fine que nette « C'est sûr, ici ? ». Devant mon air ahuri, il tira son stylo sans cesser de parler et traça, à côté de sa question précédente, les mots « micros, caméras ? » Surpris, je ne sus que faire, et me contentai d'une mimique évasive. L'homme de l'art me proposa alors d'aller boire un verre au café le plus proche. J'acquiesçai et, quelques minutes plus tard, nous étions attablés dans le recoin le plus discret d'un établissement principalement fréquenté par des étudiants. Sitôt installés, il me précisa : « c'est juste une précaution, mais dans votre situation, il convient d'être prudent, les grandes entreprises sont souvent si curieuses ».

    Je lui exposai le motif de ma demande de rendez-vous, et lui tendis la feuille que nous avions, Christelle et moi, sommairement préparée. Il la parcourut d'un œil inquisiteur avant de me répondre.

— Je ne m'occupe pas, habituellement, de ce genre de choses, mais pour un client comme vous, je peux faire une exception, étant bien placé pour cela. Je ne vois aucune objection particulière à ce que vous proposez, et je vous félicite d'avoir choisi une procédure de consentement mutuel, qui va nous faire l'économie des atermoiements et de la curiosité d'un juge… Mais je constate que ce relevé de vos biens ne comprend que les principaux, ceux qui, je suppose, sont connus de votre épouse… Je subodore que pour les autres, la plus grande discrétion devra être observée.

— Les autres ?

— Vos comptes à l'étranger, votre garçonnière de Londres, vos parts de sociétés, vos investissements dans le transport maritime et aérien…

— Et tout cela dans la plus grande légalité ?

Il eut un petit sourire. « Tout cela est parfaitement légal, vous le savez bien, dans les pays où vous avez investi. Pour le nôtre, disons que c'est de l'optimisation fiscale extrêmement acrobatique, et qu'il serait risqué qu'à l'occasion d'un partage de biens, certains se montrent trop curieux. Le fisc raffole des investisseurs dans votre genre, qui ont su conjuguer la chance et le talent. »

Le sourire de l'avocat, dans la relative pénombre de la salle, me fit penser à celui de Méphistophélès. C'est presque dans un état second que je lui posai la question qui me brûlait les lèvres.

« À ce jour, il y en a pour combien ?

— Je n'ai pas établi votre relevé annuel, mais disons entre trois et quatre millions. »

J'avais la tête dans le brouillard, mais un brouillard agréable. Des pensées saugrenues me vinrent. L'avenir prenait une coloration inattendue. La situation de rentier sous les cocotiers ne m'attirait guère, j'avais besoin de me sentir utile, de penser. Je me demandais soudain si Stella était au courant. Maitre Hilde me tira de ma rêverie.

— Vous devrez mentionner dans votre convention votre compte épargne en actions. En le soldant au bon moment, nous pourrions envisager soit une plus-value intéressante à partager, soit une réduction d'impôt. N'oubliez pas que vous allez redevenir célibataire pour nos amis de Bercy… Pour le reste… Discrétion, donc ? J'acquiesçai en lui serrant la main.

—Discrétion, lui dis-je, ne tenant surtout pas à prendre de risques avec le fisc, sachant que je serais bien en peine de fournir la moindre explication à ce dernier si nécessaire.

— Je vous rédige tout cela pour la fin du mois. Envoyez-moi dès que possible les coordonnées de l'avocat de votre femme. Avant la nouvelle année, vous serez un autre homme !

Maitre Hilde eut un bref éclat de rire, mais ne put deviner ce qui se cachait derrière mon sourire lorsque je lui répondis que c'était déjà le cas.

Toute la semaine, Élodie avait été particulièrement gaie, et je n'en soupçonnais pas la raison. Le jeudi soir, je la découvris : c'était son anniversaire. Bien entendu, je n'en savais rien. Ma surprise lorsque sa mère et sa sœur lui apportèrent des cadeaux parut un peu trop visible, et occasionna une petite dispute avec Christelle qui me reprocha d'avoir oublié cette date. Elle me confia qu'elle avait minimisé cet oubli en présentant à Élodie son stage d'équitation comme un cadeau de ma part, mais qu'elle ne comprenait pas comment « j'avais pu oublier l'anniversaire de ma fille préférée ». Je fus, je le crois, un peu trop franc dans ma réponse, en lui avouant que je ne l'avais pas oublié, car je ne me rappelais pas l'avoir jamais connu.

Christelle resta un petit moment silencieuse, avant de me répondre sans me regarder vraiment, ce qui n'était guère à son habitude : « Je ne sais pas à quoi tu joues, ou même si tu joues à quelque chose… Heureusement que tu as fait établir ton projet de convention de divorce, sinon je ne te ferais pas confiance.

— J'avoue que sur ce plan, je te comprendrais, lui dis-je en songeant avec tristesse qu'elle avait raison.

— Mais vraiment, tes pertes de mémoire m'inquiètent. Je pense à ta santé, tes filles ont besoin de leur père… Penses-y, même si je sais que tu y es opposé, pourquoi ne pas accepter ce rendez-vous avec le Dr Millet ? Il ne va pas t'interner d'office dans un asile, tu sais, arrête d'avoir peur du moindre médecin, comme tous les hommes…

— Je ne pense pas que le docteur Millet puisse faire quoi que ce soit contre mon état. De plus, as-tu réellement envie de retrouver ton ancien mari ?

— Tu parles de toi comme si tu n'existais plus… Tu me ferais presque peur, tu sais ? Juliette m'a parlé de ta… ta compagne. Elle est très jeune, n'est-ce pas ? Je ne sais pas si c'est elle qui te change, mais je m'inquiète. Va consulter, cela ne t'engage à rien… »

En me disant cela, Christelle était visiblement perturbée, rougissant un peu. Je pris cela pour une marque d'intérêt à mon égard, et je dois avouer que j'en fus flatté. Je pris donc, un peu à contrecœur, rendez-vous avec le fameux Dr Millet pour la semaine suivante.

Je devais rester à la maison le week-end avec les filles, alors que Christelle, je le pensais, devait à son tour partir en voyage avec son compagnon. Je profitais des soirées pour chercher un nouveau logement. J'eus alors l'idée d'aller voir « ma » maison, et en rentrant du travail, le vendredi, je fis un détour par mon « ancienne » adresse.

Lorsque j'approchai, je fus saisi par une impression étrange, comme si je rentrais chez moi en voiture de location. J'eus presque le réflexe, comme je l'avais fait des centaines de fois, de me garer face au portail et de chercher la télécommande pour l'ouvrir. Je me garais à proximité, puis descendis. Le nom sur la boite aux lettres ne me disait rien. Dans le jardin, il manquait le garage en bois que j'avais monté. Alvin, le chien du voisin, accourut, mais au lieu de s'assoir en frétillant pour que je lui donne une friandise, comme j'en avais l'habitude, il aboya un peu, ne me reconnaissant pas. J'étais un étranger, et j'ignorais encore à quel point, et pourquoi. Je déambulai dans le quartier, où tout était comme dans mon souvenir, si ce n'est que moi, je n'appartenais plus à aucun souvenir des gens qui y habitaient. Je me sentais perdu.

Je restai un moment assis dans ma voiture. Le ciel était d'un bleu merveilleux, l'érable nain du jardin, plus grand que dans mon souvenir, agitait ses feuilles d'un rouge puissant dans l'air, faisant entendre un frissonnement végétal. Je regardais mon reflet dans le rétroviseur, et me sentis bien las. Mes pensées tournaient entre l'origine mystérieuse de ma situation singulière, Stella, Christelle… Cette dernière s'inquiétait encore pour moi, et j'allais tenter de la spolier de ce qui lui était dû en ne déclarant pas toutes mes possessions, ce qui revenait à ne pas les partager avec elle… Ce n'était pas très glorieux. Je me promis d'en reparler avec maitre Hilde, pour voir s'il ne serait pas possible, plus ou moins légalement, de transférer la propriété de certains avoirs à son nom. J'en étais là de mes divagations lorsque mon téléphone sonna. Je pensais à Stella, mais c'était Élodie.

« Papa, tu pourrais venir ? Maman discutait au téléphone, puis elle s'est mise à crier. Juliette a voulu voir ce qui lui arrivait, et elle lui a crié dessus alors qu'elle n'avait rien fait. Elle s'est enfermée dans votre chambre et elle pleure. Tu viens ? »

Je rassurais Élodie, et pris la route de la maison. Enfin, de la maison de Christelle. Lorsque j'arrivai, les filles m'attendaient près de la piscine. Juliette était assise, parlant avec sa sœur. Elle avait pleuré. Élodie me répéta ce qu'elle m'avait déjà dit au téléphone. Juliette m'adressa un regard encore mouillé. « Je ne comprends rien. J'ai entendu maman hurler au téléphone, je suis allée la voir, elle pleurait et, en me voyant, elle a pleuré encore plus, et m'a dit que j'étais toujours là où il ne fallait pas, que j'étais un emmerdement permanent… Qu'est-ce que j'ai fait ? Vous vous disputez pour nous ? On est pour rien dans vos histoires ! » Elle prononça ces derniers mots dans un état proche de la crise de larmes. Alors, sans bien savoir pourquoi, j'ouvris mes bras et serrai mes deux filles contre moi. « Écoutez bien, on ne se dispute pas, et vous n'êtes responsables de rien. Ni l'une, ni l'autre. Vous êtes des filles magnifiques, et on n'aurait pas pu rêver meilleurs enfants que vous. Nous vous aimons. Je ne sais pas pourquoi votre mère a réagi comme cela, mais vous n'y êtes pour rien. » J'embrassai leurs joues encore humides, mais elles furent si surprises de ma réaction que leurs pleurs cessèrent. Je me dirigeai vers « notre » chambre.

Christelle était étendue sur le ventre, son téléphone à côté d'elle.

— Que se passe-t-il ? Les filles m'ont appelé, qu'est-ce qui t'arrive ?

Elle se retourna et me fixa, hagarde, comme sonnée. Son maquillage avait coulé, dessinant sous ses yeux de petites ridules noirâtres. Son joli chemisier était froissé. Elle s'était bien habillée, et je pensais dans l'instant qu'elle avait sans doute prévu de sortir ce soir. Pensant deviner ce qui s'était passé, je précisai : « C'est Sébastien » ? Christelle acquiesça et, de nouveau, ses yeux s'emplirent de larmes. Je me sentais stupide et inutile. Je m'assis sur le lit, et, doucement, je la pris par la taille, appuyant sa tête sur mon épaule, comme je l'aurais fait avec une enfant malheureuse.

— Qu'est-ce qui cloche ? dis-je sans réfléchir vraiment.

— Qu'est-ce qui cloche ? Mais tout ! Toi, lui… Vous tous ! Pourquoi je n'attire que les salauds ? Pourquoi je suis assez bête pour les aimer ? J'ai voulu appeler Christine, mais elle n'est pas là… Pourquoi faut-il que ce soit toi, là ?

— Si tu me racontais tout dans l'ordre, que je puisse comprendre ? Elle marqua un silence de quelques secondes, semblant chercher ses mots.

— Comme nous avions décidé... Sébastien devait parler de nous à sa femme cette semaine. Il doit le faire depuis longtemps, chaque fois il remet, il trouve un prétexte...

— Les hommes ne sont guère courageux pour cela, tu le sais bien.

— Ça ! Nous avions prévu de partir ce week-end, seuls, pour une fois, deux jours en Normandie... Et au dernier moment, il m'avoue qu'il n'a rien dit à sa femme, qu'on a bien le temps... Regarde-moi ! J'ai plus de quarante ans. Je vieillis, je deviens moche... Je n'ai plus le temps ! Plus le temps d'attendre des hommes lâches ! De perdre vingt ans comme comme avec... Si... Lamentables ! En disant cela, elle tressaillait, et me frappait presque de ses mains fermées, par petits gestes.

Doucement, je lui murmurai à l'oreille : « Tu vaux mille fois mieux que ce nul. Mille fois. Il ne mérite pas une femme comme toi. » Christelle reniflait. Je la serrai contre moi, j'étais pénétré de sa chaleur, j'essayais désespérément de lui faire ressentir l'étendue de ma sollicitude. C'était une femme merveilleuse. « De toute façon, ça doit finir comme ça, toi avec ta pin-up, et moi toute seule. J'attire toujours les mêmes !

— Ma pin-up, comme tu le dis, je ne l'aime pas. Je m'en suis rendu compte ce week-end. Si je n'avais pas si peur de me retrouver seul après toi, je romprais tout de suite avec elle.

— Mais elle est jeune et...

— Je n'ai pas besoin de jeunesse. Je profite d'elle, et elle cherche surtout à profiter de moi. Ce qu'elle aime, j'en suis sûr, ce n'est pas moi. C'est mon portefeuille. Dimanche dernier, pendant que j'étais sur la route pour ramener Juliette, je suis certain qu'elle m'a trompé.

— C'est vrai qu'en ce domaine, tu en connais un rayon ! Tous les mêmes ! Mais c'est bien fait ! Tu vois ce que ça fait ?

— Je sais. Je me demande même comment tu as pu me supporter aussi longtemps. Mais ça fait moins mal lorsque l'on n'aime pas. Je ne me fais aucune illusion. Tu attires les hommes pitoyables, selon toi, et moi les femmes vénales... À part toi. »

Le regard de Christelle se voila encore. Sans que je comprenne pourquoi, elle se serra contre moi, un peu trop fort, un peu trop tendrement. Nous sommes restés un moment blottis l'un contre l'autre, luttant peut-être contre la froideur des sentiments des autres. Étrangement, tout contre elle, je me sentais bien, je me sentais à ma place.

Je me levai lentement et allai chercher, dans notre salle de bain, quelques cotons-tige et du démaquillant. « Que veux-tu faire ? me demanda-t-elle en me voyant revenir.

— Tu ressembles à un panda. Un très joli panda, mais un panda quand même. Alors, je vais enlever le mascara en trop. »

Elle me regarda, interdite. Tout en essuyant le contour de ses yeux, je me perdis dans son regard. À la fin, je m'assis à ses genoux, me mettant clairement en position d'infériorité. « Dis-moi, pourquoi as-tu crié sur Juliette ? Elle n'a rien compris, la pauvre.

— Ho non... Sur le moment, tu sais, elle s'est juste trouvée là au mauvais moment.

— Tu es sûre qu'il n'y a rien d'autre ?

Christelle inspira fortement, puis garda le silence. Je me levai pour la laisser seule.

— Attends.

— Oui ?

— Ta compagne, tu sais...

— Stella ?

— Oui... Il n'y a pas qu'elle qui soit intéressée.

Sur le moment, je ne compris pas très bien ce qu'elle voulait me dire.

— Ton Sébastien aussi serait intéressé par ta fortune ?

— En fait, Sébastien profite pas mal de la situation de sa femme, qui a un poste haut placé dans une entreprise d'aéronautique. C'est pour cela qu'il a du mal à demander le divorce…

— Il aurait la moitié de son patrimoine, ce ne serait sans doute pas négligeable, si elle est aussi aisée…

— Non, sa femme n'est pas si bête… Ils sont mariés en séparation de biens.

— Et il voudrait que ce soit toi qui l'entretiennes ?

— Il voudrait… que je réclame davantage pour notre divorce. Il pense que tu dois avoir de l'argent caché. »

Je me mis à rire. Christelle était interloquée. Je l'enlaçai. « Christelle, figure-toi que ma pin-up, comme tu le dis, me demande exactement la même chose ! Nous devrions les présenter !

— Imbécile », me répondit-elle avec un pauvre sourire.

Je partis en secouant la tête, pensant déjà à ce que j'allais dire aux filles, lorsque j'entendis le pas rapide de Christelle, qui m'agrippa par le bras. « Attends. Il y a une chose que je dois te dire, maintenant. Sébastien veut… Il m'a demandé d'insister pour que tu ailles voir le Dr Millet. Je lui ai parlé de tes pertes de mémoire, de ton changement de comportement… Il pense qu'on pourrait peut-être te faire interner, et obtenir la tutelle de tous tes biens. C'est aussi pour cela que nous nous sommes disputés au téléphone. Tout à l'heure, j'ai compris qu'il... ne m'aimait pas… »

Christelle expira fortement, comme libérée d'un grand poids. Je me retournai et la serrai contre moi. « C'est un salaud, Christelle, pire que moi, si c'était possible. Tu mérites tellement mieux. Je ne sais pas ce qui t'a fait tenir avec moi. Les enfants, sans doute ? Allons, viens, ce sera mieux si on s'excuse tous les deux pour Juliette. Je lui dirai que c'est de ma faute. Elle est habituée à ce que je me comporte mal, alors autant préserver ton image. Christelle lâcha un « merci » presque inaudible.

J'eus l'impression qu'elle voulait encore me parler, mais aucun son ne vint. Alors que je voulais alléger mon étreinte, elle se serra d'elle-même, très fugitivement, contre moi. Je me sentis heureux, comme un collégien qui vient de recevoir son premier baiser.

Nous passâmes le reste de la soirée à câliner les filles et à rasséréner Juliette, l'assurant de son innocence dans une histoire qui la dépassait. Alors que le soir tombait, je lui proposai de faire un tour en voiture, et de nous servir de chauffeur, à sa sœur, sa mère et moi. La météo avait annoncé des orages, mais l'air était encore doux. Les filles montèrent à l'avant, je restais derrière avec Christelle. Nous avons fait une petite boucle jusque dans le Gers, dans la direction de la ferme des parents de Christelle. La capote était ouverte, Juliette était heureuse de conduire, sa sœur de passer sur la radio toute sa playlist, et moi, à l'arrière, mon regard errait entre ce ciel où brillaient des étoiles étrangères, et cette femme à mes côtés, au sourire énigmatique, et que j'avais de moins en moins envie de voir sortir de ma vie.

18 - Ad infinitum, ad universum, ad mundi

La semaine suivante, j'achetai une maison dans la banlieue de Toulouse. J'avais tout d'abord pensé m'installer quelque temps dans un appart-hôtel tout proche, qui dominait le champ de courses, mais je découvris cette maison, qui venait d'être mise en vente par un libraire pressé de vivre sa retraite près de la mer. Je ne discutai pas le prix demandé, et l'affaire fut faite en quelques minutes. Je me retrouvai donc propriétaire de murs couverts de rayonnages, ce qui avait fait fuir nombre d'acheteurs, mais comblait mes attentes, de pièces lumineuses et d'un grand jardin tout simple, bordant un canal d'irrigation qui faisait entendre en permanence le bruit de l'eau tourbillonnante sur ses rives. De plus, je n'étais qu'à une vingtaine de minutes en voiture de Christelle et des filles.

La transaction conclue, je commandai, dans des magasins de Sorrente, que j'avais visités dans mon autre vie, des meubles magnifiques. Je chargeai un paysagiste d'aménager le jardin selon mes préférences. Il répondit à mes demandes avec diligence, et je sus que je pourrais compter sur des haies de bambou, de jolis érables nains et une mare dotée d'une petite cascade, où s'ébattraient des carpes japonaises… Toutes choses conformes non seulement à mes goûts, mais aussi à ceux de Juliette. Il fallait quelques semaines pour que tout me soit livré. Il m'était agréable, et nouveau, de ne pas trembler devant la valeur de jolis objets qui comblaient mes désirs. Lorsque j'annonçai mon prochain déménagement à Christelle, elle fut surprise que je ne me sois pas installé plus loin. Je crois qu'elle pensait que c'était par égard envers nos filles alors que, de façon bien plus égoïste, c'était pour moi une façon de me rapprocher de mon ancienne vie. Elle m'en fut cependant reconnaissante, et me demanda si je désirais son aide pour trier mes affaires. Je la remerciai en lui proposant de faire tout cela ensemble. Elle parut gênée avant de m'avouer : « justement, je ne serai peut-être pas là le prochain week-end…

— La Normandie ?

— Peut-être.

— Alors je commencerai seul à faire le tri, et tu m'aideras ensuite.

— Cela ne te fait rien que je parte ? Tu n'avais rien de prévu avec Stella ?

— Je n'ai rien prévu, et, pour ton départ… Tu as bien le droit de profiter de la vie, je te l'ai assez gâchée comme ça. J'espère pour toi que tout va se passer au mieux avec Sébastien. » Bien entendu, je n'en pensais pas un mot.

En arrivant au bureau, j'eus une surprise : l'étage semblait en effervescence, et mon équipe, au grand complet, m'applaudit dès mon entrée. Un bouchon de champagne sauta, et tout le monde se mit à trinquer. Je ne comprenais rien à tout cela, si ce n'est que tous me félicitaient, et me demandaient comment j'avais fait. Ce fut le beau Serge qui éclaira ma lanterne : « Comment vous saviez, chef ? Ça, c'est fort ! Hildex ltd a été rachetée pendant la nuit, le titre a doublé en quelques heures, personne n'en voulait la semaine dernière, et on a recommandé l'achat grâce à vous !

— Le talent, Serge, le talent », répondis-je tout en pensant « et de la chance aux dés ». Remerciant les uns et les autres, j'eus une réflexion naïve qui déclencha l'hilarité générale : « nos placements vont avoir un meilleur rendement, nos clients seront contents ! » Après m'être forcé à partager leur joie, j'interrogeai discrètement Serge : « Me la faites pas, chef, comme si vous ne saviez pas, les clients on s'en fout, ils ont leurs 3 % ; à la société le pactole, à nous la prime d'intéressement ! »

Une fois la porte de mon bureau refermée, je pensais réfléchir au calme, mais c'était sans compter sur Stella, qui me fit une visite pour me féliciter, à sa façon, de mes résultats. Ce fut à cette occasion que je me rendis compte de la distance qui s'était établie entre elle et moi. Alors que nous étions en pleine action, j'avais l'impression de me regarder faire, vu de haut, et le plaisir me semblait lointain. J'étais certes heureux de ce moment, de voir, d'entendre Stella, de jouir de son corps magnifique, mais une petite voix à l'intérieur de moi se demandait si, justement, elle n'en faisait pas un peu trop, si réellement j'avais envie de passer des mois, des années avec cette femme, sachant que nous serions immanquablement nombreux à nous partager ses faveurs. Ce n'était même pas, finalement, ce dernier point qui me posait problème, mais le fait de savoir qu'en réalité je n'étais aimé que pour le confort matériel que je pouvais lui prodiguer. Pourtant, Stella avait un bon salaire, elle n'avait pas, en vérité, besoin de moi pour vivre. Alors que cherchait-elle ? Je me posais ces questions tout en partageant avec elle les plaisirs que nos corps savaient si bien se donner. Je la regardai ensuite se rhabiller. Le pouvoir, c'était le pouvoir que recherchait cette femme dans le plaisir. La sensation d'avoir un homme à contrôler, à régenter. Je la regardai revêtir son corps magnifique, et je lui souhaitai bonne chance. Intuitivement, je savais que c'était la dernière fois que je venais de faire l'amour avec elle. La magie s'était enfuie, si jamais elle avait été présente. C'était fini.

Le soir, en rentrant, je pris un bain. L'odeur du corps de Stella m'indisposait, m'excitant et me gênant à la fois. Pour la chasser de mon esprit, je réfléchis aux travaux d'un professeur de mathématiques du MIT dont je venais de lire quelques articles. J'avais reçu dans la journée un livre de vulgarisation qu'il avait écrit, et je l'avais commencé avec intérêt. Je pensais que j'étais sans doute son lecteur le plus attentif, le plus concerné. J'ouvris la bonde avant de sortir de l'eau, et, à son aplomb, la surface de l'eau se creusa avant de former un magnifique vortex, un tourbillon régulier, géométrique. Si je me mettais debout, j'étais sûr de plonger mon regard, à travers ce tunnel, dans le liquide trouble, jusqu'au néant de la bonde. J'étais encore dans l'eau, m'imaginant scruter les profondeurs de la tuyauterie, lorsque je compris. L'image de Sergei me revient en mémoire, et si je ne bondis pas nu en hurlant « eurêka » dans toute la maison, le cœur y était.

Deux heures plus tard, vêtu seulement d'un peignoir, j'avais, sur l'espèce de comptoir de la cuisine, rassemblé les morceaux d'un semblant d'explication. Et, franchement, peut-être que l'opinion du Dr Millet eût été préférable. Si jamais le doux Sébastien avait été au courant de ce que j'imaginais, j'aurais eu toutes les chances de me retrouver rapidement dans un joli centre médical, pour un long séjour aux frais du contribuable, pendant que lui et Christelle se chargeraient « d'administrer » mes biens.

Il y avait trois points qui s'associaient pour construire une hypothèse ô combien spéculative et improbable, mais dont j'étais la vivante confirmation.

Le premier, souligné, par le professeur du MIT dont j'avais lu les travaux, comme une évidence découlant des conditions ayant présidé à la formation de l'univers, et du seul fait *que l'univers est infini et à peu près uniformément empli de matière, c'est qu'il existait une infinité d'univers,* chacun étant défini comme une région de l'espace-temps qui a pu recevoir la lumière du big bang, donc d'environ 14 milliards d'années-lumière de rayon. De cette infinité, il découlait que chacun de nous possédait son double, vivant dans un monde identique, et qu'il existait ainsi de multiples versions de nous-mêmes, sur des terres alternatives, vivant chacune des infinies possibilités de variations que nous offrait chaque seconde de notre vie.

L'auteur donnait même la distance à laquelle était situé ce double, un nombre si grand qu'il était même impossible de l'écrire, car il était bien supérieur au nombre d'atomes dans un de ces univers. Je repensais au désarroi d'Alexei devant les infinis, à son vertige pascalien. En un sens, il avait raison : dans un univers infini, la probabilité la plus infime confine à la certitude. Le monde dans lequel je m'étais éveillé, celui où Christelle était ma femme, pouvait être une de ces infinies variations. Restait à savoir comment j'y étais parvenu. Là intervenait le second point de mon raisonnement.

Plusieurs physiciens avaient montré qu'il pouvait s'établir entre deux régions de l'univers, aussi éloignées soient-elles, des connexions appelées à juste titre « trous de vers ». J'avais vérifié et revérifié stupidement leurs articles, comme si une erreur avait pu échapper à ceux qui en avaient autorisé la publication, et j'étais bien forcé de me rendre à leurs raisons, ce qui valait bien mieux que de perdre la mienne. Toutefois, ces fameux trous de vers posaient un problème : rien de matériel ne pouvait les traverser, à cause de leurs dimensions et de leur instabilité.

Restait le troisième point, celui qui me posait le plus de difficultés : je me devais donc de considérer que l'esprit humain n'était pas à proprement parler matériel, mais ondulatoire. Au cours de notre vie, notre cerveau change, son fonctionnement, sa morphologie est remaniée, nos cellules établissent de nouvelles connexions, abandonnent des anciennes. Et pourtant, malgré ces changements de notre corps physique, notre personnalité, passé un certain âge, n'évolue plus. Dans un milieu changeant, étant nous-mêmes le lieu d'un changement permanent, nous ne changeons plus. C'est là, en physique, une des caractéristiques d'une onde. Notre personnalité n'était alors qu'une onde de pensée résultant de l'activité de notre cerveau et à l'extension limitée à notre boîte crânienne, puisque des dommages survenant au cerveau pouvaient la modifier radicalement.

Lorsque j'avais vu le vortex se creuser dans l'eau de la baignoire, j'avais imaginé comment, tout comme mon regard plongeait grâce à lui vers la bonde auparavant inaccessible, mon esprit, mon onde de pensée, aurait pu elle aussi être emportée vers un nouveau destinataire, prodigieusement lointain, mais si semblable à moi-même. Comme une onde radio, j'avais voyagé, puis j'avais été capté par le cerveau de mon *alter ego,* le plus à même, peut-être, de me recevoir. La personnalité de ce dernier avait dû faire, éventuellement, le chemin inverse. Si cela avait été le cas, se réveiller dans ma peau, avec un métier certes intéressant, mais mal rémunéré, et avec pour unique compagne une femme frigide, avait dû lui poser bien plus de problèmes que je n'en avais affrontés.

Restait, bien entendu, à savoir pourquoi et comment cela avait été possible, cette nuit-là, dans les Caraïbes. Certes, j'étais en plein triangle des Bermudes, mais mon esprit scientifique rejetait les légendes et les racontars sur ce lieu comme autant d'anecdotes sans réel fondement. Peut-être n'en était-il pas ainsi ? Normalement, les scientifiques discutent de leurs idées avec leurs collègues, ce qui permet de les affiner, mais je ne pouvais discuter avec personne. Si, cette nuit, sur l'océan, un trou de vers s'était brusquement ouvert entre mon esprit et celui de mon *alter ego*, se pouvait-il qu'il ne fût pas le seul à avoir accompli ce voyage ? Que cette région de la Terre soit sujette à ces phénomènes ?

Je ne pouvais croire que ces éléments pouvaient être liés à la Terre, et qu'un lieu particulier puisse les héberger, car dans son mouvement autour du soleil, et autour de la Voie lactée, la Terre ne revient jamais à la même place dans l'espace...

La coalescence de dimensions inconnues avait-elle permis que s'établisse, une fraction de nanoseconde, une communication entre ces univers ? Ou bien, dans un seul univers infini, mon onde de personnalité avait-elle voyagé, à la vitesse de la lumière, indifférente au temps, jusqu'à son récepteur actuel ?

J'avais envie d'aller tirer Christelle de son sommeil et de tout lui avouer, recherchant ainsi sa compréhension, voire sa complicité. Il y avait toutefois un risque non négligeable qu'en faisant cela, je finisse pour de bon, et pour longtemps, dans la clinique du bon docteur Millet…
Je connaissais toutefois un homme susceptible de me comprendre : Alexei. J'avais conservé son adresse électronique et je rédigeais un message lui résumant ma situation et mes hypothèses, en détaillant le cadre mathématique et physique sur lequel je m'étais appuyé. J'espérais qu'il pourrait m'aider à préciser les zones d'ombre, ou au moins me permettre de m'améliorer. Comme mon logiciel ne permettait pas de noter les symboles mathématiques, je noircis quelques feuilles que je photographiais avec mon smartphone avant de les lui envoyer en pièces jointes. Baignant dans une étrange excitation intellectuelle, je ne ressentais pas la fatigue.
Il y avait une autre personne à qui, paradoxalement, je pouvais faire confiance, et qui me croirait, même si elle n'était pas une scientifique : Lana. Elle s'était jouée de moi, mais, en y repensant, son désarroi et sa description de la situation qu'elle était censée vivre ressemblaient beaucoup trop à ce que j'avais moi aussi ressenti pour qu'il s'agisse d'une simple coïncidence. À la fin de la croisière, toute notre tablée avait échangé ses adresses postales et électroniques, pour se communiquer éventuellement des souvenirs. Bien entendu, personne ne s'en servait, par la suite, mais je les avais conservées… Je lui écrivis un long mail, qui m'aida beaucoup à clarifier mes idées, mais il me fut retourné comme envoyé à une adresse incorrecte. Je l'imprimai et résolus de l'envoyer au Brésil, à l'adresse postale qu'elle m'avait laissée. Peut-être jetterait-elle cette lettre sans y accorder d'importance, ou bien serait-elle heureuse de

comprendre qu'elle n'était pas folle, qu'il y avait une explication à sa situation.

Lorsque je terminai ma rédaction, je me sentis soudain très las. Il était presque trois heures du matin, la maison était endormie, et j'avais froid. J'enfilai une tenue de nuit, j'emportai un plaid et je sortis devant la piscine. La Lune était couchée, les étoiles les plus brillantes scintillaient doucement. Je viens de bien plus loin qu'elles, pensai-je en souriant. L'espèce de fébrilité indécise qui m'avait habité depuis mon éveil m'avait quitté. Je m'assis, serein comme je ne l'avais pas été depuis longtemps. Ainsi, j'avais accompli, sans savoir ni pourquoi ni comment, un voyage dans l'incommensurable. Moi qui, enfant, rêvais de devenir astronaute et de marcher sur Mars, j'avais dépassé, et de loin, toutes mes espérances. Je me mis à rêver, quelques instants, à mon esprit sautant entre les univers, explorant les réalités alternatives. Cela me fit penser aux idées des bouddhistes sur la réincarnation, telles que je les avais découvertes dans les romans de Juliette. Je m'endormis une fois de plus sur le transat, sous les étoiles, et, cette nuit-là, je rêvais que j'étais un papillon.

L'aube m'éveilla trop tôt. J'avais froid, et je regagnai mon canapé. Mes quelques heures de sommeil me permirent d'avoir les idées plus claires. L'explication que j'avais trouvée me semblait follement improbable, et je repensais à ce principe de Sherlock Holmes : *une fois l'impossible éliminé, l'improbable demeure*. Il me restait à envisager une possibilité pour que seul *demeure l'improbable*, et, pour cela, je devais me confronter à une situation qui me répugnait, ou, plus exactement, je me devais de le reconnaître, qui me faisait peur. Je devais prendre rendez-vous avec le Dr Millet.

19 - Une Terre nouvelle

Le docteur Millet laissa échapper un soupir avant de caler son corps rondouillard dans le cuir de son fauteuil. J'avais essayé de lui raconter, le plus honnêtement possible, ma singulière aventure. J'avais toutefois omis, par prudence, de lui présenter le résultat de mes recherches et mon hypothèse sur l'origine de ma situation. Il m'avait écouté avec attention, m'interrompant rarement, se montrant particulièrement intéressé lorsque je lui avais résumé la découverte de mon ancien journal. Il m'avait ensuite questionné sur mon métier, et sur mes capacités à l'assumer, et je pense que ma façon de faire l'avait sans doute suffisamment surpris pour le dissuader de confier ses économies aux assurances. Il avait aussi montré beaucoup d'intérêt pour mes aventures amoureuses, me posant quelques questions plutôt intimes, mais logiques dans son approche thérapeutique. Il parut regarder, à travers moi, la reproduction du tableau de Klimt accroché sur son mur avant de se pencher dans ma direction.

« Il semble que vous souffriez d'un trouble de l'identité, mais je dois avouer que ce dernier présente plusieurs traits singuliers. Toutefois, vous serez heureux d'apprendre qu'il est tout à fait possible d'y remédier, avec de bonnes chances de succès, en utilisant plusieurs traitements. Dans votre cas, je crois qu'il pourrait être utile de contrôler avec précision le dosage des substances que nous emploierions, ce qui nécessiterait une hospitalisation, mais, dans ce domaine, rien ne presse... Je pourrais vous prescrire, en attendant, certains tranquillisants susceptibles d'améliorer votre situation, bien que, ce qui est peu commun, vous ne sembliez guère en souffrir.

— Pour être tout à fait franc, docteur, je dois vous avouer que je suis davantage à la recherche d'une explication que d'un traitement.

— Je pense que la fin de votre mariage, que vous semblez traiter avec une grande sérénité, est peut-être le déclencheur de votre pathologie. Pour échapper à cette situation, votre identité a, selon toute probabilité, pris le parti de se dissocier, de façon à vous éviter de souffrir de la situation. Votre personnalité actuelle, ainsi créée, paraît correspondre à celle que vous auriez eue si vous n'aviez pas été marié.

— Vous voulez dire que je souffrirais d'un dédoublement de la personnalité ?

— Nous n'employons plus ce terme un peu sensationnel, mais il y a de ça. Pour échapper à une situation traumatique, peut-être la fin de votre mariage, que vous ressentiez inconsciemment, peut-être autre chose, que nous ne connaissons pas encore, une partition s'est faite en vous. Ce qui est peu commun, c'est qu'apparemment vous n'avez eu aucune résurgence de votre « alter ego », comme vous l'avez baptisé, depuis plusieurs semaines. Il se pourrait qu'il se manifeste à nouveau, occasionnant de nouvelles pertes de mémoire. Si cela se produisait, je vous demanderais de m'en aviser, et de prendre rendez-vous au plus tôt. En attendant, je vais vous prescrire une molécule qui devrait peut-être favoriser le réinvestissement de votre identité précédente. »

Il rédigea rapidement une ordonnance qu'il me tendit avec un sourire qui se voulait chaleureux, et qui parvenait presque à l'être. « Nous nous retrouverons dans un mois, une fois votre divorce officialisé, et il se pourrait que nous fassions des progrès ». Je réglai une note dont le montant n'avait que de lointains rapports avec ceux de la sécurité sociale, puis je sortis de son bureau plus troublé que je ne l'aurais cru.

Le Dr Millet m'avait prescrit de la Chlorpromazine. Avant d'aller plus avant, il fallait que je me renseigne sur cette molécule, mais surtout, il me fallait réfléchir : si par hasard le praticien était dans le vrai, et que je sois malade, avais-je la moindre envie de « faire des progrès », de « guérir » ? Est-ce que Christelle, est ce que les filles auraient quelque chose à gagner du retour éventuel de mon *alter ego* aux affaires ? Ce retour, selon mon hypothèse, était impossible. Selon celle du Docteur Millet, ce n'était qu'une question de temps. Pour avoir ma réponse, il me suffisait d'attendre.

Je m'étais absenté pendant deux heures pour ma consultation, mais, de retour au bureau, j'écoutai d'un air distrait mon chef d'équipe de la semaine me résumer son intervention pour la prochaine réunion. Une fois qu'il eut terminé, je jetai mon dé, qui me conseilla de ne pas recommander les titres de l'entreprise qu'il avait étudiés. Je rédigeai rapidement une note en ce sens, puis, las, je m'interrompis un peu avant de la conclure.

Je songeai au docteur Millet. Je fis une rapide recherche sur les personnalités multiples, ainsi que sur la Chlorpromazine. L'explication du Dr millet pouvait, hélas, tenir la route. Mais la mienne n'était pas beaucoup plus folle. Nous avions deux visions du monde, qui se combattent depuis l'Antiquité. Pour le Dr Millet, toute réalité était une construction mentale, cérébrale, et toute atteinte de la réalité, toute sa description, même, revenait à analyser le fonctionnement du cerveau au-delà de sa matérialité organique. La réalité du monde s'effaçait derrière sa représentation, et les altérations, qu'elles soient fonctionnelles ou organiques, de la mécanique cérébrale pouvaient expliquer toutes les perceptions, tous les états mentaux sur lesquels la chimie ou la psychanalyse, ou les deux, pouvaient agir. Il ne pouvait envisager dans ce cadre, une seule seconde, qu'il puisse exister une extension au domaine de la réalité perceptible, une origine physique faisant des apparences d'un esprit troublé non pas une construction mentale chaotique d'un monde par ailleurs ordonné, mais une image fidèle et somme toute ordonnée d'un monde plus chaotique et surprenant qu'il n'y paraissait. Quel que soit mon problème, le Dr Millet trouverait toujours une explication et une voie d'action. Il n'avait pas besoin d'envisager une plausibilité physique, celle-ci étant exclue d'emblée par son approche. Pour lui, je « souffrais » d'une perception altérée de ma réalité, à travers mon identité, et il se devait de me « soigner », quelles qu'en soient les conséquences, sans avoir à se demander si j'étais réellement malade. Pouvait-il avoir raison ? Je pensais à la fresque de Raphaël, *L'École d'Athènes* : Millet, c'était Platon désignant du doigt le monde des idées, responsable de toutes mes conceptions, alors que j'étais un partisan d'Aristote, étendant sa main sur le monde sensible, et désireux d'expliquer les phénomènes par ce seul monde, extérieur par principe au sujet qui l'observe.

Le Dr Millet ne s'était pas demandé une seconde si mes souvenirs de plusieurs années étaient réels, s'il pouvait tester leur réalité, si je pouvais avoir vu les lieux que j'avais visités, appris les langues que j'avais étudiées : pour lui, tout cela n'était que faux-semblants. Outre mes souvenirs, un élément toutefois me laissait penser que mon hypothèse « astrophysique » était la bonne : mon *alter ego* ne s'était jamais manifesté, il avait bel et bien disparu, et cela ne coïncidait pas avec ce que j'avais appris des personnalités multiples. De plus, j'avais lu qu'à l'origine de la formation de ces personnalités résidait un traumatisme, et je ne voyais pas ce qui aurait pu en constituer un dans toute mon histoire, malgré le désir du Dr Millet de l'identifier à mon divorce. J'étais venu chercher une explication, et je n'avais trouvé que de la confusion. Christelle avait raison, je n'aurais pas dû consulter.

L'après-midi avançait, et je me remis, sans entrain, à rédiger rapidement ma note financière. Elles se ressemblaient toutes, mais, visiblement, cela ne choquait personne. En vérifiant mes mails, je trouvais un message de mon supérieur, monsieur Hue, qui me demandait de passer le voir dans son bureau. Heureusement, Stella m'avait montré comment utiliser l'intranet de la société pour localiser les différents employés, et je pus m'orienter sans trop de difficulté. Je montai d'un étage, puis j'entrai sans cérémonie dans un bureau assez semblable au mien, excepté quelques objets plus luxueux disposés çà et là, comme un vase ancien ou une lithographie signée. Je ne me sentais guère à mon aise, en partie à cause de mon entretien médical, mais aussi parce que je redoutais une séance de questions techniques qui aurait facilement mis à nu mon incompétence en matière financière.

Monsieur Hue avait un sourire avenant, et se leva dès mon arrivée pour me serrer la main, ce qui pouvait paraître positif, puis, me laissant à peine le temps de m'installer, il s'adressa à moi en regardant discrètement sa montre, dont j'évaluai rapidement la grande valeur. « Monsieur Busca, nous sommes enchantés des résultats de vos dernières recommandations. En particulier, pour Hildex, dont vous avez, seul contre tous, recommandé l'acquisition… ce qui nous pose un problème.

— Lequel ?

— Aviez-vous, par quelque moyen que ce soit, connaissance du rachat de Hildex avant que ce dernier ne soit annoncé ?

— Non. À vrai dire, je n'avais jamais entendu parler de cette société avant que mon équipe…

— Justement. Nous avons remarqué votre changement de management, qui s'avère très positif. Vous mettez en valeur vos subordonnés, ce qui ne vous ressemble guère, mais semble leur convenir…

— Je l'espère…

— Vous êtes certain de n'avoir jamais eu connaissance de l'avenir d'Hildex ? Si une enquête interne avait lieu pour déterminer comment vous avez été conduit à recommander cet achat…

— Elle ne trouverait rien. Rien d'autre que les documents transmis par mon équipe, et que j'ai analysés.

— Justement, cette analyse aurait dû vous conduire à ne pas recommander l'achat. Alors, dites-moi, comment avez-vous procédé ? »

En voyant la tête de cet homme presque chauve penchée vers moi, sans aucun doute persuadé d'avoir réussi et tout compris à la vie, je sentis une grande lassitude m'envahir. En quelques semaines seulement, ce travail répétitif était devenu d'un ennui mortel. La connaissance récente de mon aisance financière insoupçonnée me donnait sans doute bien plus de courage que je n'en aurais eu en temps normal, mais je décidais de jouer franc-jeu. J'en avais assez, et je ne me voyais pas maintenir cette imposture plusieurs années, dans ce bureau, à faire semblant d'analyser des données sans intérêt pour générer des profits qui ne seraient jamais redistribués à ceux qui, tout en bas de l'échelle, nous confiaient leur argent en pensant prendre leur part du gâteau, alors que nous ne leur offrions que des miettes. Je fixai monsieur Hue dans les yeux et lui répondis, avec un grand sourire : « comment j'ai fait ? C'est très simple, monsieur : j'ai tiré aux dés. »

Je lus, une fraction de seconde, la surprise se mêler à la stupéfaction sur son visage puis, tout en se levant, il éclata de rire, venant vers moi et me tapotant l'épaule : « Vraiment, c'est la meilleure ! Je ne vous savais pas humoriste ! » Il redevint sérieux en un instant, debout devant moi, alors que j'ignorais si je devais me lever ou rester assis. Il fit mine de s'assoir à moitié sur son bureau, un grand sourire aux lèvres. « Nous avons pensé à vous pour une promotion.

— Ah bon ?

C'était stupide. Il pouvait lire sans peine la surprise sur mon visage.

— Mais oui ! Votre équipe et vous avez accompli un travail des plus intéressants, et remarqué. Vous avez révélé des qualités de manager que nous ne soupçonnions pas.

— Et quelle serait cette promotion ?

— Vous prendriez la direction d'un service entier, dédié à l'analyse des sociétés de la nouvelle économie. Cela impliquerait de fréquents déplacements, mais il est de notoriété publique qu'à l'avenir vos attaches familiales risquent d'être plus... distendues.

— J'ignorais que mon futur divorce était connu de tous.

— Stell... Mlle Barouch en a répandu la nouvelle... Mais je ne pense guère vous surprendre, vous la connaissez bien, vous aussi... »

Je compris en un instant que Stella avait batifolé avec mon directeur, ce qui ne m'étonna guère : il ne manquait qu'un clin d'œil égrillard pour que ce qu'il voulait me faire comprendre prenne la force d'une évidence.

— Des déplacements fréquents ?

— Vous devrez visiter et enquêter sur ces entreprises sur les lieux mêmes de leur activité : Europe, Asie, Amérique... Vous serez rarement chez vous, et vous allez avoir une belle collection de miles dans les compagnies d'aviation !

— Et où est-ce que je serais basé ? Je conserverais mon équipe ?

— Vous les avez assez formés pour qu'ils volent de leurs propres ailes ! Nous discutons encore la localisation de votre futur service. Vous savez que si notre compagnie a son siège à Paris, nous appartenons à une Holding installée à Londres. Les deux emplacements sont possibles. Vous n'avez rien contre une expatriation ?

Les choses allaient trop vite. Beaucoup trop vite. Je n'avais aucune envie d'aller m'établir loin de Toulouse, et surtout pas dans la grisaille parisienne, à enchaîner les embouteillages avec les vols longs-courriers, pour finir riche peut-être, mais assurément seul. Si maitre Hilde ne m'avait pas menti, j'étais bien assez riche. Il était temps de prendre le contrôle de ma vie, et de cesser de suivre le courant dans lequel s'était engagé mon *alter ego*. Quoi que puisse en penser le Dr Millet, c'était à présent *ma* vie, et que ce soit à la suite d'un traumatisme hypothétique ou d'une singularité de l'espace-temps, j'avais investi ce corps, endossé son histoire, atterri dans ce monde, et je me devais d'y faire *ma* place. Je repensai à la célèbre maxime du vieux poète latin Pindare : *deviens ce que tu es, lorsque tu l'auras appris.* Je savais qui j'étais. Il fallait à présent que ma volonté me libère. Je regardai monsieur Hue dans les yeux, et il en fut surpris. C'est sans aucune excitation que je lui répondis :

— Je me dois de réfléchir à votre proposition, et d'en discuter aussi avec ma famille, qui ne se limite pas à ma femme. Vous me proposez un choix de vie qui mérite d'être examiné de façon rationnelle.

— Certainement, je vous comprends, voyez cela ce week-end, nous en reparlerons la semaine prochaine. Vous n'allez pas tout jouer aux dés ! Il souriait, satisfait de son bon mot. Je me levai, lui serrai la main et partis.

Une fois de retour dans mon bureau, je remarquai sur mon téléphone un mail provenant d'une adresse exotique. Alexei m'avait répondu. Je fus surpris, ne m'attendant guère à une réaction aussi rapide, sans parler de son contenu : « *Mon ami, j'ai rapidement vérifié votre travail, dont je ne puis que vous confirmer la cohérence. Toutefois, je ne vous donnerai qu'un seul conseil : brûlez-le. Ce dont vous me parlez, c'est de légitimer par la physique un cas de possession, et chercher dans cette direction une improbable fusion entre connaissance et spiritualité peut être dangereux. De nombreux esprits, bien supérieurs aux nôtres, en ont été conduits à la folie. Je ne citerai que votre compatriote Alexandre Grothendieck, et mon Grigori Iakovlevitch Perelman, que la virtuosité mathématique a extrait de la réalité du monde sensible. Ce que vous vivez est dangereux. Là où vous dites « trous de vers », je vois l'œuvre du malin, car le mal existe. Je prierai pour vous, et vous engage à faire pratiquer au plus vite sur vous un exorcisme afin de chasser ce démon qui semble vous avoir investi. Je réalise que je m'adresse peut-être, par votre entremise, au Malin lui-même, qui lira cette lettre. Vade retro. Ne me contactez plus jusqu'à ce qu'un homme d'Église ait extirpé la bête qui vit en vous. Ne craignez rien, on veille sur nous d'en haut.* »

Visiblement, Alexei et moi, malgré notre proximité intellectuelle, ne partagions pas la même vision du monde. Selon mon point de vue, l'arsenal de la bondieuserie orthodoxe obscurcissait son entendement, et, selon le sien, mon absence de croyance m'empêchait d'avoir les idées claires. Je n'avais pas pensé, il est vrai, à l'hypothèse selon laquelle j'étais moi-même quelque démon tentateur ayant pris possession du corps d'un pécheur impénitent. Mais même si les souvenirs de ma vie avec Anne n'étaient pas tous merveilleux, on ne pouvait toutefois pas les identifier à une image acceptable de l'enfer. Alexei ne me serait donc d'aucun secours, et je n'en espérais pas beaucoup plus de Lana. Je resterais donc probablement seul à réfléchir au sens de mes hypothèses, à tester leur véracité et à devoir départager ma position instable entre la raison et la folie.

Rentrant à la maison, je trouvai Christelle au téléphone avec une de ses amies. Ses valises, prêtes depuis la veille, étaient ouvertes et à moitié vides. Je compris tout de suite que Sébastien lui avait fait faux bond. J'allai voir les filles. La rentrée approchait, elles passaient leur temps à supputer les compositions possibles des classes qu'elles intégreraient, et à deviner les professeurs qu'elles auraient. Juliette avait entamé un léger programme de révisions en mathématiques, qui n'étaient pas sa matière préférée. C'étaient des jeunes filles saines et sérieuses, et je devais reconnaître que Christelle et mon *alter ego*, pour peu qu'il y ait participé, avaient parfaitement réussi leur éducation. Je trouvai Juliette au téléphone avec son Bruno, et Élodie qui changeait les posters de sa chambre, remplaçant les chanteurs athlétiques par de frêles chanteuses qui m'étaient tout aussi inconnues. Elle me posa des questions sur « sa » nouvelle maison, et je promis de les emmener, elle et sa sœur, la visiter dès que possible.

Lorsque je croisai Christelle, elle me fit un pauvre sourire, mais ne me dit pas un mot. Son maquillage avait coulé. Il n'était pas besoin d'en dire davantage. Secrètement, j'eus honte d'en être heureux, et, refusant de rejoindre Stella qui m'avait appelé, prétextant la rentrée prochaine, je passais le week-end à essayer, avec les filles, de la distraire.

*

Notes du Dr Millet.

  Ai reçu ce jour, envoyé par son médecin traitant le Dr Protero, M. Gérard Busca, qui relève apparemment d'un trouble dissociatif de l'identité (TDI). Bien qu'il ne signale aucune souffrance particulière, il m'a indiqué avoir l'impression d'occuper la vie d'un autre, et que ses souvenirs ne sont pas ceux de celui dont il occupe la vie. Il se souvient ainsi d'être resté professeur, et pas d'être devenu cadre. De même, il n'a aucun souvenir de sa femme actuelle et de ses deux enfants. L'alter auquel j'ai eu affaire s'est manifesté depuis une croisière, pendant ses vacances, et, fait assez exceptionnel, ne semble pas avoir depuis fait une place à l'identité antérieure, qui ne se manifesterait plus. Le sujet ne présente aucune manifestation organique fréquente dans les TDI, comme les migraines. Lors de mon interrogatoire, il est resté particulièrement calme, ne manifestant aucun mouvement involontaire des doigts ou autres signes indiquant l'activité inconsciente du second alter. Il n'a avoué à sa femme que des pertes de mémoire, et se situe en ce moment en plein divorce, qui se déroule toutefois bien. C'est un mari qui m'a avoué sans difficulté être peu fidèle, l'alter actuel ayant déjà trompé sa femme à plusieurs reprises depuis sa manifestation, le précédent étant décrit comme encore plus volage.

  Il m'est apparu que dans ce cas, aucune réminiscence traumatique ne se manifestait clairement. M Busca occupe un poste à responsabilités dans une grande entreprise, et ce avec succès. Toutefois, il aurait découvert récemment, dans des notes qu'il ne se souvient pas avoir écrites (une manifestation classique des TDI) des informations le laissant penser qu'une de ses filles n'est pas de lui. C'est peut-être à ce niveau que se situe le traumatisme d'un individu fortement engagé dans sa relation avec sa femme, en laquelle il a eu une absolue confiance, et qui a découvert que celle-ci, pour laquelle il s'est totalement investi, j'irais même jusqu'à dire perverti, n'a pas été à la hauteur de sa confiance. L'infidélité, pourtant ancienne, de sa compagne, pourrait être l'événement traumatique dissociatif. L'alter qui a disparu (que je nommerais « le cadre », par opposition à l'actuel, « le professeur ») a dû réaliser cette découverte bien avant son voyage, et la dissociation ne s'est produite qu'à la faveur d'une baisse drastique du niveau de stress auquel était soumise cette identité.

Je fais l'hypothèse que dans ce cas atypique, l'ancienne identité se manifesterait uniquement lors des rapports sexuels, « le professeur » reconnaissant qu'il n'avait jamais, dans ses souvenirs actuels (faux), séduit des jeunes femmes aussi facilement qu'à présent. Il m'a confié avoir ressenti une étrange impression de distanciation lors d'un de ses rapports, qu'il a mis sur le compte de son désintérêt pour sa partenaire, mais que je puis interpréter comme étant un symptôme dissociatif révélant l'activité sous-jacente de son ancienne identité, voire la mise à l'écart temporaire, lors de cette relation, du « professeur » par le « cadre ». À l'appui de cette hypothèse, M Busca a lui-même reconnu ne « pas se reconnaître » parfois lors de ses rapports avec sa maitresse actuelle.

Il semble possible de traiter ce monsieur au moyen de neuroleptiques facilitant l'alternance de l'expression des alter, et pouvant déboucher à l'avenir sur leur fusion. En conséquence, ai prescrit Chlorpromazine Largatyl 25 mg quotidien avant d'envisager une hospitalisation volontaire, le patient ne présentant aucune dangerosité ni pour lui, ni pour son entourage. L'hospitalisation favoriserait une meilleure posologie et des entretiens quotidiens permettant de progresser vers la guérison, qui devrait nécessiter environ trois à quatre semaines de traitement.

20 - London call

La semaine de la rentrée passa en un éclair. Élodie, guidée par sa sœur, découvrait le lycée, nous abreuvant de ses commentaires quotidiens, et Juliette, à présent en terminale, se jetait avec ardeur dans le travail et la lecture. Des deux filles, c'était elle qui, paradoxalement, souffrait sans doute le plus de notre séparation prochaine.

Elle ne semblait pas me tenir rigueur du comportement de mon *alter ego* à son égard. Il était aussi possible qu'elle soit, comme moi, sensible à la détresse muette de sa mère. Christelle traversa cette semaine l'air absent, le regard tourné en elle-même, réagissant avec retard lorsque nous lui parlions. La rénovation de ma nouvelle maison avançait, et je devrais bientôt quitter le domicile « conjugal », avant même d'avoir signé la convention de divorce qui officialiserait notre séparation. Je me sentais mal à l'aise d'abandonner Christelle dans cet état, et aussi, étrangement, coupable d'en avoir été en partie, bien qu'en réalité de façon involontaire, à l'origine.

En fin de semaine, alors que je lisais mes mails, j'eus une surprise. Un message de Lana. Visiblement, elle avait conservé mon adresse.

« *Bonsoir,*

J'ai reçu votre longue lettre, qui m'a surprise et amusée. Tout d'abord, j'ai bien cru qu'elle ne s'adressait pas vraiment à moi, mais ensuite, elle m'a donné à réfléchir. Vous vous y montrez aussi imaginatif que perspicace. Peut-être pourrions-nous en discuter ensemble ? De toute façon je voulais vous revoir. Je serai de passage à Londres la semaine prochaine. Je ne reprends l'avion que dimanche, nous pourrions nous y retrouver, si vous le pouvez et en avez le désir. »

Le désir. Pour l'instant, mon seul désir était que Christelle aille mieux. Elle avait eu le courage de proposer notre séparation, de supporter des années le secret de la naissance de Juliette et les infidélités de mon *alter ego*, et au moment où tout devrait s'arranger pour elle, elle passait ses soirées au bord des larmes. Le désir. Je repensais à Lana. Pouvait-il naître quelque chose entre nous ? En avais-je envie ? Non, mais une nuit avec elle… Curieusement, cela ne me faisait pas rêver. Outre le fait que la belle offrait visiblement des prestations tarifées, je me sentais mal lorsque je comparais cette liberté qui était la mienne, et la situation de Christelle. Nous aurions dû tous deux retrouver notre liberté, or, je continuais simplement à jouir de la mienne, alors que la sienne ne la conduisait que vers de nouvelles chaînes. Je me sentais coupable d'être heureux, de ressentir du plaisir avec une femme alors que Christelle était privée de cela avec un homme. Du moins, c'est comme cela que j'expliquais mon malaise à ce sujet.

Toutefois, je voulais rencontrer Lana : elle était peut-être la seule à pouvoir me comprendre. Il y avait une chance qu'elle ait vécu la même chose que moi, et, dans ce cas, l'hypothèse du Dr Millet sur mon état mental se verrait définitivement invalidée. Il fallait que je sois certain qu'elle ne m'ait pas joué la comédie de la séduction.

J'allais chercher les médicaments prescrits par le spécialiste. Je ne les pris pas immédiatement, n'en ayant aucune envie. Je n'avais pas encore parlé de tout cela à Christelle, pensant que ce n'était pas le moment, qu'elle avait déjà bien trop de sujets d'inquiétude pour y rajouter l'éventuelle santé mentale déficiente de son futur ex-mari… Mais j'étais las de croiser le soir, une fois les filles couchées, le fantôme blafard et mutique de la femme que j'avais aimée. Sans Christelle pour l'animer, sans la vie qui y était insufflée par les filles, cette maison, qui parlait si peu de moi, devenait un théâtre d'ombres où se jouait une tragédie pourtant évitable.

Christelle était assise, regardant une série sans vraiment la voir. Elle avait vidé deux ou trois verres d'alcool, ce qui n'était guère dans ses habitudes. Je m'assis à côté d'elle. « Christelle, tu ne peux pas continuer comme ça. Je te vois, nous te voyons tous accablée et malheureuse. Dis-moi ce qui ne va pas, parle-moi, même si je suis sans doute le dernier avec qui tu as envie de le faire… »

Elle baissait les yeux, renfermée, douloureuse. J'avais envie de la serrer contre moi, envie de sa chaleur, de sa présence. Je m'installai contre elle, mettant mon bras sur son épaule. J'allais peut-être devoir lui mentir un peu, mais, cette fois, c'était pour son bien. Enfin, cela me réconfortait de le penser.

— J'ai été consulter le Dr Millet.

— Pourtant, tu ne le voulais pas…

— Je voulais savoir ce qui m'arrive. Je voulais surtout avoir un avis d'expert, même si j'ai mes propres idées…

— Et alors ?

— D'après le Dr Millet, j'ai changé d'identité. Pour une raison inconnue, ma mémoire a été « décapée » jusqu'à l'époque où je t'ai connue, puis emplie de faux souvenirs. Il m'a donné un traitement et, comme vous le pensiez, avec ton ami, il a proposé que je rentre dans sa clinique…

— Mon ami… Que vas-tu faire ?

Je m'accroupis devant elle, et levai mon regard vers son visage, afin de plonger dans le sien.

— As-tu réellement envie que ton « ancien » mari revienne ? Tu as décidé de le quitter, il est parti, même si son corps est toujours là. Je ne suis plus le même, et je voudrais que tu le comprennes, même si c'est une situation assez inhabituelle, voire fantastique. Veux-tu réellement revoir celui qui te faisait souffrir ?

— Je… Je ne sais plus… C'est bien assez compliqué comme ça. Elle secouait lentement la tête, je sentais la fragilité du barrage de ses paupières, les larmes qui venaient. Je repris ma place à ses côtés.

— Sébastien n'a rien dit à sa femme, c'est ça ?

— C'est un lâche… Il me dit qu'il m'aime, mais il doit toujours parler à sa femme la semaine prochaine, puis c'est le jour suivant, et encore, et encore…

Elle s'interrompit, secouée de sanglots. J'étais désespéré et je sentais, moi aussi, des larmes qui me venaient aux yeux. Je ne supportais pas de la voir dans cet état.

— Tu es réellement amoureuse de cet homme ?

— Je n'en sais rien, je ne sais plus rien ! cria-t-elle presque tout en se jetant contre moi. J'étais bouleversé. Je la serrais, je sentais les tressaillements de son corps. Je pris sa tête entre les mains, troublé par le parfum suave de sa chevelure. Lorsque nos regards se croisèrent, elle eut un reniflement, puis une expression surprise.

— Que t'arrive-t-il ? Pourquoi tu pleures, toi aussi ? En vingt ans, je ne t'ai jamais vu pleurer…

— Celui que tu as connu pendant vingt ans n'existe plus, c'est tout. Celui que tu as devant toi est sensible à ta peine.

— Salaud… Si c'était vrai… Tous pareils…

Les mots sortaient difficilement de sa gorge serrée. En soupirant, je pris sa main entre les miennes, et lui parlai le plus doucement que je pus, le plus sincèrement aussi, sans doute.

— Écoute, en ce qui concerne les salauds, je crois avoir une sacrée expérience… Alors, raconte-moi tout ce qui se passe, toute l'histoire. Je ne t'en voudrai pas, tu sais, je n'en ai pas les moyens.

Un dernier regard et, dans la lueur changeante qui sortait du grand écran de télé, elle me raconta son histoire d'amour avec Sébastien.

Elle s'était investie, elle y avait cru, elle avait même accepté pour lui d'affronter mon *alter ego* pour un divorce qu'elle pensait difficile, mais ma réaction inattendue avait révélé la véritable nature de Sébastien : la condition d'amant et de maitresse lui convenait parfaitement, et il n'avait jamais eu réellement envie de laisser tomber sa femme. À la rigueur, il s'y serait résolu si Christelle avait pu obtenir la majorité de mes biens. Il était hypocrite et intéressé. Christelle lui avait laissé jusqu'à la fin de la semaine pour choisir sa voie : soit il parlait à sa femme et ils partaient ensemble le week-end prochain, soit il ne le faisait pas, et tout serait fini entre eux. Dans l'attente d'un appel de Sébastien, Christelle doutait, souffrait de se sentir responsable, n'arrivant plus à me maudire aussi facilement, pensant sans cesse à ses filles, à sa vie seule avec elles si Sébastien la repoussait, à son manque d'assurance... Là, je ne pus m'empêcher d'intervenir.

— Toi, manquer d'assurance ? Mais regarde-toi, Christelle ! Tu es une femme magnifique, épanouie, dans la plénitude de son charme. Tu es superbe, Christelle, et je ne m'en rends compte que lorsque c'est trop tard, comme tous les hommes...

— Tu peux le dire !

Elle eut un léger sourire, se serrant à son tour contre moi. J'étais bien. Je ressentais sa présence, son odeur, sa chaleur de femme. J'avais envie d'elle, mais, ce soir-là, je me contentai de l'étreindre. Sa respiration se fit plus régulière. J'eus une idée. C'était peut-être un va-tout, mais après tout, je n'avais rien à perdre.

— Tu m'as demandé si je comptais me soigner... Je n'en ai pas envie. Mais avant de prendre une décision définitive, je dois voir un spécialiste réputé, à Londres... Je partirai vendredi prochain, pour revenir dimanche soir. Si ton Sébastien ne se décide pas, quitte-le pour de bon, tu mérites mieux. Et pour te changer les idées, tu pourrais me rejoindre à Londres, le samedi. On y passera le week-end.

— Et les filles ?

— Juliette est assez grande pour rester seule à la maison avec sa sœur. Si on lui proposait d'organiser une fête de rentrée à la maison, avec ses copines ?
— Ça, ça lui plairait, mais tu la laisserais faire ? Tu lui ferais confiance ?
— C'est ta fille, et tu l'as fort bien élevée.

Il y eut un silence, puis j'entendis, comme dans un murmure, un aveu qui me confortait dans ma duplicité : « non, décidément, je n'ai pas envie que mon mari revienne. Quelle que soit sa maladie, je préfère mon futur ex-mari ».

J'étais heureux, mais j'avais mal en dedans en pensant qu'encore une fois, je devais lui mentir. Nous sommes restés pelotonnés ensemble un long moment. Christelle, épuisée par la tension nerveuse, s'était assoupie. De peur de la réveiller, je n'osais bouger. Comme la télécommande était hors de ma portée, je dus subir les programmes de la nuit jusqu'à une heure avancée, ce qui me permit au moins de constater qu'ils étaient moins indigents que ceux de la journée. Avant de nous séparer pour la nuit, Christelle me dit merci. J'en fus profondément touché, et c'est le cœur léger que, pendant son sommeil, je sortis jeter discrètement la boite de médicaments dans l'égout.

Le lendemain, j'eus la surprise de voir Serge, mon collaborateur gay, débarquer à l'improviste dans mon bureau. Il était inquiet, le bruit de ma promotion s'étant répandu comme une trainée de poudre. Parmi mes assistants, chacun espérait secrètement me remplacer, mais ils s'étaient pris au jeu de mon organisation tournante, des responsabilités qu'elle leur donnait à tour de rôle, et ils voulaient savoir si je comptais recommander son maintien à mon successeur qui, Serge ne pouvait pas le savoir, n'en aurait pas un besoin aussi vital que moi.

S'il y avait un successeur. Car je me posais sérieusement la question. Mon « activité » professionnelle ne m'apportait que peu de satisfactions en dehors des deux heures par jour que je m'empressais à consacrer à la lecture de sites, de livres ou de revues, recherchant toujours l'origine de ma situation, et ses éventuelles implications cosmologiques. J'avais mis au point mon petit *modus operandi* depuis quelques semaines, mais je ne me voyais pas maintenir cette hypocrisie à longue échéance. Je demandai à Serge d'aller chercher les autres, pour une réunion immédiate dans mon bureau.

   Ils arrivèrent rapidement, à la fois excités et inquiets. Peut-être attendaient-ils de moi que je leur annonce qui serait mon successeur. Ils allaient en être pour leurs frais. Ils étaient tous disposés face à moi. Je m'assis en porte à faux sur mon bureau, comme le faisait M. Hue, et je parcourus du regard mon équipe. Ils étaient jeunes, talentueux, et pourtant possédaient le regard déjà usé de ceux qui se sont résignés à suivre une voie qui n'était pas celle où leurs désirs profonds les auraient conduits. Ils travaillaient presque en continu, brûlaient leur jeunesse, s'adonnaient déjà au jeu ou à l'alcool. Il y avait là Serge, fin et élégant, Daniel, trapu, et dont le travail semblait être la seule raison de vivre, Sarah, un peu ronde, qui affectionnait les sacs hors de prix, passait une partie de ses nuits à suivre l'évolution des marchés d'Amérique, et aurait été probablement flattée que je veuille coucher avec elle ; Karl, taciturne, visiblement déjà un peu trop porté sur la bouteille, et enfin Francine, grande, mince, qui se demandait déjà à quel moment de sa vie professionnelle elle pourrait lever le pied pour faire un enfant, et cesser de prendre des cachets pour dormir. Je les regardai les uns après les autres, leurs âmes fatiguées sous leur apparence de jeunes loups dynamiques, leurs fêlures, toute cette énergie qu'ils vendaient à cette entreprise. Je me faisais l'effet d'un Hercule Poirot ayant réuni ses suspects et s'apprêtant à confondre le coupable. Ils finiraient tous rongés par le stress, le cholestérol, le tabac et la rancœur de ne pas avoir profité de leur vie. Je pris conscience du silence qui s'était installé, de ces cinq personnes brillantes qui attendaient, fébriles, que je parle. « Vous savez que l'on m'a proposé un poste plus important. Je ne vais pas l'accepter ». Je lus de la déception sur certains visages. « Je ne vais pas rester non plus à mon poste actuel, qui pour moi n'offre plus d'intérêt ». Là, ce fut de la surprise qui emplit leurs regards. Je marquai une pause, savourant mon effet. Cela me changeait, en comparaison des élèves que j'aurais dû retrouver à cette époque, de parler devant des gens calmes et intelligents. « Je pense quitter la société, et fonder ma propre entreprise. Mais cette structure, je suis incapable de la créer seul. Vous, ensemble, vous pouvez le faire. J'ai pensé à ces gens qui nous confient leurs fonds, que notre employeur actuel rémunère à trois ou quatre pour cent, alors que nos analyses nous montrent qu'elles nous rapportent entre trois et quatre fois plus. Nous pourrions fonder une société financière d'investissement pour la trésorerie des petites et moyennes entreprises, celles qui n'ont pas accès aux subtilités du marché. Je pense que nous pouvons nous en sortir, ensemble. La seule question, c'est de savoir si vous voulez continuer de vous sacrifier pour le bénéfice de notre employeur actuel, ou si vous voulez reprendre le contrôle de vos vies.

— Et vous dirigeriez cette entreprise, bien entendu, hasarda Daniel.

— Pas du tout. Je me contente d'apporter des fonds. Nous votons pour savoir qui dirige. Au bout d'un an, on change. Et ainsi de suite. Chacun de vous, si vous êtes intéressés, dirige à tour de rôle. Je ne prendrai pas de salaire avant deux ans, et, même ensuite, je me contenterai d'une somme modique. Vous toucherez davantage. »

Ils commençaient à discuter entre eux, me posant parfois des questions de droit ou de finance que je ne comprenais guère, ce qui me permettait de leur répondre d'en discuter ensemble. Déjà, l'idée que j'avais semée commençait à germer. Maître Hilde vérifierait la paperasse que mes ex-collaborateurs ne manqueraient pas de produire, si l'affaire les intéressait. Dans le cas contraire, je me voyais bien créer une école privée pour les bons élèves, ceux qui souffrent au quotidien, qui sont ostracisés parce qu'ils refusent la médiocrité ambiante des salles de classe ; ou bien redevenir professeur, à mi-temps. Je demandai à l'équipe de réfléchir à ma proposition le week-end et de me donner son avis la semaine suivante. Sarah fut la dernière à sortir de mon bureau. Juste avant de franchir la porte, elle se retourna, me dévisagea une seconde avant de me demander : « Mais, monsieur, si nous nous occupons de l'entreprise, vous, que ferez-vous ? »

— De la physique, Sarah, de la physique, » fut ma seule réponse. Mais je ne pense pas qu'elle comprit réellement ce que je voulais dire. Moins d'une heure plus tard, alors que je lisais paisiblement un article après avoir commandé les billets d'avion et de quoi passer un agréable séjour à Londres, Stella déboulait dans mon bureau comme une furie.

— Qu'est-ce qui te prend ? Tu veux fonder ta boite ? Mais c'est n'importe quoi ! Et au moment où on veut t'envoyer à Paris, en plus ! Mais qu'est-ce qui ne va pas, chez toi ?

— Ma personnalité, apparemment, mais comment es-tu déjà au courant ?

— Je le sais, et cela suffit ! Ce n'étaient pas nos accords !

— Nos accords ?

— Tu devais être promu après l'affaire des caïmans, et me faire monter avec toi à Paris. Tu as déjà oublié, comme par hasard ? Je veux être la femme d'un ponte, moi, pas du petit patron d'une boite minable de province !

— Alors trouve-toi quelqu'un d'autre, ce ne devrait pas présenter pour toi de difficultés majeures, je crois, d'après ce que m'a dit M. Hue…

En colère, Stella était magnifique. Ses yeux brillaient de rage, sa superbe poitrine se soulevait à un rythme indécent. Jamais je n'aurais cru possible d'en arriver un jour à repousser les avances d'une aussi belle femme, dont la fureur renforçait encore les attraits.

— Je n'y crois pas ! J'ai attendu des mois, des mois pour devenir ta femme, et maintenant que tout va être possible, tu me jettes ! En fait, tu t'es bien amusé avec moi et tu me jettes !

— Non Stella. *Nous* nous sommes bien amusés ensemble, et *on* se jette mutuellement. Je sais très bien que tu vois d'autres hommes, et à la limite, même, je m'en moque. Ce qui me pousse à te quitter, c'est tout simplement que je ne suis pas amoureux de toi. Je te désire, j'ai envie de toi en permanence, dès que j'ai l'imprudence de penser à toi, mais, sincèrement, je ne t'aime pas. Et tu sais très bien que tu ne m'aimes pas non plus. Si je dois passer ma vie au côté de quelqu'un, je veux que ce soit une personne qui m'aime pour ce que je suis, pas pour ce que je possède. Tu es mon égale. Tu n'as pas besoin de moi.

— Mais qu'est-ce qui t'est arrivé ? C'est quoi ces conneries ? T'as quinze ans ou quoi ? Je m'en fous que tu m'aimes ! Je veux juste que tu t'occupes de moi ! C'étaient nos accords ! Toi et moi, libres jusqu'au mariage, chacun de notre côté, tant qu'on restait discrets !

— Le moins que l'on puisse dire, c'est que tu n'étais pas très discrète !

— Et je pourrais l'être encore moins, sur tes petites affaires !

— Ce qui t'amènerait à expliquer comment tu en aurais eu connaissance, ce qui, si je le comprends bien, signifie le piratage de fichiers de l'entreprise, ou ceux de banques… Je suis certain que tu ne désires pas cela. Restons-en là, Stella.

Stella marqua un temps d'arrêt. Je pouvais presque entendre les rouages tourner dans sa jolie tête, pesant le pour, le contre…

— De toute façon, depuis que tu es revenu de Floride, tu ne bois plus, tu ne joues plus, et maintenant tu ne veux même plus qu'on baise ! Mais t'es devenu chiant ! C'est pas toi qui me jettes, c'est moi qui ai trouvé mieux ailleurs ! Et ce n'était pas difficile !

Ce furent les dernières paroles de notre entretien, hurlées derrière la porte qui se refermait, à la stupéfaction amusée des confrères présents.

Je me laissai aller dans mon fauteuil. Je détestais ces disputes, et peut-être, je me reprochais déjà d'avoir brisé ma relation avec Stella. Certes, elle ne m'aimait pas, mais quelle amante ! Toutefois, on ne pouvait pas lui faire confiance... Je repensais soudain à l'attitude de maitre Hilde, qui m'avait demandé si mon bureau était *sûr*... Je fouillai la pièce, et je ne tardai pas à découvrir que ce que j'avais pris pour une espèce d'objet d'art moderne était en fait une caméra connectée. Stella m'espionnait, pour son compte, ce qui aurait été un moindre mal, ou pour ma hiérarchie, ce qui serait bien plus gênant, et me poussait encore davantage à prendre le large. Je résolus de voir M. Hue au plus vite afin de lui annoncer mon départ de la société.

Le week-end aurait pu bien se passer. Christelle était partie sans rien me dire de précis le vendredi soir, ses valises étant restées bouclées, cette fois-ci. Juliette et Élodie étaient surexcitées à l'idée d'organiser une fête de rentrée pendant que je serais à Londres, mais Christelle avait insisté pour qu'elle se déroule surtout l'après-midi, et non toute la nuit, et pour limiter le nombre de participants à une quinzaine environ. C'était une sage précaution.

Le samedi, je reçus un message me signalant la livraison des meubles de ma nouvelle maison, qui venaient d'arriver d'Italie. J'emmenai les filles pour m'aider et visiter mon futur domicile. Elles le trouvèrent un peu petit et furent étonnées par les nombreux rayonnages déjà chargés de livres. Élodie adorait les meubles de citronnier qui me furent livrés. Nous avons disposé ensemble les guéridons, les fauteuils et les chaises. Lorsque Juliette découvrit le bureau marqueté, chef d'œuvre d'équilibre sur ses pieds fins et ambrés, elle voulut immédiatement le même. Je le lui promis comme cadeau si elle obtenait une bonne mention pour son bac, une éventualité dont nous savions tous deux qu'elle était des plus probables. Les canapés Chesterfield plurent beaucoup à Élodie, moins à sa sœur, qui, lorsqu'elle vit le jardin japonais que j'avais fait installer, y courut comme une folle, tout excitée, s'extasiant sur les arbrisseaux bien taillés, les rochers, le sable ratissé et les carpes colorées.

  Elle me fit le plan d'un charmant pavillon japonais qui, selon elle, agrémenterait le jardin, et me montra plusieurs photographies sur son téléphone. Nous nous étions installés près du petit étang aux carpes et, pour la première fois, j'eus une réelle discussion avec elle. J'avais devant moi une jeune personne agréable et intelligente, dont les goûts correspondaient largement aux miens. Je discutais avec elle comme j'étais habitué à le faire avec mes meilleures élèves, sans qu'il soit question d'autorité ou de hiérarchie, et avec un grand respect mutuel. Je ne pourrais sans doute jamais voir Juliette ou Élodie comme « mes » filles, mais leur compagnie m'était des plus agréables. Après avoir discuté de ses lectures, nous avons comparé nos auteurs japonais préférés, et elle fut surprise que je puisse lui réciter des citations ou des poèmes. Élodie, entre deux SMS, nous écoutait, étonnée. À la fin, Juliette osa me poser une question qu'elle devait hésiter à libérer depuis quelques minutes :

— J'ignorais que tu t'intéressais aux mêmes choses que moi. Ça me fait plaisir d'en parler avec toi… Pourquoi tu ne l'as jamais fait avant ?

— Parce ce que je n'étais pas là, dans tous les sens du terme…

— On va faire les courses ? Il n'y a rien dans ta cuisine !

Élodie nous interrompit avec un aplomb qui me fit penser qu'elle était peut-être jalouse de sa sœur. Je ne tenais toutefois pas encore à m'installer définitivement dans ma nouvelle maison, loin de Christelle, et je lui proposais de me donner son avis sur la décoration, et de choisir notre restaurant, ce qui eut pour effet de nous diriger vers le KFC le plus proche. Contre mes préventions, je dois avouer que nous y avons passé un bon moment. Je mis Juliette mal à l'aise en lui demandant si elle devait voir Bruno ce soir. J'appris ainsi qu'il avait ce week-end

« une compétition », mais je ne la questionnais pas davantage. Elle était largement en âge d'avoir son jardin secret.

Le soir venu, je triais encore, au grenier, les livres que j'allais emporter. J'en fis une pile dans de vieux cartons que je stockai provisoirement au garage, en mettant certains dans le coffre de la voiture. Je triai aussi des revues anciennes, et je commandai des reproductions d'estampes japonaises et de photographies d'observatoire pour décorer mon futur intérieur. En remuant un des livres, j'y retrouvai la photographie de Christelle, jeune fille, me souriant au lever du lit, les épaules dénudées. Elle était follement séduisante. J'en commandai un agrandissement encadré, comptant l'installer dans mon bureau. Même si nous devions nous séparer, Christelle était le lien, l'évident point commun avec ma vie dans le monde dont j'étais originaire, et c'était aussi, dans cet univers ou dans le mien, la seule, sans doute, à m'avoir aimé de façon sincère.

Il était presque minuit lorsque mon téléphone laissa entendre la sonnerie annonciatrice d'un message. C'était Christelle. « Je prends un train de nuit. Je serai à la gare Matabiau à 6 h. Peux-tu venir me chercher ? » Je répondis par l'affirmative, en lui demandant de m'appeler si elle le voulait. De toute cette nuit, où je dormis peu, mon téléphone resta muet. À 6 heures, le lendemain, Christelle m'attendait sur le parking de la gare. Je mis ses valises à l'arrière, la malle étant encombrée de mes cartes et mes livres, et, sans un mot, elle s'installa à côté de ces dernières, sur la banquette arrière, loin de moi. Une fois à la maison, elle rangea ses affaires sans rien dire. Soit elle était sous le coup d'une colère intense, soit elle souffrait. Je ne savais que faire. Les filles n'allaient pas se lever de sitôt. Je restais inutile, les bras ballants, ce qui énerva encore plus Christelle. À la fin, elle se mit à me crier dessus : « Qu'est-ce que tu fais là ? Qu'est-ce que tu cherches ? Qu'est-ce que vous voulez tous ? Mais va-t'en, va-t'en ! Je veux être seule, je suis toujours seule ! On ne peut jamais vous faire confiance… Va-t'en ! » Elle prononça ces derniers mots d'une voix chevrotante, avant de s'effondrer et de retenir ses larmes à grand-peine, repliée sur elle-même, sur le canapé. Je tentai de m'approcher, en vain : « Ne me touche pas ! Va-t'en ! ». Cette fois, je plongeai mon regard dans le sien, et je trouvai la force de lui répondre : « Lorsque je te vois comme ça, Christelle, je n'ai pas envie de partir, mais de rester avec toi. Si c'est ce que tu désires, je pars. Mais je n'en ai pas envie, sache-le. »

Je partis, dans ce petit matin trop froid, vers ma nouvelle maison, emportant ma cargaison de vieux livres, augmentée des nouveaux que je m'étais fait livrer. Je les installai sur les rayonnages, puis je montai les lits, qui attendaient de l'être. Je n'avais presque pas d'outils, hormis ceux contenus dans la trousse de secours de la voiture, et cela me rendait le travail difficile. Je me promis d'aller prochainement dévaliser un magasin de bricolage, désirant pouvoir travailler de mes mains. Lorsque j'eus fini de monter ce qui serait mon lit, après avoir mis en place le matelas, je me pris à rêver en me demandant quelle serait la femme, ou les femmes, soyons fous, avec laquelle je pourrais y dormir. J'avais beau chercher, un seul nom revenait obstinément envahir les arcanes de mes désirs.

De retour à la maison, je trouvai les filles silencieuses et Christelle qui déployait une activité factice dans un ménage aussi insolite qu'inutile. Le déjeuner vite expédié, je lui proposai d'aller faire un tour au jardin japonais de Toulouse, prétextant devoir y chercher l'inspiration pour réaliser les vœux de Juliette concernant mon jardin. Je pensais qu'elle refuserait, mais au contraire, nous partîmes tous deux, sinon de bonne humeur, du moins en partageant un silence acceptable.

Dans le jardin, nous marchions doucement, nous étions presque seuls, et les érables rougeoyaient d'une façon qui blessait presque l'œil. Ce fut Christelle qui brisa la glace.

— Je me suis disputée avec Sébastien… Il ne parle pas à sa femme, il ne dit rien… Pourquoi les hommes ne savent-ils que se taire ? Je ne supporte plus la compagnie d'un lâche, tu m'as suffi… Pardon, je ne voulais pas dire cela.

— Je te comprends parfaitement.

— Sébastien m'a crié que j'étais folle de retourner te voir, que tu me mentais sans arrêt, que tu avais inventé toute cette histoire de perte de mémoire pour faire le gentil, pour que le divorce se passe comme tu le voulais, et que si tu étais si conciliant, c'était que tu me cachais des choses, et que j'étais en train de me faire avoir.

Elle s'était arrêtée et, décidée et impérative, me fixait du regard.

— Je ne sais plus où j'en suis. Dis-moi, pour une fois, ne mens pas. Je te connais, j'ai l'habitude de tes mensonges. Je ne sais plus qui tu es, ce que je dois faire… Sébastien a peut-être raison. Dis-moi, sincèrement, tu me caches encore des choses ?

J'étais piégé. Lui dire toute la vérité, plus tout ce que je pensais être la vérité ? Non seulement elle ne l'aurait pas cru, mais j'aurais probablement risqué quelques années de prison pour fraude fiscale. Finir comme Capone, non merci. Cela n'aurait avantagé personne. D'un autre côté, je n'avais aucune envie de mentir à Christelle. Mon *alter ego* l'avait fait bien trop souvent. Je décidais donc de louvoyer au plus près de la vérité. J'inspirai fortement avant de me lancer.

— Oui, il y a des choses que je te cache.

— Ordure ! La claque vint avec un bruit mat. Au-delà de la douleur, il me semblait que tous les promeneurs, que tout Toulouse avait entendu le bruit de cette marque d'infamie.

— Ce que je te cache, ce n'est pas une femme ! Christelle me fixait, empourprée de colère. Et ce n'est pas un homme non plus ! ajoutai-je en feignant une grande terreur. Je vis un imperceptible sourire se dessiner sur ses lèvres, puis elle éclata de rire.

— Ha non, ça, j'en suis certaine, ce n'est pas un homme.

— Je vais tout te dire

— Encore une fois ? Et je vais te croire ?

— Tu vas y être obligée. Voilà, je quitte les assurances. Ce travail, je ne le supporte plus. Je vais peut-être fonder une entreprise avec mes collaborateurs, ou créer une école privée, ou reprendre l'enseignement. Je ne sais pas. Mais je ne supporte plus ce travail vide de sens.

Je vis le regard de Christelle basculer, lentement, vers le sol, toute sa colère et ses rancœurs dissipées par cette annonce. Lorsque, de nouveau, ses yeux rencontrèrent les miens, ils brillaient d'un éclat nouveau, réconfortant.

— Tu vas vraiment le faire ? Tu vas quitter ton travail ?

— Oui. Je l'annonce dès lundi au patron. J'ai juste besoin de savoir avant si mes collaborateurs me suivent dans l'aventure, ou s'ils restent dans l'entreprise.

— Si tu savais comme... comme je suis heureuse ! Je... Il y a des années que je voulais te le demander, mais que je n'osais pas ! C'est moi qui ai insisté pour que tu prennes ce travail, je voulais que nous ne manquions de rien, ni nous, ni nos enfants. J'ai vu comment ce boulot t'a changé, je voulais te le dire, mais je n'ai jamais trouvé ce courage, celui de te conseiller d'abandonner la voie que je t'avais forcée à prendre...

Il y avait presque, à présent, des larmes dans ses yeux. Je la pris par les épaules, doucement. Le vent de septembre faisait voleter ses mèches rousses, je ne pus me retenir d'en ramener une sur son front, en effleurant sa joue.

— Il y a bien trop de choses que nous n'avons pas osé nous dire.

De nouveau, Christelle baissa les yeux. Peut-être, à cet instant, espérai-je qu'elle me parle de Juliette. J'aurai dû, sans aucun doute, aborder moi-même le sujet, ou simplement l'embrasser, mais nous avions vécu assez d'émotions comme cela. Lentement, nous avons tous deux parcouru le jardin, profitant de la lumière ambrée de cette journée d'automne, discutant de choses futiles, nous émerveillant de la couleur des feuillages, ou du bruit du vent dans les feuilles de bambou. À la fin de la promenade, je me rendis compte que nous nous tenions par la main.

En remontant en voiture, Christelle me lâcha en soupirant : « Merci, cela m'a fait du bien. Et excuse-moi pour la claque... J'étais à bout.

— Ne t'excuse pas. Cette claque, nous en avions tous deux besoin. »

En rentrant, je conduisis Christelle à ma future maison. Elle trouva, elle aussi, le jardin très joli, mais un peu vide. Lui ayant détaillé les conseils de Juliette, elle me conseilla de prendre pour modèle du petit pavillon celui que nous venions de voir à Toulouse. Dans la soirée, je trouvais une entreprise qui fabriquait et livrait des abris de jardin en forme de pavillons japonais. Pensant que cela serait un geste de bonne volonté envers Juliette, et une pièce supplémentaire en cas de besoin, je passais commande. En faisant cela, Christelle était à côté de moi, je sentais son parfum, je détaillais la ligne de son cou, son profil qui me faisait encore battre le cœur. J'avais du mal à retenir l'envie de laisser mes lèvres courir sur cette peau, de donner à mes mains licence de caresser son corps... Lorsque je lui avais annoncé mon intention de changer de travail, elle n'avait pas pensé une seule seconde aux éventuelles difficultés financières pour elle ou pour les filles. Elle ne s'était préoccupée que de moi, que de nous, presque. Était-il possible... ? Non, sans doute. Lorsqu'elle se leva pour regagner sa chambre, la force de mon désir me révéla une évidence que je me refusais à envisager : j'étais amoureux, amoureux fou de celle qui, pour quelques jours seulement, était encore ma femme, et qui était parvenue à me conquérir une seconde fois.

21 - De Sidereus Nuncius

Le lundi matin, je réunis mon équipe, comme à l'accoutumée. L'ordre du jour ne consistait pas, par contre, à examiner les comptes de quelque obscure société. Il s'avéra que tous mes collaborateurs étaient prêts à me suivre. Je fus surpris et flatté de leur loyauté, et nous passâmes honteusement la matinée à travailler pour nous. Suivant mon idée, ils envisageaient de créer une société qui réaliserait des conseils de placement pour des petites entreprises, qui n'avaient habituellement pas accès aux instruments que nous pouvions proposer. Il faudrait mutualiser les ressources et les dépôts de plusieurs clients, mais Serge pensait pouvoir élaborer rapidement des produits offrant un rendement double de celui octroyé par les grandes banques ou les compagnies d'assurance. Nous démarcherions ceux qui ne les intéressaient pas d'habitude, les petits patrons, les artisans ayant réussi, ceux qui voulaient placer une partie de leur capital, mais ne disposaient pas de sommes énormes susceptibles d'être longuement immobilisées. Je leur confirmai que je n'interviendrais que comme bailleur de fonds, au départ, et que je ne comptais pas diriger l'entreprise.

Ceci fait, nous nous sommes rendus ensemble dans le bureau de M. Hue. Dans le couloir, nous croisâmes Stella, qui ne me salua pas en particulier, mais dit bonjour à l'ensemble de l'équipe.

M. Hue ne fut pas spécialement joyeux de nous voir débouler tous les six dans son bureau pour lui annoncer notre future démission. Il me retint même pour me reprocher de ne pas l'en avoir prévenu, ce qui lui aurait permis d'essayer de me retenir. Il semblait affecté par la concomitance entre sa proposition de promotion, qu'il ne me voyait même pas refuser, et ma décision de quitter ses services. Il comprit toutefois rapidement qu'il était illusoire de vouloir me retenir, peut-être conforté dans cette décision par sa nouvelle compagne, qui fit ostensiblement son entrée dans le bureau alors que je me retirais. Je me contentai donc, à cette occasion, d'adresser à Stella mes meilleurs vœux de bonheur.

  Je quitterais l'entreprise à la fin du mois, mais, déjà, je programmais des réunions de mon équipe qui n'avaient d'autre but que de permettre le lancement de la mienne. Mes collaborateurs travaillaient d'arrache-pied, mais pour leur compte cette fois. Dès la fin de la journée, ils me fournirent une estimation des fonds nécessaires. Entre un et deux millions. J'appelai mon avocat pour avoir son avis. S'il fut surpris, il n'en laissa rien paraître, et m'assura que l'argent serait à ma disposition. Je lui proposai de s'associer à l'entreprise, et il me promit d'y réfléchir. À la fin de notre conversation, je lui parlai de cette garçonnière londonienne dont il m'avait révélé l'existence. Il m'était difficile de lui demander quelle était son adresse, aussi je trouvais un autre moyen pour parvenir à mes fins. Je lui demandai quelle serait la valeur de cet appartement, si par hasard il la connaissait.

— J'ignore complètement sa valeur sur le marché immobilier londonien, mais je peux l'estimer, puisque vous avez eu l'obligeance de me le prêter à plusieurs reprises.

— Et, à ce propos, comme je suis en train d'emménager dans une nouvelle maison, j'ai égaré quelques affaires... J'ai perdu les clés de l'appartement, en auriez-vous une copie ?

— Bien entendu, puisque vous me l'avez laissée. Vous m'aviez même noté l'adresse sur le porte-clés, ce qui, si vous voulez bien m'en croire, n'est guère prudent.

J'entendis un bruit de métal remué, avant que maitre Hilde ne s'exclame : « voilà, je les ai ! Treize, Thurloe place, appartement 4.

— Vous pourriez me faire parvenir ces clés ? Je dois aller à Londres le week-end prochain.

— Avec plaisir. Je vous les fais apporter à votre bureau dans la journée... Mais, dites-moi, si par hasard vous voulez le vendre, sans être trop gourmand, je pourrais moi-même être intéressé. Faites-moi une proposition, je vous en ferais une, peut-être pourrions-nous nous mettre d'accord ?

— Pourquoi pas ? Je prends note de votre intérêt. »

Je raccrochais, satisfait. J'envoyais aussitôt un mail pour donner rendez-vous à cette adresse à Lana, le vendredi soir. En faisant cela, j'avais l'étrange impression de trahir la confiance de Christelle. Qu'espérais-je au juste de cette rencontre ? Est-ce que je voulais encore une fois coucher avec Lana ? La dernière fois, elle s'était montrée faussement ingénue. Désirais-je encore faire appel à cette sorte de talents, qu'elle tarifait au prix fort ? Je ne le pensais pas. Lana était simplement la seule personne au monde qui, peut-être, avait vécu la même expérience que moi. Si nous avions tous deux subi en même temps un transfert d'identité, c'était la preuve que ce que je ressentais n'était en rien lié à un trouble psychique dont je souffrirais : Lana était la garante de ma santé mentale, et, confusément, il me semblait qu'elle pouvait m'aider à comprendre mon étrange situation. J'étais aussi fébrile, dans l'attente de cette rencontre, que Juliette et Élodie en train de préparer leur fête de rentrée. Christelle devait voir Sébastien le vendredi, laissant la maison aux filles pour la soirée et le week-end, afin de mettre les choses au clair avec lui. Je ne savais si je devais lui souhaiter de goûter à un peu de bonheur en sa compagnie, ou de rompre et, peut-être, de me revenir. Je lui avais laissé des billets pour Londres, au cas où elle aurait voulu me rejoindre, lui demandant de m'appeler, mais je ne me faisais guère d'illusions à ce sujet.

Elle passa la semaine sans me parler de son compagnon, participant sincèrement à ce que j'étais bien obligé d'appeler notre vie de famille. Le soir, je quittais mon travail plus tôt pour travailler à ma maison et voir comment embellissait mon jardin. Le paysagiste avait fait des merveilles, les feuillages prenant peu à peu toutes les nuances du rouge. Rapidement, mes deux mille mètres carrés prenaient l'allure d'un petit morceau de Kyoto transposé en France. J'avais visité cette ville, il y a longtemps, avec Anne, et j'en étais tombé sous le charme. Un jour, peut-être pourrais-je y retourner. Je m'assis sur un petit rocher de granit, finement poli, qui émergeait d'une petite étendue de sable fin, artistiquement ratissé en cercles concentriques. Le vent d'Autan avait commencé à effacer ces fragiles sillons qui, pour perdurer, se devaient d'être renouvelés fréquemment. Effacés, comme mes souvenirs, remplacés, comme ils l'avaient été, par de nouveaux sillons. Cette pensée me rendit mélancolique, et je rentrais en cherchant à me souvenir d'un poème sur la fuite des jours, que j'avais appris dans un autre univers. Le soir, en discutant avec Christelle, il me revint brutalement en mémoire :

> *Plus vite qu'on ne voit*
> *se disperser sous le vent*
> *les feuilles d'érable*
> *passe, éphémère,*
> *la vie de l'homme.*[1]

Je ne pouvais plus attendre indéfiniment.

Le vendredi matin, je fus surpris de voir Stella se glisser dans mon bureau. Elle portait une très jolie robe de soie, et de beaux bas aux motifs complexes mettaient en valeur ses jambes. Comme nous en avions auparavant l'habitude, elle s'assit sans cérémonie sur mon bureau, croisant les jambes en

---

[1] poème *Waka* composé par Oe no Chisato vers 890.

me révélant qu'elle était toujours aussi économe en matière de sous-vêtements : « Tu sais, je m'amuse beaucoup moins depuis que nous nous sommes disputés…

— M. Hue n'est donc pas un comique ?

Elle ne releva même pas l'ironie de ma remarque avant de me répondre, tout naturellement.

— Non, pas vraiment. De plus, il n'est pas très… disons… dur… Il est peut-être trop âgé.

— Ou bien tu l'as déjà épuisé, le pauvre !

— Peut-être. J'ai pensé que nous pourrions en profiter, maintenant que tu t'en vas, pour nous dire au revoir d'une meilleure manière. »

De nouveau, la chorégraphie érotique de ses jambes ensorcelantes qui se croisent, sous mon regard, et Stella qui saute légèrement du bureau, dans le claquement de ses talons aiguilles, sa légère robe de soie qui se relève, dénudant ce qui la faisait femme, et qui me rendait fou. Je n'y tins plus, et j'embrassai ce ventre doux, chaud, plat et musclé, j'étreignai ces fesses rondes et sensibles, ma bouche se perdant dans l'intimité offerte et parfumée de son désir. Levant les yeux, je surpris son regard triomphant, qui me dominait, et la magie s'évanouit. Mes baisers remontèrent vers son ventre, mes mains quittèrent ses fesses pour rabaisser doucement sa robe, et je finis par l'embrasser légèrement sur le front.

— Non, Stella. J'en crève d'envie, et tu le sais très bien, mais je ne le ferai pas. C'est fini.

— Imbécile !

Ses talons claquèrent, la porte se referma. C'était bien fini.

Dans l'avion qui me conduisait à Heathrow, je fus surpris de constater que seule Christelle occupait mes pensées. J'en fus troublé. Comment allais-je réagir face à Lana, qui savait parfaitement aiguiser mes sens ?

À L'aéroport, je rechargeai mon Oyster card et pris la Piccadilly line pour joindre le centre de Londres. Encore une de ces simples choses qui faisaient de cette ville une capitale plus civilisée que Paris, songeai-je en entrant dans mon wagon. Je descendis à South Kensington. En quelques minutes, j'étais chez moi. Un beau bâtiment de pierre blanche et de briques rouges, très propre, dont l'entrée était gardée par deux dragons assortis, une volée de marches, et une magnifique porte de bois sombre, percée d'un volet de cuivre vertical pour déposer le courrier des habitants. J'utilisai une des deux clés que m'avait fait parvenir maître Hilde pour entrer. Je découvris que mon appartement était en partie souterrain, avec deux grandes fenêtres rectangulaires donnant dans une espèce de fosse qui bordait l'immeuble, et où l'on pouvait descendre afin d'avoir un accès direct à d'autres logements. Il y avait deux pièces, une servant visiblement de cuisine et de salon, meublée de deux fauteuils club et d'un guéridon surchargé de livres, et l'autre de chambre. J'allumais le chauffage, et découvris que le frigo était vide, ou presque. Il y avait quelques conserves, des biscuits et du thé. En rangeant mes affaires, je m'en préparai un. Il y avait aussi une bibliothèque et j'y découvris avec plaisir des romans classiques et des manuels d'astrophysique en anglais. J'en avais racheté certains, et je regrettais donc de ne pas avoir connu leur existence auparavant, vieux réflexe de l'ancien professeur économe qui n'était pas encore habitué à sa nouvelle aisance financière. Au mur, une magnifique photo de la galaxie NGC 4565, et une grande carte ancienne de la Lune.

J'ouvris les tiroirs. La plupart étaient vides, certains contenaient des papiers. Dans l'un, je découvris un iPad, que je déverrouillai avec mes empreintes. Il contenait, entre autres des photographies de femmes que je ne connaissais pas, et quelques-unes de Stella, en train de prendre le soleil dans le plus simple appareil, sur le pont d'un bateau, ainsi que quelques clichés de Christelle, ce qui m'étonna un peu, mais moins que ce que je trouvais dans les deux tables de chevet. Elles contenaient un assortiment de préservatifs de formes et tailles variées, des boites de mouchoirs, de longues plumes ainsi que quelques vibromasseurs aux formes tourmentées. J'ignore ce que maitre Hilde avait pu penser de moi lorsque je lui avais prêté ce petit appartement, mais je compris parfaitement pourquoi il m'avait parlé de garçonnière. Mon *alter ego* n'avait pas dû s'y ennuyer. J'avais découvert, dans le quartier, quelques restaurants, dont un italien qui me tendait les bras. Il était toutefois encore un peu tôt. Je devais rencontrer Lana le lendemain, dans la matinée, mais un texto vint tout modifier : « *je dois partir plus tôt, voyons-nous ce soir. Où êtes-vous ?* ». Je lui donnais rendez-vous au restaurant, précisant que je l'y invitais avec plaisir.

Un peu avant l'heure, je me demandais, devant l'établissement, si je devais entrer et l'attendre ou si je devais patienter dehors. L'air était doux, la journée ensoleillée, il y avait dans les rues de Londres cet air d'insouciance que j'appréciais tant. J'attendis près du restaurant, guettant Thurloe street, qui conduisait au métro. Lana me surprit en descendant d'un taxi qui s'arrêta sur Exhibition Road. Elle avait coupé ses cheveux, ce qui lui allait bien, et portait un magnifique ensemble tailleur pantalon, qui lui allait à ravir. Durant le repas, par ailleurs succulent, elle me raconta ses aventures depuis son retour au Brésil. Elle s'était séparée d'Elizandra, et avait trouvé un travail comme illustratrice de livres d'art. Comme cela ne lui rapportait pas de quoi vivre, elle avait jeté son dévolu sur un vieil héritier amateur de jolies femmes et faisait partie de la cour de ce cher homme, actuellement à Londres, mais qui devait rentrer plus tôt que prévu à cause d'un deuil dans sa famille. Elle m'avoua cela en le soulignant des battements de ses beaux yeux en amande, sans en concevoir la moindre gêne. De toute façon, elle savait que je la comprenais. Elle avait changé, même dans sa diction, plus naturelle, plus posée. Elle s'exprimait avec une certaine autorité. Parfois, j'avais l'impression de ne pas me retrouver en face de la même femme que celle que j'avais connue dans les Caraïbes.

Elle m'écouta également lui raconter mon histoire, se montrant passionnée par ce que je lui avouai de mes mésaventures médicales. Elle me fit répéter mon hypothèse impliquant une communication dimensionnelle de type trou de vers entre deux régions d'univers multiples séparées par des distances incommensurables, et dotées d'une topologie voisine. Cette condition, je l'avais envisagée dernièrement. Elle mettait en jeu la géométrie de l'espace-temps, et impliquait que les transferts éventuels d'idées de pensées ne pouvaient se faire qu'entre des mondes extrêmement proches, ce qui expliquait en partie les rares différences entre mon monde et celui où nous étions attablés.

Je pensais que je devrais lui expliquer nombre de termes techniques, mais elle se contentait de m'écouter, les yeux rieurs, les lèvres finement arquées. Les serveurs, sensibles au charme de la *bella donna*, faisaient assaut de virtuosité, et un violoniste ne tarda pas à venir nous bercer, prenant nos sourires entendus pour une complicité amoureuse. Lorsque nous avons quitté ensemble le restaurant, après avoir laissé un bon pourboire, ils devaient tous être persuadés que j'allais passer une nuit inoubliable. Ils ne pensaient pas si bien dire.

Lana m'accompagna tout naturellement dans mon appartement, levant seulement la tête, à un moment, pour trouver qu'il était regrettable « que dans les villes, on ne puisse profiter de la beauté des étoiles », puis nous nous sommes installés, comme deux vieux amis, chacun dans son fauteuil, presque en vis à vis. Je fis du thé, et trouvai une station de radio qui diffusait de la musique classique.

Ce fut dans cette garçonnière londonienne, entre Brahms et le bruit des petits biscuits craquants accompagnant le thé vert, que Lana changea ma conception du monde, qui n'en demandait pas tant, étant déjà assez perturbée.

— En somme, si je vous ai bien compris, vous pensez que votre esprit, tout comme le mien, ont pu traverser une distance immense... Combien déjà ?

— D'après le professeur Tegmark, du MIT, quelque chose comme 10 élevé à la puissance 10^{29} m.

— Oui... Et qu'ensuite, comme une émission de radio est captée par un poste, ils ont été captés par des cerveaux compatibles, c'est ça ?

— Je sais, cela paraît fou, mais comment expliquer sinon, autrement que par une étrange forme de folie contagieuse, ce qui nous est arrivé ?

— Oui, comment... Votre idée, c'est quand même de la science-fiction... Mais ce n'est pas si fou. Vous savez, je ne connaissais pas ce genre littéraire, mais entre les films et les livres, j'ai rattrapé mon retard. Mon compagnon voyageant souvent, je passe pas mal de temps en avion.

— Vous avez donc le temps de lire.

— Oui, et de regarder des films. On y trouve souvent de drôles d'idées. Par exemple, dans les moyens de déplacement dans l'espace-temps. On voit souvent de puissants vaisseaux spatiaux traverser des galaxies entières en prenant des raccourcis, comme vos trous de vers, comme par magie...

— Il faut bien faire voyager l'imagination.

— Voyager l'imagination. Voilà votre idée. C'est exactement ça... C'est même la seule chose qui puisse voyager. Comment imaginez-vous que des intelligences extraterrestres puissent réellement se déplacer entre les étoiles, sachant qu'il n'est pas possible de dépasser, dans cet univers du moins, la vitesse de la lumière ? En empruntant des trous de vers ? Impossible pour tout corps matériel. Dans de grands bidons, emportant des cités entières pour des générations ? Aussi dangereux qu'inefficace. Tout comme ces magnifiques vaisseaux spatiaux rutilants, qui, au bout du voyage, ne pourraient trouver qu'un tas de roches sans intérêt autre que scientifique, qu'une sonde automatique suffirait à explorer, ou bien un monde dans lequel on ne saurait se mouvoir, pour ne pas dire plus, sans un appareillage complexe, qu'il faudrait concevoir à chaque fois, et qui limiterait drastiquement les interactions possibles avec les habitants éventuels de ces mondes... Aussi risible que lent, et, en vérité, impraticable...

Et si, comme vous l'avez proposé avec perspicacité, le secret, c'était de faire voyager ce qui nous constitue vraiment, mais qui n'est pas matériel. L'imagination, la personnalité, ce que vous avez appelé des ondes de pensées, ce que l'on nommait *l'id*... Si cela existait, il serait bien plus simple de voyager directement à travers les ressacs de l'espace-temps, à la vitesse de la lumière, sans voir s'écouler une seconde, et de se matérialiser directement dans un réceptacle compatible, déjà biologiquement adapté à son milieu, totalement indétectable, en écrasant l'onde déjà présente, ou en interférant avec elle.

Ce serait bien plus efficace, ces esprits qui s'élanceraient à la découverte des univers, sans crainte, avec des découvertes incroyables à faire... Imaginez un peu : quitter l'existence d'une entité asexuée vivant dans un monde sans lumière, et découvrir des ciels d'azote bleu, le plaisir lié à la reproduction sexuée, la caresse d'un chaud soleil sur la peau... Savez-vous que la majorité de mondes habitables n'est constituée que de lunes aux océans engloutis, isolés de l'espace par des kilomètres de glaces, et où la lumière ne pénètre presque jamais ?

— Oui, même dans le système solaire, il y a trois ou quatre satellites de Jupiter ou de Saturne qui sont peut-être dans ce cas. Mais si j'ai envisagé la possibilité de faire voyager une personnalité, comme vous le dites, j'achoppe toujours sur la même difficulté : pourquoi moi ? Comment ai-je fait ? Je ne suis pas originaire de quelque lune obscure de la ceinture d'Orion...

Lana me fixait avec un léger sourire, les jambes croisées, l'extrémité de sa langue caressant parfois doucement ses lèvres, comme si elle se demandait si elle devait m'en dire davantage. Tout à mes réflexions, je ne relevai pas l'étrangeté de la situation. Elle décroisa finalement les jambes et, prenant appui sur les accoudoirs du fauteuil, se pencha légèrement vers moi, baissant un peu la voix, comme pour me faire une confidence :

— Et si, finalement, vous n'étiez qu'un passager clandestin ?

— Un clandestin ? Comment cela ?

— Imaginez qu'un voyageur de l'infini, une de ces pensées baladeuses, se soit élancé de votre Terre, la nuit où tout a changé pour... nous. Imaginez que, pour amorcer un nouveau voyage, il suffise d'un petit dispositif à construire, ou peut-être même qu'un certain état mental, parfois, suffise. Après tout, bon nombre d'hommes ont décrit des visions d'ailleurs, qu'ils ont imputées à quelque dieu ou état inspiré, mais qui pourraient avoir une autre origine.

— Pourquoi pas, en effet, mais...

— S'il arrivait que, parfois, lorsque l'on voyage entre des univers représentant des réalités alternatives, on ne voyage pas seul et que, comme les navires entraînent avec eux des mollusques fixés à leur coque, le voyageur emporte avec son esprit ceux qui sont voisins de son corps de départ, et peut-être eux aussi dans un état qui les prédispose au départ...

— Comme ?

— Je ne sais pas moi, nous imaginons... Pourquoi pas le sommeil, ou le rêve, ou la méditation, ou l'extase...

— Mais comment se ferait le choix du récepteur de pensée ?

— L'onde radio choisit-elle le poste récepteur qui va la recevoir ? Pour ceux qui oseraient se lancer à l'assaut de la diversité des mondes, seul compterait le voyage, pas la destination, nécessairement temporaire... Et puis, n'oubliez pas la physique ! Pourquoi, par exemple, les électrons restent-ils sur leurs orbites précises ?

— Parce que sur d'autres positions, ils interfèrent négativement avec eux-mêmes, ce qui les force... Mais comment savez-vous ça ?

— Je pense, donc je sais ! De la même façon, vos ondes de pensées empliraient l'espace-temps, mais n'interféreraient de façon constructive que dans les récepteurs les plus « compatibles ». Toutefois, je vous le concède, investir un corps étranger, même compatible, c'est déstabilisant lorsqu'il n'est pas de votre propre espèce ! Heureusement que le cerveau gère presque tout seul cela de façon inconsciente. Mais on peut avoir du mal à coordonner ses mouvements, au début. Comme si on avait le mal de mer, ou trop bu ! La voix aussi change un peu, le temps de maitriser tout cela, même avec de l'expérience…

Je réalisais d'un coup que Lana avait quitté le conditionnel pour l'affirmation, et qu'elle me fournissait ainsi une explication à beaucoup d'éléments survenus pendant la croisière… Attendant ma réaction, et devinant mon trouble, Lana me regardait, de ses yeux en amande : « Nous avons fait ensemble un petit bout de chemin, je crois.

— On peut le voir ainsi, Lana, ou bien… Quel est votre véritable nom, s'il est prononçable, et si vous en avez un ?

— « *Je suis celui qui toujours nie* ». Rassurez-vous, ici, je ne suis que Lana, heureusement ! Disant cela, elle se lova sensiblement dans son fauteuil.

— Je suis quelque peu déstabilisé. Que penser d'un univers où les gouffres entre les étoiles, où les folles distances entre les univers mêmes, seraient emplis non seulement de lumière et de gaz raréfiés, mais aussi d'esprits chevauchant les dimensions, se riant de l'espace et du temps et voyageant de monde en monde, de corps en corps pour une éternité ? Mieux vaudrait peut-être, à tout prendre, que je souffre d'un trouble dissociatif de la personnalité…

— C'est selon. Soit vous êtes un pauvre homme souffrant de troubles mentaux, soit un voyageur des infinis, version passager clandestin. Tout cela est équiprobable, mais, finalement, existe-t-il une seule réalité ? Souvenez-vous : « *Dans l'éternité, il n'est point de distinction entre l'être et le possible* » a dit Giordano Bruno, je crois… »

Je ne me demandais même pas comment Lana connaissait Giordano Bruno. À mon tour, je me penchai vers elle, plongeant mon regard dans ses yeux, dans cette âme étrangère : « Dites-moi, si j'ai bien compris... Lorsque nous avons « rêvé » ensemble, c'était bien, en fait, la seconde fois que nous faisions un songe...

— C'est du domaine du possible. Je vous l'ai dit, nous avons, ensemble, fait bien du chemin. *Ne suis-je pas le fugitif... l'exilé ? Le monstre sans but et sans repos... qui comme un torrent mugissant de rocher en rocher, aspire avec fureur à l'abîme ?* Sans le vouloir, j'aurais pu être votre Méphistophélès... »

J'étais pensif, et ailleurs, comme si tout mon être avait été comprimé, prêt à être chassé hors de lui-même par la présence rayonnante de cette entité que je devais bien appeler Lana, et qui n'avait plus rien de commun avec la jeune femme un peu hagarde que j'avais rencontrée. Pendant mon bref silence méditatif, Lana se saisit d'un recueil de poésies japonaises que j'avais emprunté à Juliette pour lire dans l'avion, et le parcourut rapidement. Elle s'arrêta sur un extrait de poème d'Ariwara no Narihira qu'elle lut d'un air amusé avant de m'en citer le début : « *Êtes-vous venu à moi ? Serais-je allée vers vous ? Je ne me rappelle plus / était-ce un rêve, ou la réalité ? Étais-je endormie ou éveillée ?* »

Elle me tendit le livre, riant presque. Je lus à voix haute la suite du poème : « *Dans les ténèbres qui obscurcissent nos cœurs, nous avons erré. Si c'est un rêve ou la réalité / cette nuit en décidera.* » Je lui jetai un regard interrogatif.

— Vous savez, d'autres aussi errent ensemble dans les ténèbres. Parfois, vos ondes de pensée peuvent même quitter en partie leur corps, pour le réinvestir en ayant interféré avec d'autres, venues d'ailleurs. Quelles sensations indescriptibles, alors, pour l'être qui découvre cela à son éveil ! Oui, il pourrait lui-même se nommer alors « l'éveillé », me dit-elle avec un fin sourire, avant de se lever. Qui sait comment s'y prendrait ce rêveur pour faire partager son indicible expérience de la nature réelle, de la texture spirituelle du cosmos à ses contemporains ? Qui sait comment ces derniers le comprendraient ? Verraient-ils en lui un fou, ou un messie ? Allez savoir ! En me disant cela, ses lèvres découvraient ses belles dents blanches, et sa tête souple bougeait légèrement, comme si son cou gracile eut été une liane. Elle était aussi séduisante que ses propos, peut-être aussi dangereuse pour la raison, qui sait. Je me levai à mon tour.

— Cette interférence des esprits, le voyageur pourrait totalement la maitriser, n'est-ce pas ?

— Oui. Il pourrait ainsi apprendre très vite tout ce qui lui est nécessaire. Quitte, au début de son installation, à devoir jouer un peu la comédie...

— Vous lisez donc les pensées ?

— Mais non ! Nous ne faisons que discuter... Pour que les ondes de pensée puissent interférer, vous savez, il faudrait que l'esprit à étudier se trouve très occupé, comme offert, prêt à quitter son corps...

— En somme, qu'il connaisse l'extase...

— Je crois que vous avez compris !

— J'ai compris beaucoup de choses, grâce à vous... Lana.

Elle me tendit la main. Je savais que nous ne nous reverrions plus. Avant de prendre congé, elle plongea la main dans sa poche et en sortit une petite enveloppe : « Voici les cinq mille euros que je vous avais empruntés. Je m'excuse d'avoir dû le faire, mais je n'étais guère, à l'époque, parfaitement au courant des usages, ne connaissant que les conceptions d'Elizandra sur les relations entre les hommes et les femmes... »

Je remerciais Lana en la raccompagnant dans la rue. Elle avait appelé un taxi, nous l'attendîmes quelques minutes, l'un contre l'autre, regardant, dans le ciel indifférent, luire quelques étoiles brillantes, plus proches que jamais. Alors que le taxi arrivait, je ne pus retenir une dernière question : « Êtes-vous nombreux ?

-*Nous sommes légions* », me répondit-elle avec un grand sourire, juste avant de déposer un chaste baiser sur mes lèvres et de s'engouffrer dans le taxi. Alors que ce dernier commençait à s'éloigner, elle descendit la vitre, se pencha et me cria : « si vous voulez des certitudes, voyez Nagasaki ! Adieu ! » Ce furent ses dernières paroles.

Je suis rentré dans mon appartement, me demandant ce qu'elle avait bien voulu dire. Une recherche rapide sur le web me l'apprit, et me stupéfia : je découvris que le second bombardement atomique sur le Japon avait détruit la ville de Nagasaki. Or, tout le monde savait bien, d'après mes souvenirs, que c'était la ville de Kokura qui avait été détruite avant la capitulation. Toutes les informations que je trouvai affirmaient que, bien que Kokura avait été le premier objectif, une mauvaise météo avait conduit le pilote à se reporter sur Nagasaki. C'était là une différence avec mes souvenirs, et le fait que Lana en ait eu connaissance ne pouvait signifier qu'une chose : elle venait du même monde que moi, qui existait bel et bien, et je n'étais pas fou.

C'est l'univers entier qui me parut alors fou, bien plus fantastique que ce dont je pouvais rêver. J'eus envie de voir les étoiles et, empli d'incertitudes et de pensées sur l'infinité des mondes et la multiplicité déconcertante des formes de la conscience, je sortis marcher dans la nuit de Londres.

Déambuler dans les rues de cette ville à la tombée de la nuit est une activité propice à la réflexion, mais, ce soir-là je laissai mes pas me conduire, et ma tête, perdue dans le ciel londonien, regardait les étoiles avec l'impression de les comprendre pour la première fois. La Lune, qui n'était pas encore à son premier quartier, allait déclinante, et sa lumière filtrait à travers les feuillages d'Onslow square, donnant un relief spectral aux magnifiques façades des prestigieuses demeures bordant cette rue. Je rejoignis Kings road dans la monotonie des façades de brique de Dovehouse street qui, n'eut été ses fenêtres typiques, me rappelait Toulouse. Je traversai lentement Chelsea par sa Manor street, croisant de superbes voitures et les clientes élégantes venant de dîner chez Delizia.

  En approchant de la Tamise, les bâtiments devenaient de plus en plus majestueux, prenant des formes de petits manoirs aux graciles tourelles de brique. Arrivé sur le quai, le calme régnait, les péniches faiblement illuminées paressaient, immobiles, sur le fleuve qui les berçait de ses lentes ondulations. Remontant en pensée le cours du fleuve, je songeai que s'élevait, sur l'autre rive, la réplique du Globe Théâtre de Shakespeare, où, sans doute pour la première fois, Hamlet s'était exclamé : « *il y a beaucoup plus de choses dans le ciel et sur la terre, Horatio, que dans les rêves de tous les philosophes.* » Tout cela affleurait à la surface de ma conscience, alors que résonnait encore en moi l'écho des paroles de Lana. Ce fut donc tout naturellement que je contemplais longuement, émerveillé et pensif, le reflet des étoiles dans la nuit de la Tamise, alors que mes pas résonnaient, solitaires, sur *l'embankment* silencieux.

*

  Le lendemain, je me réveillai tard. J'avais dans l'idée de passer la fin de la matinée au musée d'histoire naturelle, tout proche. La veille, un taxi m'avait ramené de mon excursion nocturne, et une fois rentré, j'étais si fatigué qu'il suffisait que je ferme les yeux pour que je me mette à rêver. Je n'avais donc pas regardé mon téléphone, et en le faisant machinalement au réveil, j'eus une surprise : Christelle m'avait envoyé un SMS tôt le matin : elle prenait l'avion pour Londres. Je regardai ma montre : elle devait presque être arrivée à Heathrow. Je lui répondis immédiatement, lui demandant de prendre le métro jusqu'à South Kensington. J'ignorais totalement si elle était déjà allée à Londres, mais comme il n'y avait qu'une seule ligne jusqu'à l'aéroport, il n'y avait aucun risque d'erreur.

C'est à ce moment que je réalisai qu'elle ignorait l'existence de mon appartement. Que faire ? Lui avouer un énième mensonge, c'était risquer de perdre le peu de confiance qu'elle m'accordait. Si elle venait me retrouver, c'est que cela ne se passait pas bien avec Sébastien. Il me fallait en profiter. Peut-être pouvais-je me précipiter jusqu'au Strand, pour prendre une chambre en catastrophe ? Ou au Four Season ? Je n'en avais pas le temps, d'autant que j'avais installé mes affaires dans l'appartement. Je pensais alors à raconter que la garçonnière appartenait à maitre Hilde, et qu'il me l'avait prêtée pour le week-end. C'était plausible, mais en levant les yeux, je réalisais que la décoration me trahirait : un avocat n'avait aucune raison de décorer ses murs de photos de galaxies lointaines, de cartes lunaires et de manuels d'astrophysique. Je devais changer cela, et vite. Je décrochai les grandes photographies et les glissai sous le lit, où les livres les rejoignirent. Malheureusement, on voyait sur la peinture des murs la trace des cadres que j'avais ôtés, et les étagères vides juraient affreusement. Un SMS me prévint que Christelle était arrivée et prenait le métro. Elle s'étonnait que je sois à Kensington, et pas à Leicester square où, apparemment, je devais aussi avoir mes habitudes. Je lui précisai que je logeais chez mon avocat.

Il me restait à peine une heure. J'allais au muséum, me disant que je pourrais acheter quelques reproductions d'art tirées d'anciens ouvrages de naturalistes, fleurs ou animaux pouvant paraître assez neutres pour ne pas révéler le vrai propriétaire des lieux. Je déchantai devant le bâtiment : une foule compacte faisait la queue pour y entrer, et il m'aurait fallu au minimum une demi-heure pour seulement avoir accès à la boutique. Je consultai le plan de Londres sur mon smartphone pour trouver un magasin proche, ce qui me rappela que j'étais à côté du Victoria and Albert Museum.

Comme il était nettement moins couru, je me procurai rapidement dans sa boutique quelques reproductions d'un goût plus ou moins sûr, mais qui couvriraient les traces de celles que j'avais ôtées. Je revins rapidement à l'appartement, et accrochai les œuvres en espérant qu'elles seraient assez grandes. J'avais aussi acheté quelques livres dont un, sur l'art japonais, que je destinais à Juliette. Je le laissais bien en vue sur un guéridon, disposant les autres sur les étagères pour combler les vides, prenant bien soin d'enlever les étiquettes. Je mis mon ticket de caisse et les emballages dans la grande poche qui m'avait servi à tout transporter et que je jetais dans une poubelle sur le chemin de la station de métro.

Je hélai Christelle parmi les voyageurs qui sortaient de la station : elle portait un ensemble blanc très élégant, et faisait rouler une énorme valise que je jugeai disproportionnée pour un unique week-end. Une simple bise, un sourire, et nous partions. Je lui répétai, peut-être trop vite, que je logeais dans l'appartement que me prêtait mon avocat. Elle ne fit pas de commentaire, comme si elle avait la tête ailleurs. Il faisait beau, elle était resplendissante, et j'étais bien.

En arrivant, elle apprécia l'élégance de l'immeuble, et trouva l'appartement charmant. Lorsque j'ouvris la porte, je craignis que le parfum capiteux de Lana ne fût encore perceptible, mais il n'en était rien. Christelle installa ses nombreuses affaires, me parlant de son vol, des filles qu'elle avait laissées, avec une pointe d'appréhension, en train de préparer leur fête de l'après-midi. Elle m'apprit que Bruno était arrivé peu avant qu'elle ne parte, et qu'Élodie avait des vues sur un des garçons de sa classe, ce qui ne m'étonna guère, ce genre de chose étant courant en seconde. Pas un mot sur Sébastien, et je respectai son silence. Lors de cette conversation, je découvris que nous étions venus à Londres au début de notre mariage, un voyage réalisé « à l'économie », et dont elle ne gardait pas un bon souvenir. Je devinai que Christelle voulait avant tout se changer les idées, aussi, je me promis de lui faire passer deux journées inoubliables.

Nous sommes allés déjeuner au Tombo, un café restaurant japonais voisin, où elle s'émerveilla encore de ma dextérité à manier les baguettes, puis nous avons visité ensemble le muséum d'histoire naturelle. Christelle avait fait des études de biologie, aussi était-elle très intéressée par les expositions, que je trouvai également passionnantes. Je fus impressionné par la grande statue de marbre blanc de Darwin, et, comme les enfants, par les fossiles de dinosaure. Dans les escaliers de ce magnifique bâtiment, une épaisse rondelle découpée dans un énorme tronc d'arbre millénaire servait de calendrier. On avait reporté sur les cernes du bois les dates majeures de l'histoire anglaise. Je songeais que, peut-être, ce temps matérialisé dans le bois n'était rien par rapport à la durée de mon voyage. Il y avait tant de choses que j'aurais voulu demander à Lana. Quelle était la durée du voyage au-delà du trou de vers, celui-ci était-il contigu à la destination ou pas ? Si plusieurs voyageurs pouvaient l'emprunter, ce n'était pas le cas, alors, combien de temps avais-je voyagé, à la vitesse de la lumière, sans en ressentir la durée ? « Tu te passionnes pour l'histoire anglaise ? Christelle me sortit de ma rêverie.

— Non, mais je songeais que ce soir, nous allions être les témoins de la ferveur de ceux qui la célèbrent.

— Pourquoi ?

— Nous allons assister à la dernière des « prom's », les concerts d'été du Royal Albert Hall !

— Mais ce n'est pas possible ! Je n'ai rien à me mettre !

— Alors après le musée, direction Bond street et Mayfair ! », dis-je en ayant une pensée émue pour le contenu aussi mystérieux qu'apparemment inutile de sa grosse valise.

Nous avons passé la fin de l'après-midi à faire les magasins les plus prestigieux, nous interrompant seulement pour prendre le thé chez Fortnum & Mason. Christelle avait essayé robes, chaussures, manteaux et sacs et, si elle ne se montrait pas par trop extravagante, je dois avouer qu'elle avait un goût certain pour les belles choses. En particulier, une robe fourreau en soie sombre lui allait divinement. J'avais dû insister pour qu'elle l'essaye, car son prix était, lui aussi, assez extraordinaire. Je le réglais toutefois d'un air joyeux. Je pouvais désormais ne pas me montrer regardant pour magnifier la beauté de la femme que j'aimais. Le comprenait-elle ? Ou bien allait-elle penser que je cherchais stupidement à entrer tardivement en compétition avec son compagnon ?

Alors que je la poussais, malgré ses hésitations, à choisir la plus belle des robes sans se soucier de son prix, elle me confia à l'oreille un « n'en fais pas trop » auquel je répondis du tac au tac : « Je n'en ai fait, bien longtemps, pas assez pour toi, alors permets-moi à présent d'en faire peut-être un peu trop », ce qui fit naître une moue charmante sur ses lèvres. Ce fut la seule fausse note de la journée. Comme nous étions embarrassés de paquets, un taxi nous reconduisit à Kensington, puis nous sommes allés diner au restaurant italien où, hier encore, Lana m'avait ouvert les portes de l'infini. Me reconnaissant, les serveurs m'adressaient des regards complices, et je subis encore une fois, sous le regard amusé de celle qui était encore ma femme, les assauts d'un violoniste furieusement romantique, et sans doute secrètement envieux de ce qu'il prenait pour ma bonne fortune.

Nous sommes allés nous changer avant de partir à l'Albert-hall. J'avais acheté deux billets à prix d'or sur le même site où j'avais pris mes billets pour Londres, ignorant si ce serait Christelle ou Lana qui m'accompagnerait. Le concert de ce soir était le dernier de la saison, et il était consacré à des morceaux très connus, classiques, et même patriotiques.

Dans sa tenue qui lui dénudait les épaules et mettait en valeur son décolleté, Christelle était magnifique, et éminemment désirable. Je portais, quant à moi, un ensemble noir qui, selon toute apparence, avait été taillé sur mesure, et qui, surtout, était très agréable à porter. Nous avons passé, dans une certaine ferveur, une très agréable soirée, éblouis par le faste de la salle de spectacle, la virtuosité des musiciens, et n'hésitant pas, à la fin, à reprendre en chœur avec la foule un vibrant « Rule, Britannia » à ressusciter la majesté de l'Empire britannique. Il faisait chaud dans la salle, nous étions bien, j'étais accompagné d'une femme sublime. Une certaine idée du bonheur. Nous sommes rentrés sans nous presser, l'appartement étant à deux pas. Les filles nous avaient envoyé des SMS et des photos de leur fête, qui apparemment s'était bien passée. Elles avaient même pris une vue de la maison nettoyée, le soir, pour nous rassurer. Elles nous souhaitaient un bon week-end. Peut-être espéraient-elles une réconciliation de notre part ?

Christelle se changea dans la salle de bain, me demandant mon aide pour ouvrir sa robe. Je fis glisser très lentement la fermeture, sa peau pâle se révélant dans l'échancrure progressivement croissante de son vêtement. J'avais une envie folle d'appliquer mes lèvres sur cette peau, mais je me contentai de caresser doucement son épine dorsale découverte d'un doigt léger, entrouvrant son fourreau jusqu'à atteindre son ensorcelante chute de rein : « Je vais terminer, merci, me dit-elle sans animosité, je tombe de fatigue ». C'était vrai, et elle s'endormit sitôt sous les draps. Je la rejoignis sagement un peu plus tard, après avoir regardé, sur la tablette, combien coûtait un appartement comme le mien à Kensington. Le chiffre avait de quoi me ravir, car même avec un rabais pour maitre Hilde, cela me rembourserait ma nouvelle maison et me laisserait de quoi en acheter une seconde, si j'en avais l'envie, avec tout le nécessaire. Je me promis même de jeter un œil sur les tarifs des voiliers et les moyens d'apprendre à naviguer. Tous mes rêves m'étaient accessibles.

Au matin, Christelle détaillait les tableaux que j'avais installés la veille en catastrophe. Avec le recul, je les trouvais immondes, mais j'avais dû faire très vite, et ils avaient au moins le mérite d'être là. L'un d'eux représentait une espèce de bar où les buveurs étaient affublés de têtes d'animaux. On y voyait un chameau trinquer avec un perroquet pendant qu'une girafe jouait les barmaids, un singe portant un chapeau melon surplombant la compagnie depuis un lustre… L'autre était un plan de Londres, circulaire, très coloré, agrémenté de dessins à l'ancienne. Au premier plan, un hibou affublé d'un haut de forme devait symboliser le parlement, et on pouvait y trouver un ours blanc nanti d'une collerette. Il y avait aussi une espèce de frise représentant un train. Je l'avais installée sans trop la détailler, mais, à présent, je remarquais que les passagers étaient représentés par des poissons, et des soles, des harengs et des morues scrutaient le spectateur à travers les fenêtres des wagons, la locomotive étant alimentée par un poulpe.

Christelle m'en fit la remarque.

— Il a tout de même des goûts bizarres, ton avocat ! Comment se fait-il que tu ne sois pas descendu à l'hôtel ?

— Parce que je ne savais pas si tu viendrais ou pas, si je devais retenir deux chambres ou une seule... Cela m'a semblé le plus pratique.

— C'est assez logique. Tout de même, c'est étonnant, pas un seul livre de droit, mais des livres d'art tout neufs, comme s'il ne les avait jamais lus...

— Tu sais, je ne crois pas que Maitre Hilde vienne ici pour lire...

— Ça, je m'en doute ! Regarde ce que j'ai trouvé planqué dans la salle de bain, près de la douche !

Elle me montra ce que, par manque d'attention, j'avais pris pour une simple baguette, mais qui, entre ses mains, me révélait sa vraie nature : une cravache.

— Maitre Hilde est un homme séduisant, il doit avoir des goûts, disons... variés.

— C'est le moins qu'on puisse dire ! J'aurais dû essayer ce genre d'article sur toi, tiens, ça t'aurait peut-être plu !

— Je pense plutôt que c'est à toi que cela aurait risqué de plaire !

Christelle ne réussit pas à me dissimuler qu'elle rougissait tout en posant la cravache. Elle était vraiment pleine de ressources insoupçonnées.

Nous sommes partis pour Covent garden, prenant un petit déjeuner somptueux dans un café bordant l'Apple market. Nous parlions de Londres, du concert de la veille, des filles et de la probable romance que découvrait Élodie, comme un couple que nous ne serions bientôt plus. Entre une visite de la National Gallery et un tour de grande roue, le temps fila à grande vitesse et, en un battement de cils, nous nous retrouvions côte à côte dans l'avion qui nous ramenait à Blagnac. Par le hublot, le soleil se couchait sur la manche, et la tête de Christelle s'appesantissait sur mon épaule. C'est d'une voix gagnée par le sommeil qu'elle s'adressa à moi.

— Merci... Merci pour ce week-end, j'en avais besoin... Je t'expliquerai.

— Moi aussi je t'expliquerai, Christelle. Nous en avions besoin. Nous avons été bien ensemble, non ? Peut-être pourrions-nous poursuivre, à l'avenir ?

Mais elle dormait déjà, et je ne tentai de persuader de ma sincérité que son reflet dans le hublot, plongé dans le sommeil, alors que nous survolions le nord de la France.

À notre arrivée, il n'y avait pas que les filles, tout heureuses à l'idée de nous raconter leur fête et de nous questionner sur notre week-end, qui nous attendaient à la maison. Elles avaient laissé sur le comptoir de la cuisine une grande enveloppe épaisse arrivée le samedi, qui contenait, en double exemplaire, notre convention de divorce. Dans deux semaines, nous serions des étrangers.

22 - Des corps en mouvement

Je dus attendre une semaine avant de découvrir ce qui avait décidé Christelle à venir me rejoindre à Londres. Entretemps, j'avais arrangé la vente de l'appartement à mon avocat qui, contre un petit rabais, avait accepté de s'occuper pendant un an des formalités administratives de ma nouvelle entreprise, pour laquelle mes collaborateurs épluchaient leur carnet d'adresses et le mien (enfin, celui de mon téléphone) pour trouver des clients et des recommandations. Je continuai toutefois à rédiger mes rapports et à tirer aux dés l'avenir financier d'une partie de mes investissements, ce qui ne s'avéra pas mauvais.

J'allais régulièrement dans ma nouvelle maison pour finir de la meubler, de mettre sa décoration à mon goût et d'y transporter mes affaires. Juliette et Élodie m'accompagnaient parfois pour nourrir les carpes et décorer leur chambre, pensant qu'elles se la partageraient. Je n'avais pas encore dit à Juliette que je lui construirais son propre studio à l'extérieur, dans le jardin. Elles furent intriguées par la grande photographie de leur mère que j'avais installée à la place d'honneur, ne parvenant pas à comprendre, comme beaucoup de jeunes gens, que cette dernière avait eu leur âge.

Je pensais m'installer dès que j'aurais quitté mon travail, mais cette perspective ne m'enchantait guère : même si je me sentais enfin chez moi dans ma nouvelle maison, je ressentais l'absence de Christelle, et dans mon nouveau royaume, je ne régnais que sur du vide.

Un matin, on me livra le petit pavillon japonais de Juliette, et j'arrivai en retard au travail. Tout le monde sachant que j'allais bientôt m'en aller, on ne m'en tint pas rigueur. Il faut dire que M Hue était, ces temps-ci, très occupé, et arrivait lui aussi avec quelque retard, la mine hâve et les traits tirés, juste quelques minutes avant une Stella resplendissante et plus intensément féminine que jamais.

Le vendredi soir, nous avions tous dîné ensemble, et taquiné Élodie pour qu'elle nous avoue le prénom de son amoureux, qu'elle nous taisait avec obstination. Même sa sœur ne le connaissait pas, et elle éludait toutes nos questions. Craignant d'être trop insistant, je modérais ma curiosité.

Bien que la nuit tombât plus vite, il faisait encore bon en cette fin septembre, et nous étions, Christelle et moi, sortis près de la piscine. La pleine lune nous inondait de son éclat, se reflétant dans l'eau calme, et nous entendions les échos de la télé que regardaient les filles. Allongé dans un transat, je regardais ce ciel dont j'étais venu, et je jouissais de sentir auprès de moi la présence et le parfum de Christelle. Celle-ci s'était installée sans bruit à côté de moi, et attendait peut-être que je prenne la parole. Je ne trouvai rien de mieux à lui dire que : « Tu sais, j'ai définitivement rompu avec Stella.

— Je croyais que cela marchait bien entre vous. Elle est très belle, et jeune...

— Elle ne manque pas d'attraits, mais disons que j'ai changé de point de vue. Ce qu'elle m'offrait n'était pas ce que je recherchais.

— Et que recherches tu ?

— Quelqu'un qui m'aime. Une certaine idée du bonheur. Je l'avais trouvée, mais je n'ai pas su la garder... »

Il y eut un silence. Le temps s'écoulait entre nous, goutte à goutte. La nuit bruissait du chant des insectes du jardin, qui venaient parfois percuter avec un bruit sec, ivres de lumière, la baie vitrée aux éclats de Lune.

— Nous ne sommes pas très doués, tous les deux. Sébastien n'a toujours pas parlé à sa femme. Je crois, à présent, qu'il ne le fera pas. Il voudrait que la situation perdure, continuer à mener une double vie de mari et d'amant.

— Une double satisfaction pour un ego masculin, cela, je peux le comprendre…

— Vous êtes tous pareils… Sébastien voudrait que je te demande des copies de tes bilans de santé, de tes ordonnances, et même qu'au besoin je te les dérobe, afin d'agir au plan légal pour te mettre sous tutelle, parce que tu n'as pas toute ta tête… Il ne cesse de me parler de l'intérêt de t'amener à te faire interner, et me dit qu'ensuite, lorsqu'il sera rassuré sur mes capacités financières à assumer en partie la charge de notre famille, il quittera sa femme pour moi.

— Et tu le crois, Christelle ?

— Sincèrement, je voudrais le croire. C'est un homme… Enfin, il n'a pas que des défauts. Mais je vois bien qu'en réalité, il veut juste profiter de mes sentiments et, sans doute, de ton argent. Mais il désire aussi une certaine sécurité matérielle pour nous… Enfin, c'est ce qu'il essaie de me faire croire !

— Il va être déçu, le pauvre.

— Tu prends cela avec un calme qui me ferait presque peur. Je t'annonce que je vois un autre homme, qu'il veut te faire interner et te voler ton argent, et tu ne réagis pas ? Avant, tu aurais hurlé, tu serais même allé en justice, ou tu serais parti en « voyage d'affaires » au soleil en nous abandonnant, les filles et moi… Que s'est-il passé ?

— Je ne suis plus le même.

— Ton spécialiste de Londres… Qu'a-t-il trouvé ?

— Il m'a expliqué bien des choses, ouvert des horizons insoupçonnés. Grâce à lui, je suis bien plus serein, et je regarde ce monde d'un œil neuf.

Je souris intérieurement en pensant à Lana.

— Tu es malade ?

— Pas du tout... Disons que je me sens un peu... étranger, mais il n'y a aucun risque particulier inhérent à cette situation.

Je me devais de servir à Christelle une explication plausible. J'avais préparé cette dernière comme je le pouvais, en me renseignant du mieux possible. Je devais encore lui mentir, et cela me chagrinait, mais comment lui dire la vérité ? Si je lui avouais : *le corps de ton mari est occupé par l'esprit de ce qu'il est dans un univers où existe une Terre qui ressemble presque trait pour trait à la tienne, mais où nous ne nous sommes jamais mariés, et cet esprit s'est trouvé, malgré lui, entraîné avec celui d'une entité extraterrestre qui voyage dans l'univers en transférant sa conscience de corps en corps*, j'avais, pour le coup, de bonnes chances de finir sous tutelle. Pour elle, il fallait que la vérité soit ailleurs.

— J'ai eu un léger AVC au niveau de l'hippocampe, la structure cérébrale qui code nos souvenirs. Tout ce qui s'est passé après notre rencontre a été presque effacé de ma mémoire. Tout ce que j'ai vécu, les bons moments comme les erreurs que j'ai commises, a été détruit. Cela restera limité, cela n'affecte pas mes capacités intellectuelles, mais pour moi, émotionnellement, nous sommes en 1994, et nous venons de nous marier. Mon esprit a été remis à zéro, comme rebooté, si tu le veux, à cette époque.

— Tu ne souviens vraiment de rien après notre mariage ?

— En fait, même un peu avant. D'après les médecins, mon imagination a comblé ce vide de plusieurs années en fabriquant de faux souvenirs, c'est pour cela que tant de choses me semblent étranges.

— Pourquoi ne me l'as-tu pas dit plus tôt ! ?

— Je ne savais pas ce que j'avais. Je ne l'ai compris que vendredi, à Londres... Christelle hésita un peu avant de me poser, d'une voix mal assurée, la question suivante :

— Et... Tu pourrais guérir ?

— Non. Ce qui est perdu est perdu, et ne reviendra jamais. Il est heureux que tu aies décidé de te séparer de ton mari, car, en un sens, il n'est plus là depuis la croisière. Cet homme-là, ce n'est plus moi. Dans mes souvenirs, je ne l'ai jamais été.

— Mais alors, de quoi te souviens-tu ? Comment as-tu fait pour ton travail, pour nous ?

— Je me souviens d'une autre vie Christelle, d'une autre vie où tu n'étais pas là… Et, où, malgré tout, je ne t'avais pas oubliée, où je ne pouvais pas t'oublier. Ma voix avait un peu trop tremblé lors de ces dernières paroles, et j'étais certain que Christelle s'en était rendu compte. Je ne désirais guère m'appesantir sur le sujet, aussi je me risquais à lui poser la question qui pouvait décider de mon avenir : « Est-ce que tu es amoureuse de Sébastien ? » Il y eut un silence. Je crus que notre conversation était terminée, et m'attendais presque à voir ma femme se lever et repartir dans la maison, lorsqu'elle se décida.

— Je n'en sais rien. Au départ, il comblait ton absence. Les filles ont moins besoin de moi, mon travail m'accapare moins, je me vois vieillir, je voulais peut-être me rassurer, comme font les hommes, être sûre de plaire encore, de séduire… Après tout, tu t'accordais cette liberté, j'ai bien cru pouvoir y goûter, mais ce n'était pas si simple. Je… Cela me gêne d'en parler avec toi, tu sais, mais, d'un autre côté, j'en ai envie…

— Ce n'est sans doute pas le moment alors. Tu sais, c'est difficile d'être au clair avec ses sentiments. Il m'a fallu du temps pour comprendre que Stella n'existait que par le plaisir qu'elle me procurait. Il fallait que je réalise cela, que je le vive pour savoir que c'était terminé.

— Je… Ce n'était pas pour le plaisir, j'avais juste besoin… de tendresse.

Elle prononça cette phrase tout en se relevant, d'une voix hésitante, et en se dirigeant un peu trop vite vers la porte de la baie vitrée. Je crus voir, l'espace d'un instant, une luciole s'élever dans l'air du soir, mais ce n'était que la lumière de la Lune jouant pendant une seconde sur une larme versée par la femme que j'aimais. J'aurais pu rester étendu, le regard perdu dans le ciel nocturne. Mais, cette fois, j'agis. Je me levai d'un bond et me précipitai à la suite de Christelle, la rattrapant alors qu'elle faisait mine de refermer la porte coulissante. Ses yeux brillaient un peu trop sous la caresse de la Lune. Sans un mot, je la pris dans mes bras. Elle s'accrocha à moi, un bref instant. Je ne sais plus si j'ai réellement entendu, ou bien si j'ai rêvé ce qu'elle a dit ensuite. J'en avais tellement envie... Mon esprit m'a-t-il joué un tour supplémentaire ? Alors que je sentais contre moi la présence chaude et tendre de Christelle, il me sembla l'entendre murmurer : « Pourquoi faut-il que je retrouve l'homme que j'aimais à présent que je dois le quitter ? » avant qu'elle ne desserre mon étreinte et ne parte se coucher après avoir, trop longuement peut-être, embrassé ses filles.

Quelques jours plus tard, alors que je me préparais à quitter la maison le week-end suivant, j'arrivai avant que les filles ne soient rentrées du lycée. Je m'étais habitué à cette grande pièce, à ces soirées près de la piscine, mais je ne m'y sentais toujours pas chez moi. Je partais de plus en plus tôt du bureau, ayant reçu la visite de ma remplaçante, que j'étais censé préparer à prendre ma suite. C'était une femme d'une quarantaine d'années, plutôt jolie, prénommée Laurence, qui appréciait les ensembles beiges, portant davantage des pantalons que des jupes. Elle se montrait des plus professionnelles et me posait des questions pointues dans un vocabulaire que je ne comprenais pas toujours. Je l'aurais bien volontiers refilée à mon équipe, mais comme cette dernière était aussi sur le départ, je préférais autant que possible éviter de la rencontrer. C'était sans doute la seule personne qui pouvait mettre au jour mon incompétence, mais je ne lui donnais pas l'occasion de le faire, feignant une grande occupation pour surseoir à nos séances de travail, qui devaient toutefois lui donner l'impression de prendre la suite d'un parfait imbécile.

J'entendis des cris : les filles se disputaient. Cela arrivait quelquefois, mais j'eus du mal à reconnaître la voix d'Élodie. Visiblement, elle était en larmes, répétant à sa sœur des « tu ne diras rien, jure-moi que tu ne diras rien » qui me laissaient présager l'existence de quelque grosse bêtise à dissimuler d'urgence. Pensant à quelque broutille à l'importance exagérément grossie, je surgis comme un diable d'une boite, à la stupéfaction des deux filles, affectant un ton des plus distingués : « Quel est donc cette bêtise que l'on cherche à me cacher ? » À mon grand étonnement, une Élodie furieuse fila dans sa chambre en sifflant un rapide « c'est pas une bêtise ! » aussi larmoyant qu'outragé. Je restais seul avec sa sœur.

— Qu'est-ce qui se passe ?

— C'est la… Le copain d'Élodie.

— Et alors ? On se doutait qu'elle avait trouvé un petit ami. Tu sais enfin qui c'est ?

— Oui, mais…

— Tu ne veux pas me le dire ?

— Je préfèrerais que ce soit Élodie qui te le dise.

J'allais voir sa sœur. Je frappais trois coups successifs à la porte en répétant son nom, comme Sheldon Cooper dans *Big bang theory*. Nous aimions tous deux cette série, et, quel que soit le problème, je voyais bien qu'elle le prenait à cœur, raison de plus pour le dédramatiser. Elle me permit d'entrer. Elle était allongée sur son lit, sur le ventre, comme une enfant qu'elle n'était plus. Je m'assis à côté d'elle.

— Je suis sûre qu'elle t'a tout raconté…

— Ta sœur ne m'a rien dit. Explique-moi ce que tu ne veux pas que je sache.

Il y eut un silence. Je n'entendais que ses reniflements, et sa respiration saccadée, bruyante, qui petit à petit revint à un rythme normal.

— Tu me promets que tu ne me crieras pas dessus, comme tu l'as fait pour Juliette ?

— Pourquoi le ferais-je ? Tu as fait quelque chose de mal ?

— Je ne sais pas...

— Voilà une réponse bizarre ! On dirait une des miennes !

Elle sourit un peu, s'asseyant à son tour et levant les yeux vers moi. Je laissai glisser mon regard dans le sien. Elle me rappelait sa mère, et cela me troublait. Cette gamine me faisait fondre, et peut-être, tout simplement, étais-je en train de devenir son père. Tout en me tournant vers elle, je pris sa tête entre mes mains, essuyant doucement les traces humides de ses larmes, me rappelant toutes les peines de cœur adolescentes dont j'avais été le témoin au cours de mes années d'enseignement, dans « mon » monde.

— Pourquoi suppliais-tu ta sœur de se taire ? Pourquoi ne lui fais-tu pas un peu confiance ? Tu es en âge d'avoir tes secrets, ta vie privée, non ?

— Mais... elle se moque de moi parce que je suis amoureuse...

— On le sait que tu es amoureuse ! Juliette aussi l'est ! Il n'y a aucune honte à ça. Ce n'est pas une maladie, c'est même plutôt commun au lycée...

— Si, moi j'ai honte !

— Pourquoi ? Tu pensais que ton tour ne viendrait jamais ? Ton copain s'est moqué de toi ?

— Non... J'ai pas de copain !

Là, je ne comprenais plus rien. Nous avait-elle fait croire qu'elle avait un petit ami pour faire comme ses copines, pour éviter de se singulariser ? L'espace d'un instant, je pensais bêtement « pourvu qu'elle ne soit pas enceinte ! », mais cela ne collait pas. J'essayais maladroitement d'en savoir plus.

— Il t'a laissé tomber ? Il ne veut plus de toi ?

— Non... On s'aime, nous, mais les autres...

— Les autres, il faut savoir s'en abstraire. Les autres, c'est l'enfer, a dit un écrivain.

— Mais on va se moquer de moi ! Je ne suis pas normale !

— Mais pourquoi !

— Mais... J'aime une fille ! m'avoua-t-elle en se jetant contre moi. Je la serrai instinctivement sur mon cœur. Elle me fit l'impression d'être brûlante. Je ne savais pas comment réagirait Christelle, mais pour moi, sa peur sans objet était presque comique. Je la décollai de moi, riant presque. Élodie fut comme pétrifiée par ma réaction.

— Et alors, Élodie ? On ne choisit pas qui on aime. Un jour, on sent cette attirance en nous. On n'y peut rien. Tu crois que l'on va moins t'aimer parce que tu sors avec une fille ? Ces choses-là ne se contrôlent pas.

Elle m'étreignit, libérée d'un grand poids. J'étais touché par sa réaction et je sentis des larmes me monter aux yeux. Non, je n'étais plus indifférent à ces jeunes filles. Je lui demandais si elle voulait l'annoncer elle-même à sa mère. Elle voulait le faire, mais souhaitait que je sois là. Avant de redescendre, je passais voir Juliette.

— Je sais pour ta sœur et sa copine. Inutile d'en faire un drame. Cela se sait au lycée ?

Juliette me regardait fixement, osant à peine parler. Elle finit par lâcher, dans un souffle, alors que je sentais venir la crise : « Et tu ne dis rien ? Tu ne lui cries pas dessus ? Moi lorsque j'ai eu un copain, ça a été un scandale, et elle, elle peut se permettre d'être lesbienne, et ça ne te fait rien ! Mais qu'est-ce qu'elle a de plus que moi ? Qu'est-ce que j'ai ? »

Cette fois, j'accusai le coup. Avant qu'elle ne se mette sangloter, entre la colère et le désarroi, je la pris par les épaules. Je ne savais pas trop comment lui parler de choses dont nous n'étions ni elle ni moi, responsables. Je fis du mieux que je pus.

— Écoute, c'est moi qui ai mal agi. Je te l'ai dit. Je n'aurais jamais dû m'emporter contre toi. Ce n'était pas vraiment moi, tu sais, je n'aurais pas fait ça... J'ai d'énormes torts envers toi, envers ta mère. Jamais elle ne pourra me pardonner le mal que je lui ai fait, que je vous ai fait à toutes, mais toi, au moins, pourrais-tu le faire ? Je n'aime pas plus ta sœur que toi, même si tu as pu le croire. J'ai mal agi envers toi, et je suis désolé. Je t'aime, Juliette.

De nouveau, des bras juvéniles autour de moi, et un jeune corps féminin contre le mien. Je lui fis remarquer que, comme les poètes japonais de l'époque classique qu'elle affectionnait, j'allais finir la journée les manches trempées de larmes, et que nous devrions aller chercher des fleurs de Lespédèses pour composer ensemble un haïku. Cela la fit sourire. Je la serrai encore contre moi, en lui demandant pardon. Je n'étais pas vraiment le responsable de ses malheurs anciens, mais, malgré tout, j'étais sincère. La paternité est une étrange chose.

Lorsque Christelle rentra, Élodie, en ma présence, eut un peu de mal, mais lui annonça que son « copain » se prénommait Manon. Sa mère en resta, un instant, interdite, me fixant intensément, puis se contenta de la prendre dans ses bras, en lui disant qu'elle ne devait pas avoir honte d'elle-même et de ses sentiments. Tout en étreignant sa fille, elle me lança un regard interrogateur, aussi surprise que Juliette du détachement avec lequel je prenais cette nouvelle. Cette dernière, pensive, regardait sa sœur d'un autre œil, consciente du courage dont elle venait de faire preuve. Quittant sa mère, Élodie me tendit une joue encore humide, que j'embrassais avec tendresse, lui chuchotant : « ce que l'on est au fond de soi, il ne faut jamais en avoir honte », me disant que je ferais bien d'appliquer cette maxime à moi-même. Les deux sœurs nous quittèrent pour le huis clos d'une chambre, montant l'escalier de concert dans un silence inhabituel. En privé, Christelle se montra plus affectée que moi par la nouvelle. Elle m'accompagna à la maison sans dire un mot, mais, après m'avoir aidé à décharger la voiture, elle ne la visita même pas, s'asseyant dans un des Chesterfields que l'on venait de me livrer. Je devinais sa préoccupation, mais je me trompais sur son objet.

— Il ne manquait plus que ça, tu sais. Élodie… Je me demande si je n'en ai pas trop fait, si je n'ai pas trop critiqué les hommes, en parlant de toi… Mais peut-être que toi aussi, tu n'as..

— Stop ! Christelle, personne ne maitrise les élans de son cœur. Tous les deux, nous en savons quelque chose, non ? J'espérais qu'elle me parle de la naissance de Juliette, mais, encore une fois, je fus déçu : trop bouleversée, elle ne saisit pas la perche que je lui tendais.

— Mais tout de même, il doit y avoir une raison… Je me sens mal, comme déçue. Je m'étais déjà imaginé tout un avenir pour Élodie… et tout tombe à l'eau à cause de son goût pour les femmes…

Je la voyais renfrognée, repliée sur elle-même, inexplicablement malheureuse. Je pris le parti de détendre l'atmosphère, qui tournait sans raison au tragique.

— Moi, je trouve qu'Élodie, au contraire, a bon goût. Après tout, je suis bien placé pour comprendre que l'on puisse aimer les femmes…

— Imbécile ! me dit-elle en levant les yeux au ciel tout en esquissant un sourire. Comment fais-tu pour tout prendre ainsi avec humour ?

— Une de nos filles semble être homosexuelle, pour autant qu'il ne s'agisse pas d'une passade. Et alors ? L'essentiel, c'est qu'elle aime, qu'elle soit aimée, qu'elle devienne une adulte saine, équilibrée, et vive une vie pleine et entière, non ?

— C'est que… tu vois, je m'imaginais déjà assister à son mariage, puis, dans une quinzaine d'années, avec ses enfants dans mes bras. Et il n'y aura rien de tout cela.

— Pour le mariage, rien n'est perdu, et lorsque je te regarde, Christelle, je suis très loin de penser à une grand-mère… mais après tout, bien des choses peuvent se passer en quinze ans. La génétique fait des miracles, ou bien, tout simplement, il est possible qu'Élodie et sa future compagne puissent adopter un enfant...

— Ce ne serait pas vraiment l'enfant d'Élodie, laissa-t-elle échapper sans s'apercevoir de ce qu'elle venait de dire. Je m'accroupis face à elle, fixant mon regard dans le sien.

— Je ne crois pas que ce soit la biologie qui fasse la maternité, ni même la paternité. Si j'en juge en tant qu'homme, je crois pouvoir dire que l'on peut aimer et élever un enfant même si le spermatozoïde qui a contribué à sa formation n'a pas pour origine le merveilleux organe que la nature m'a donné...

Christelle commença par sourire, puis ses lèvres se figèrent. J'eus même l'impression que quelques secondes, elle avait cessé de respirer. Elle enfouit sa tête dans ses mains. Je les écartai doucement, l'asseyant sur l'accoudoir en entourant ses épaules de mon bras.

— Cela ne change rien à ce que je ressens pour toi... et pour Juliette.

Il y eut un silence. Une éternité avant que sa poitrine ne se soulève à nouveau, comme libérée d'un grand poids, comme quelqu'un qui a failli se noyer et remonte enfin à la surface.

— Je le savais, tu sais... J'avais l'impression qu'elle parlait dans le vide. Je le savais...

Après notre retour de croisière, lorsque tu as retrouvé ton vieil ordinateur, celui qui contenait ton journal... Je t'ai emprunté ta sauvegarde sur clé USB pour mon ordinateur, mais je n'ai pas pu la lire... Tes fichus fichiers Mac ! J'ai dû emprunter celui de Christine. J'ai tout lu... J'ai compris que je t'avais demandé un sacrifice trop important, que je t'avais fait mal, je ne le voulais pas. Je me demandais si tu avais compris, pour Juliette, et là, j'ai trouvé la réponse. J'ai compris pourquoi tu avais été aussi froid, aussi dur avec Juliette...

— Je sais. Je m'en suis encore excusé auprès d'elle. Je n'ai eu que de mauvaises raisons de me comporter ainsi avec elle.

Christelle se serra contre moi. Je me laissai glisser vers elle, bénissant la largeur du Chesterfield. Elle était dans mes bras, tout contre moi, dans ce fauteuil trop petit. Des mots trop longtemps retenus, des aveux douloureux, proposés à mi-voix, apaisaient son âme inquiète.

— Pour Juliette... J'étais seule, trop souvent... C'est à cette époque que j'ai rencontré Sébastien. Il venait lui aussi de se marier, sa femme était très prise par son travail... Nous avons parlé de notre sentiment de solitude, et puis... Il était là au bon moment, c'est tout. C'est pour cela que c'est si difficile... C'était un accident, tu sais. J'aurais pu avorter, mais Juliette pouvait très bien être aussi ton enfant. J'ai joué, et j'ai perdu.

— Tu n'as rien perdu. Tu n'as pas à te justifier. Celui que tu as fait souffrir, dis-toi que ce n'était pas moi.

— J'ai tout accepté de toi, je me sentais mal, je me savais coupable... J'avais brisé tes rêves, et je t'avais trahi, bien avant que tu le fasses. Je ne me suis jamais pardonné.

— Il n'y a rien à pardonner, ni de ta part ni de la mienne. Apparemment, *je* t'ai fait vivre un enfer. Quelle que soit ta faute, si on peut l'appeler ainsi, il y a longtemps que tu l'as expiée, si c'était ce que tu recherchais. Et puis était-ce une faute que de me donner une fille aussi lumineuse que Juliette ? *Notre* fille ? D'ailleurs, Sébastien sait-il...

— Non ! Lorsque nous nous sommes retrouvés, je me suis demandé si je devais le lui dire... Je voulais le faire dès qu'il aurait quitté sa femme, dès que nous serions tous les deux libres. Lorsqu'il aurait fait la connaissance de Juliette, que tous les deux se seraient apprivoisés, appréciés si c'était possible... Mais pour cela il fallait que tu sois au courant toi aussi, et cela me faisait si peur... Puis j'ai compris que Sébastien n'était qu'un mirage, que j'étais amoureuse d'un souvenir... Et puis toi, tu as changé aussi... Comme si ton souvenir, redevenu réel, avait chassé l'illusion d'une passion ancienne à laquelle je voulais me raccrocher alors que je perdais prise... Je me demande encore comment tu peux accepter aussi facilement qu'une de nos filles ne soit pas de toi.

— Parce que, comme tu le dis, ce sont nos filles, deux enfants merveilleuses pour lesquelles je te serai éternellement reconnaissant, et bien plus.

Cette fois, nous étions tous deux au bord des larmes. Je me levai et reconduisis Christelle à la voiture. Nous avions tous deux besoin de repos. Une fois assise, elle m'avoua : « elle est agréable, ta maison » avant de sangloter. Je me sentais étrangement responsable, je n'en pouvais plus de faire du mal à cette femme. Cela devait se terminer.

23 - L'almageste

Je quittais mon travail avec l'impression d'un condamné retrouvant sa liberté. L'inévitable pot de départ s'était bien passé, si ce n'était l'attitude de Stella qui se frotta ostensiblement contre moi, en profitant pour me demander à l'oreille si je ne désirais pas son cadeau d'adieu, et ce ne fut que le lendemain que je compris pourquoi les membres de mon équipe m'avaient semblé si peu enjoués, alors qu'eux aussi allaient être libérés. Nous devions tous nous retrouver dans ma nouvelle maison pour célébrer le lancement de notre entreprise, dont maitre Hilde avait rédigé les statuts. Tout était prêt, mais seul Serge sonna à ma porte. Je crus naïvement qu'il était arrivé le premier, et je le priais de s'assoir en attendant les autres.

— Il n'y en aura pas d'autres, chef... heu monsieur. Ils ne viendront pas.

— Pourquoi ? Ils ont un empêchement ?

— Non... C'est Laurence.

— Ma remplaçante ?

— Elle a remis un rapport à M. Huc. En gros, elle pense que tous vos bons résultats ne sont dus qu'à la qualité de votre équipe, et, d'après elle, vous ne seriez pas très...

— Pas très quoi ?

— Pas très compétent. Elle n'a rien compris à votre façon de travailler, mais elle a apprécié votre manière de diriger notre équipe. Elle pense que votre force, c'était nous.

Décidément, cette Laurence était vraiment compétente, elle. Je dois avouer que, malgré tous mes efforts de diversion, elle avait mis dans le mille. Mais je ne voyais pas où Serge voulait en venir. Il était visiblement mal à l'aise, se tortillant dans son fauteuil, pourtant confortable, et ne sachant où poser le verre qu'il avait à peine touché.

— Voilà… La direction n'a pas apprécié votre démission. Ils pensaient vraiment pouvoir vous faire confiance, et miser sur vous. Ils ont même enquêté pour voir si vous n'aviez pas été recruté par un chasseur de têtes. M. Hue a été mis sous pression, et Stella n'a rien cherché à arranger, bien au contraire… Alors la direction nous a fait, à tous les cinq, des propositions…

Je commençais à comprendre. J'avais même tout compris. C'est sans surprise que j'entendis Serge terminer ses aveux.

— Ils nous ont promis une augmentation importante, un plan de carrière garanti, notre propre équipe à manager, des avantages en nature…

— Et vous avez dit oui !

Serge ne répondit pas.

— Écoutez, Serge, je n'avais aucun besoin de créer une entreprise pour vivre, vous savez. Je voulais le faire pour vous, parce que j'ai beaucoup apprécié votre travail et que sans vous, et là, Laurence a raison, je ne serais parvenu à rien. J'aurais au moins eu la satisfaction de booster votre carrière !

Il me regarda, surpris. Je lui tendais ma main, notre entretien (et beaucoup d'autres choses avec lui) était terminé. En le raccompagnant à sa voiture, il bredouilla : « je suis désolé…

— Ne le soyez pas. Vous avez fait ce que vous pensiez juste. Seul le temps vous dira si vous avez eu raison ou pas. Il n'y a rien à regretter.

— Mais maintenant, vous ne regrettez pas d'être parti ?

— La seule chose que je regrette, c'est que vous soyez restés. Moi, j'ai choisi la liberté. »

Serge démarra, pensif. Peut-être réaliserait-il qu'il y avait une vie au-delà des assurances, une loyauté à respecter en dehors de celle due à l'entreprise. Peut-être pas. J'envoyai un mail à maitre Hilde. Les deux millions que je destinais au financement de l'entreprise, placés à seulement 3 % net, ce qui était ridicule, m'assureraient un revenu mensuel de cinq mille euros. Le reste me permettait largement d'assurer l'avenir des filles, et de dédommager Christelle pour le divorce…

En attendant, je ne pouvais me résoudre à devenir rentier et à passer ma vie à écrire des articles de physique, fussent-ils, comme je l'espérais, révolutionnaires. Je me résolus à envoyer un mail au rectorat. Je leur proposais mes services comme professeur contractuel de physique ou de mathématiques. J'avais besoin de me sentir utile, et je savais qu'ils manquaient de personnel, les conditions d'exercice et la rémunération plus que modeste, au vu du niveau universitaire réclamé, ne motivant guère les candidats. De plus, si les propositions ne me convenaient pas, je pourrais toujours les refuser. Ils avaient besoin de moi, je n'avais pas vraiment besoin d'eux : j'avais l'avantage. Si jamais ils n'étaient pas intéressés, je fonderais peut-être ma propre école privée, réservée aux élèves qui commençaient à se sentir étrangers, eux aussi, mal vus dans les classes où régnait la pédagogie postmoderne.

Ceci fait, et ayant vainement prévu l'arrivée de cinq personnes, je rangeais un peu ma cuisine. Le temps était beau, j'étais parti de la maison assez tôt le matin, avant que Christelle ne se lève. La veille au soir, Juliette et Élodie m'avaient accompagné, et je leur avais avoué que ce qu'elle prenait pour un abri de jardin serait une chambre séparée de la maison, une espèce de mini appartement que je destinais à Juliette, qui n'avait plus qu'une hâte, celle de le voir terminé. J'avais fait réaliser un support de bois d'un peu moins d'une vingtaine de mètres carrés, sur lequel je comptais édifier la structure. J'avais du temps, alors, autant m'y mettre. Nous étions fin septembre, et il faisait encore chaud, mais plus pour très longtemps. D'un jour à l'autre, le froid ferait son entrée, et nous nous enfoncerions vers l'hiver.

J'édifiai en quelques heures les angles des parois, et mis en place les poutres soutenant le toit. Tout s'emboitait parfaitement, se maintenait avec des chevilles de bois, un simple maillet permettait de tout assembler : c'était vraiment une construction de qualité. Mes idées étaient plus discutables : j'avais prévu un rideau japonais, un noren, et de petits anneaux de cuivre pour le fixer sur une tringle de bois. Je découvris qu'il comportait des passants de tissu, rendant mes anneaux, que j'avais perdu beaucoup de temps à trouver en raison de leur petite taille, totalement inutiles.

Il allait être bientôt midi, et je commençais à penser à rentrer, lorsque j'entendis une voiture se garer. C'était Christelle. Elle portait un chemisier et une jupe qui lui arrivait un peu au-dessus du genou et, dans sa main, elle tenait notre convention de divorce.

Elle regarda, amusée, le pavillon japonais auquel je travaillais. J'étais en train d'installer, un peu en retrait du toit, les cloisons coulissantes de bois et de papier dans des rainures parallèles du sol et du plafond.

— Il y a bien longtemps que je ne t'avais pas vu faire de travaux manuels !

— Je prends plaisir à voir le résultat de mon travail. Cela me change de la finance !

— Tes collaborateurs sont déjà repartis ?

— Envolés ! L'entreprise leur a fait des propositions alléchantes, et ils ont été assez bêtes pour y croire... Mais je ne peux pas leur en vouloir, j'ai fait, jadis, je suppose, la même erreur. Je leur souhaite bien du courage ! Ce genre de travail ne m'intéresse plus.

— Tu préfères construire des maisons de thé ?

— Techniquement, cela s'appelle un pavillon pour admirer la Lune. Il y a donc un rapport avec l'astrophysique... Disons que c'est juste un abri de jardin un peu particulier, pour Juliette... Tu veux m'aider à mettre en place ces panneaux ? Ils ne sont pas lourds, mais encombrants et fragiles, à deux, ce sera plus facile.

— Je n'en doute pas. Beaucoup de choses sont plus simples à deux. Tu fais vraiment ça pour Juliette ?

— Non, je le fais pour moi. En fait, comme pour tout ce jardin, cela me fait plaisir de construire quelque chose, alors qu'apparemment, avant, j'étais surtout doué pour détruire...

Christelle ne releva pas mon allusion, se contentant d'essayer de m'aider, mais, lorsqu'elle devait se baisser, sa jupe la gênait. De plus, elle avait chaud.

— Je n'ai pas la meilleure des tenues pour jouer les charpentiers !

— Juliette a laissé des affaires, tu pourrais voir s'il y a quelque chose qui te va, elle ne devrait pas t'en vouloir.

Christelle disparut dans la maison. Je pensais seulement à ce moment-là au grand tirage de sa photographie que j'avais fait réaliser, celle où, jeune fille, elle me souriait au réveil, visiblement dans mon lit. Je l'avais accrochée dans la chambre et, voyant que Christelle tardait à revenir, je me demandais si elle n'en profitait pas pour explorer la maison tout à son aise.

Au bout d'une quinzaine de minutes, elle revint, ayant enfilé un short et troqué son chemisier contre un simple T-shirt. Les vêtements de Juliette lui allaient bien, mais ils étaient un peu moulants pour elle, ce qui n'était pas pour me déplaire.

— Tu peux porter les vêtements de ta fille de seize ans, et tu n'es pas sûre de toi ? Tu es vraiment magnifique !

Elle eut un sourire lumineux.

— J'ai vu la photo de moi que tu as affichée. Je l'avais totalement oubliée. Pourquoi... pourquoi as-tu fait cela, maintenant que tu es libre ?

— Je ne serai jamais libéré des sentiments que j'ai pour toi.

Elle me fixa une demi-seconde, sans répondre, puis secoua un peu la tête, comme pour nier ce qu'elle venait d'entendre.

Tout en nous entraidant, nous plaisantions sur ses capacités manuelles et les miennes. À deux, nous allions vite, et, rapidement, nous avions fermé trois côtés de l'abri. Pendant que nous travaillions, la lumière tamisée par les soshis de papier jouait divinement dans sa chevelure rousse, et sa présence à mes côtés transformait cette séance de bricolage en instants chargés de magie. À un moment, nous montâmes un panneau à l'envers, et il tomba sur le sol, presque en nous renversant. Nous étions tout empoussiérés. Christelle secoua la tête et dans le soleil, les particules qui sortirent de ses cheveux lui firent comme un nimbe d'étoile.

Je regardais cette femme mûre, jolie, au corps encore souple et désirable. Lorsqu'elle se penchait, son T-shirt se tendait, me révélant sa belle lingerie. Elle vint m'épousseter un peu les cheveux, en profitant pour me taquiner un peu, telle une collégienne espiègle. En remettant le panneau en place, nos mains glissèrent et passèrent à travers la paroi de papier, qui se déchira. Nous nous sommes regardés, interdits. Elle croyait sans doute que j'allais m'emporter, mais son expression était si comique que je me mis à rire. Elle rit aussi. Je n'avais plus entendu ce rire depuis trente ans, et sans doute un nombre presque incalculable d'années-lumière.

J'allais vers elle, debout devant ce panneau troué et, essuyant de la sciure qui avait voleté sur son nez, ma main s'attarda quelque peu à caresser sa joue. Elle me regarda alors, et j'eus l'impression de la voir comme je l'avais vue il y a si longtemps, dans une autre galaxie, par une après-midi d'été, alors que nous avions tous deux à peine plus de vingt ans. Je murmurai son nom, bien qu'aucun son ne sortit de mes lèvres. Comme dans un rêve, elle fit un pas vers moi. Combien de courage et de volonté étaient contenus dans ce simple pas ! Je la pris dans mes bras, la serrant doucement. Je sentais son souffle, son odeur m'enivrait, et le désir commençait à m'envahir. Je l'embrassai, et ses lèvres répondirent aux miennes.

    Nous nous sommes dévêtus comme des adolescents pressés de découvrir le monde, et, sur ce plancher chauffé au soleil, dans la lumière ardente de ce début d'après-midi d'un improbable été indien, nous nous sommes aimés. Ce fut un moment merveilleux, une communion intense. Me chevauchant, je vis son regard se voiler, alors que mes mains se calaient divinement dans son dos, au creux de ses reins, comme si elles trouvaient là une position prévue de toute éternité. Je perdis toute sensation d'exister pendant quelques éblouissantes secondes, et l'évidence me frappa : j'avais toujours été amoureux d'elle, depuis la première fois où, alors que le soleil qui nous réchauffait n'était peut-être même pas encore né, je l'avais vue sur les bancs d'un amphithéâtre. Par-delà les univers, j'aimais Christelle.

    Nous étions étendus, nus, alanguis, dans la confiance et la sérénité qui peuvent régner après l'amour. Je lui pris la main. Mon regard se perdait, à travers les poutres incurvées du plafond inachevé, dans le ciel bleuté, imaginant l'espace au-delà, ces univers que j'avais probablement traversés pour la retrouver. *Nous avons fait un bout de chemin ensemble*, avait dit Lana. Ce n'était plus le temps des faux-semblants.

— Tu sais, j'ai l'impression d'avoir parcouru un chemin aussi long que difficile jusqu'à toi. J'ai commis bien des erreurs, mais il y a une évidence, un aveu, une chose que je dois te dire depuis bien plus longtemps que tu ne l'imagines. Peut-être ne suis-je revenu que pour cela. Je t'aime, Christelle.

    Elle me regarda, je me perdis dans ses yeux, et, à cet instant-là, Dieu qu'elle était belle. Je ressentais, comme au ralenti, chacun des mouvements de mon cœur dans ma poitrine. Mon sang martelait mes tempes, troublant presque ma vue. Je ne respirais plus. « Je t'aime ». Je m'étendis sur elle, calme et confiant, et elle m'accueillit, une nouvelle fois, en elle, et nos cheveux se mêlèrent. « Ne bouge pas, me dit-elle, reste là, j'ai besoin de ressentir… » Ses jambes se refermèrent dans mon dos, me serrant contre elle, plus près, plus fort, plus profond. Le temps était suspendu, le présent était à sa culmination.

Je ressentis une grande plénitude, alors que, loin à l'intérieur de son ventre, croissait un plaisir immense, inédit, bienvenu. Nous échangions un seul baiser, si long et si éperdu que nous respirions tous deux avec peine, et lorsque nos deux corps se crispèrent, presque à l'unisson, je sentis que s'écoulaient en elle toute ma frustration, ma peur et mes doutes. Elle les accueillit dans sa plénitude et les transforma en sensations douces, bienfaisantes, guérissant nos blessures. J'étais, moi, l'étranger, en chair étrangère, et nos âmes se fondaient, se parlaient, enfin, toutes deux libres du poids de nos silences, de nos erreurs, de tous ces secrets qui avaient édifié cette incompréhension entre nous. J'avais traversé un univers, et sans doute même plusieurs, pour retrouver cette femme, pour me fondre en elle, pour connaître ce moment. Christelle était le centre de mon univers, autour duquel tout se mouvait en une sarabande nommée destinée. L'origine du monde, elle était là. La caresse du soleil dans mon dos, la pression ferme de ses jambes délicates, la chaleur de son ventre, sa peau, son âme, si loin, si proche… Le tout pendant cette seconde où nos corps ne nous appartenaient plus, juste avant qu'ils ne se séparent, à regret, mais je savais désormais que nos âmes, elles, ou ce qui en tenait lieu, seraient à jamais intriquées.

La sonnerie de nos téléphones nous a tirés de notre rêverie partagée. Il était près de quatorze heures, et les filles se demandaient ce que nous faisions, et si elles devaient manger sans nous attendre. Nous nous sommes rhabillés, Christelle courant dans la maison pour remettre ses vêtements. Je m'apprêtais à la rejoindre, lorsqu'elle revint avec la convention de divorce.

— Je ne l'avais pas encore signée. J'attendais que tu le fasses. Que dois-je en faire, à présent ?

À sa grande stupéfaction, je pris la convention et, avec le crayon à papier que j'utilisais pour marquer les pièces de bois, j'écrivis : « J'aime cette femme, et, si elle veut encore de moi, je n'ai aucune intention de la quitter. » Je lui tendis la feuille. Elle pensa, une seconde, que je l'avais signé, puis elle lut, et elle sourit. Elle prit à son tour le crayon, et nota simplement : « je suis amoureuse. »

Il y avait, sur le sol, la coupelle où j'avais rangé mes anneaux de cuivre. Je la vidai, puis, froissant la convention, j'y mis le feu. Elle disparut dans la lueur dorée des flammes. Voyant les anneaux éparpillés sur le sol, j'eus une idée. J'en ramassais deux, puis je pris les mains de Christelle.

— Je t'ai autrefois offert de l'or, des diamants aussi, aujourd'hui, je n'ai que du cuivre à te passer au doigt. Comme nous sommes techniquement déjà mariés, nul besoin d'une quelconque autorité. Rien que toi et moi, Christelle.

Je pris sa main, étendant son annulaire, prêt à y glisser l'anneau : « Veux-tu être ma femme ? »

— Je crois que je n'ai jamais cessé de l'être, mais j'ai besoin d'un mari. »

Je glissai l'anneau à son doigt. Elle prit le second, que je lui tendis, et le glissa au mien. J'avais pris cela comme un jeu, mais j'étais très troublé.

— À présent, je n'aurai de cesse de le devenir.

Nous nous sommes embrassés, longuement. En rentrant, les filles n'ont pas tardé à nous demander pourquoi nous portions des anneaux bizarres, mais comme elles n'étaient pas sottes, elles comprirent presque immédiatement.

24 - La coïncidence des opposés

C'était il y a huit mois, presque comme une grossesse. Pour l'heure, nous sommes sur un bateau que j'ai loué, aux Antilles, et faisons route vers les Bahamas. Ce sont sans doute les dernières vacances que nous passerons en famille, car Juliette, l'année prochaine, volera de ses propres ailes. Elle est encore avec nous, avec Bruno, qui semble résister à l'usure du temps. Élodie, par contre, a été abandonnée par son amie Manon, mais n'a pas tardé à se consoler dans les bras d'une certaine Agnès, longue fille aux cheveux dorés qui nous accompagne dans nos deux semaines de vacances, ses parents n'étant que trop heureux de s'en débarrasser.

J'ai obtenu sans difficulté un poste de professeur contractuel à mi-temps. J'ai l'impression d'être plus utile à faire découvrir Pythagore ou Galilée qu'à contribuer à faire prospérer les millions de ceux qui en ont déjà trop. Je fais ce travail consciencieusement, mais avec une certaine distanciation, qui me préserve des modes et des pressions. Il me laisse du temps pour mes filles, pour Christelle, pour lire, pour écrire, pour penser.

Nous avons conservé nos deux maisons. Dans chacune, patiemment, un jeune chat, courant parmi les livres, souligne de ses yeux en amande la course des secondes. Si la maison de Lardenne est restée celle de la famille, la mienne est mon refuge, mais aussi celle où nous nous retrouvons, avec Christelle, lorsque les filles ont besoin d'intimité. Nous y passons de belles heures et d'étranges soirées, à quelques kilomètres des enfants, mais aussi isolés que sur une île déserte.

Récemment, Juliette s'est installée, pour l'été, dans le pavillon japonais où trône son nouveau bureau. Elle lit beaucoup, pratique toujours le kendo, et a commencé à écrire. J'ai suivi son exemple, et j'ai rédigé des articles de physique, dont un qui vient d'être accepté. Il traite de la topologie des univers à grande échelle, et des possibilités de communication d'informations entre eux. C'est une chose étrange de devoir chercher à légitimer une situation dont on connaît déjà l'existence.

Parfois, je pense que je ne suis sans doute pas le premier à faire cela... Ces derniers temps, cette idée me hante. *Nous sommes légions*, m'a avoué l'entité que je connais sous le nom de Lana.

J'aime cette réalité alternative, qui m'a éveillé à l'étrangeté du monde, avec à mes côtés, désormais, la chaude présence de la femme que, dans deux univers, je n'ai jamais cessé d'aimer. Je regarde, devant moi, l'horizon où se célèbrent les noces du ciel et de l'océan, et, me souvenant de Jose Maria de Heredia, *je regarde monter, en un ciel ignoré, du fond de l'horizon des étoiles nouvelles*. Je rêve, dans un futur proche, lorsque nos filles seront indépendantes, d'acheter un beau navire, un fin voilier, et que Christelle et moi nous ferons le tour des plus beaux ports du monde...

Et pourtant, il y a en moi une incertaine angoisse. Je puis croire à présent que des entités venues d'ailleurs peuvent investir un corps humain, vivre parmi nous, insoupçonnables. Derrière les yeux du voisin qui sort ses poubelles, il peut y avoir l'esprit d'une entité provenant de la nébuleuse de l'aigle ; sous le front de cet enfant qui vous regarde fixement, il peut y avoir l'esprit d'un être indéfinissable, presque omniscient, jouant à saute-mouton avec les galaxies et les millions d'années. Ce monde étrange est devenu le mien, le nôtre.

J'entends de la musique dans le bateau. Les jeunes gens s'amusent et, dans quelques minutes, Christelle, comme chaque soir, viendra me rejoindre. Nous nous étendrons à l'avant du navire, sa tête se calera sur mon épaule, nos yeux se perdront dans le ciel, et je lui enseignerai les routes entre les étoiles.

Je pense à ma famille. *Ma* famille. Une responsabilité terrifiante. Ces gens qui ont confiance en moi, qui pensent me connaître. Le sillage du navire est légèrement luminescent, comme si nous naviguions sur une voie lactée océane, reflet de celle qui se déploie au-dessus de nos têtes. Les paroles de l'Apocalypse me reviennent en mémoire : *je vis un nouveau ciel et une nouvelle Terre, car le premier ciel et la première Terre avaient disparu.* Une révélation.

J'entends les pas de Christelle derrière moi. Parfois, lorsque le sommeil règne sur le navire, nous nous aimons sous ce ciel indifférent. Lorsque ses yeux se voilent, ils reflètent les étoiles, et je me demande si elle aussi... Mais je préfère ne pas y penser. J'ai mieux à faire. J'aimerais, de toutes les fibres de mon être, vivre une magnifique histoire d'amour avec cette femme, et nous avons déjà perdu bien trop de temps.

Cette histoire, je ne sais pas si j'aurais la force, l'adresse et la capacité de la vivre. Quant à celle que j'ai vécue, si j'en ai un jour le temps, il faudra que j'en fasse un livre.

Note : le sujet central de ce livre est entièrement issu des pages 157 et 158 du passionnant ouvrage « Notre univers mathématique » de Max Termark, professeur de physique au MIT, paru en 2014 chez Dunod. En ce sens, ce n'est donc pas *totalement* une œuvre de fiction.

Remerciements : *L'auteur tient à exprimer sa gratitude envers Carine Foulon, professeur de lettres et autrice, pour sa relecture attentive du manuscrit et ses précieux conseils sur le déroulement de l'intrigue.*

Si ce livre vous a plu, n'hésitez pas à laisser votre avis sur les différents sites de ventes en ligne, il constitue une aide précieuse pour les auteurs qui ne disposent pas de la « puissance de feu » d'un grand éditeur ! Merci.